Liebe Leserin, lieber Leser,

es gibt Fragen, die ich nicht in einem Satz beantworten kann. Für manche brauche ich ein ganzes Buch. »Was ist Heimat?« ist so eine Frage. Sie rüttelte an mir, als ich die ersten Zeilen dieses Buches schrieb, und als ich mit dem Schreiben fertig war, war ich mit ihr immer noch nicht fertig.

Heimat scheint wie eine zweite Haut zu sein, ein dickes Fell, das einen schützt und wärmt. Wer ohne diese Schutzschicht leben muss, kühlt aus und wird verwundbar.

»Altes Land« ist ein Roman über die Ausgekühlten, Unverwurzelten - und es gibt mehr von ihnen, als ich je geglaubt hätte. Ich weiß es aus den vielen Mails und Briefen, die sie mir geschrieben haben, aus Geschichten, die sie mir bei meinen Lesungen erzählten: Leserinnen und Leser, die sich in den Figuren meines Buches wiederfanden, in Hildegard von Kamcke, Vera Eckhoff, Anne Hove oder Heinrich Lührs.

Der Erfolg von »Altes Land« kam überraschend, und er hat für mich bis heute etwas Märchenhaftes. Das Thema Heimatlosigkeit ist an den Küchentischen angekommen, in Familien, Freundeskreisen, Literaturgruppen, Gottes-

diensten und Podiumsdiskussionen. Dass mein Roman ein bisschen dazu beigetragen hat, ist ein Geschenk für mich.
Diese Ausgabe in limitierter Auflage mit dem goldenen Cover und den glänzenden Kirschen ist wie ein Festgewand. Mein Buch hat sich zum Feiern feingemacht.

Ich nutze diesen Anlass, um mich bei Ihnen zu bedanken: Danke fürs Lesen, fürs Zuhören, fürs Weitersagen! Danke für die Briefe, die Erzählungen und die Gespräche!

Ihre Dörte Hansen

Dörte Hansen

ALTES LAND

Roman

Der Bestseller in limitierter Sonderausgabe

PENGUIN VERLAG

MIX
Papier aus verantwortungsvollen Quellen
FSC® C014496

Verlagsgruppe Random House FSC® N001967

PENGUIN VERLAG

Limitierte Sonderausgabe 2018

Covergestaltung: www.buerosued.de nach einem Entwurf von Sabine Kwauka
unter Verwendung von Motiven von Interfoto / Bildarchiv Hansmann
und Bocman1973; xpixel / shutterstockSatz:
Druck und Bindung: GGP Media GmbH, Pößneck
Printed in Germany
ISBN 978-3-328-10386-8
www.penguin-verlag.de

Dieses Buch ist auch als E-Book erhältlich.

För mien Appelhuuslüüd

1

Kirschbäume

In manchen Nächten, wenn der Sturm von Westen kam, stöhnte das Haus wie ein Schiff, das in schwerer See hin- und hergeworfen wurde. Kreischend verbissen sich die Böen in den alten Mauern.

So klingen Hexen, wenn sie brennen, dachte Vera, oder Kinder, wenn sie sich die Finger klemmen.

Das Haus stöhnte, aber es würde nicht sinken. Das struppige Dach saß immer noch fest auf seinen Balken. Grüne Moosnester wucherten im Reet, nur am First war es durchgesackt.

Vom Fachwerk der Fassade war die Farbe abgeblättert, und die rohen Eichenständer steckten wie graue Knochen in den Mauern. Die Inschrift am Giebel war verwittert, aber Vera wusste, was da stand: *Dit Huus is mien un doch nich mien, de no mi kummt, nennt't ook noch sien.*

Es war der erste plattdeutsche Satz, den sie gelernt hatte, als sie an der Hand ihrer Mutter auf diesen Altländer Hof gekommen war.

Der zweite plattdeutsche Satz kam von Ida Eckhoff persönlich und war eine gute Einstimmung gewesen auf die gemeinsamen Jahre, die noch kommen sollten: »Woveel koomt denn noch vun jau Polacken?« Ihr ganzes Haus war voll von Flüchtlingen, es reichte.

Hildegard von Kamcke hatte keinerlei Talent für die Opferrolle. Den verlausten Kopf erhoben, dreihundert Jahre ostpreußischen Familienstammbaum im Rücken, war sie in die eiskalte Gesindekammer neben der Diele gezogen, die Ida Eckhoff ihnen als Unterkunft zugewiesen hatte.

Sie hatte das Kind auf die Strohmatratze gesetzt, ihren Rucksack abgestellt und Ida mit ruhiger Stimme und der korrekten Artikulation einer Sängerin den Krieg erklärt: »Meine Tochter bräuchte dann bitte etwas zu essen.« Und Ida Eckhoff, Altländer Bäuerin in sechster Generation, Witwe und Mutter eines verwundeten Frontsoldaten, hatte sofort zurückgefeuert: »Von mi gift dat nix!«

Vera war gerade fünf geworden, sie saß frierend auf dem schmalen Bett, die feuchten Wollstrümpfe kratzten, der Ärmel ihres Mantels war getränkt vom Rotz, der ihr unaufhörlich aus der Nase lief. Sie sah, wie ihre Mutter sich sehr dicht vor Ida Eckhoff aufbaute und mit feinem Vibrato und spöttischem Lächeln zu singen begann: *Ja, das Schreiben und das Lesen ist nie mein Fach gewesen. Denn schon von Kindesbeinen befasst ich mich mit Schweinen…*

Ida war so perplex, dass sie sich bis zum Refrain nicht vom Fleck rührte. *Mein idealer Lebenszweck ist Borstenvieh, ist Schweinespeck*, sang Hildegard von Kamcke, holte in ihrer Flüchtlingskammer zur großen Operettengeste aus und sang noch, als Ida längst kalt vor Wut an ihrem Küchentisch saß.

Als es dunkel wurde und im Haus alles ruhig war,

schlich Hildegard durch die Diele nach draußen. Sie kam zurück mit einem Apfel in jeder Manteltasche und einem Becher kuhwarmer Milch. Als Vera ausgetrunken hatte, wischte Hildegard den Becher mit ihrem Mantelsaum aus und stellte ihn leise zurück in die Diele, bevor sie sich zu ihrer Tochter auf die Strohmatratze legte.

Zwei Jahre später kam Karl Eckhoff heim aus russischer Gefangenschaft, das rechte Bein steif wie ein Knüppel, die Wangen so hohl, als hätte er sie nach innen gesogen, und Hildegard von Kamcke musste ihre Milch noch immer stehlen.

Von mi gift dat nix. Ida Eckhoff war ein Mensch, der Wort hielt, aber sie wusste, dass die *Person* jede Nacht in ihren Kuhstall ging. Irgendwann stellte sie neben den alten Becher in der Diele eine Kanne. Es musste beim nächtlichen Melken nicht auch noch die Hälfte danebengehen. Sie zog den Schlüssel für das Obstlager abends nicht mehr ab, und manchmal gab sie dem Kind ein Ei, wenn es mit dem viel zu großen Besen die Diele gefegt oder ihr beim Bohnenschneiden *Land der dunklen Wälder* vorgesungen hatte.

Als im Juli die Kirschen reif wurden und in den Höfen jedes Kind gebraucht wurde, um die Stare zu vertreiben, die sich in riesigen Schwärmen auf die Kirschbäume stürzten, stampfte Vera wie ein aufziehbarer Trommelaffe durch die Baumreihen, drosch mit einem Holzlöffel auf einen alten Kochtopf ein und grölte in endloser Wiederholung alle

Lieder, die ihre Mutter ihr beigebracht hatte, nur das mit dem Schweinespeck ließ sie aus.

Ida Eckhoff konnte sehen, wie das Kind Stunde um Stunde durch den Kirschhof marschierte, bis ihm das dunkle Haar in feuchten Kringeln am Kopf klebte. Um die Mittagszeit war das Kindergesicht dunkelrot angelaufen. Vera wurde langsamer, begann zu straucheln, hörte aber nicht mit dem Trommeln auf und mit dem Singen, marschierte taumelnd weiter wie ein erschöpfter Soldat, bis sie kopfüber in das gemähte Gras zwischen den Kirschbäumen kippte.

Die plötzliche Stille ließ Ida aufhorchen, sie lief zur großen Tür und sah das ohnmächtige Mädchen im Kirschhof liegen. Ärgerlich schüttelte sie den Kopf und lief zu den Bäumen, hob das Kind wie einen Kartoffelsack auf die Schulter und schleppte es zu der weißen Holzbank, die im Schatten einer großen Linde neben dem Haus stand.

Diese Bank war für Gesinde und Flüchtlinge tabu, sie war Ida Eckhoffs Hochzeitsbank gewesen, und jetzt war sie ihre Witwenbank. Außer ihr und Karl hatte hier niemand zu sitzen, aber nun lag das Polackenkind mit Sonnenstich auf der Bank und musste wieder zu sich kommen.

Karl kam aus dem Schuppen angehumpelt, aber Ida war schon an der Pumpe, ließ kaltes Wasser in den Eimer laufen. Sie nahm das Küchentuch, das sie immer über der Schulter trug, tauchte es ein, legte es wie einen Kopfverband zusammen und drückte es dem Kind auf die Stirn. Karl hob die nackten Füße an und legte ihre Beine über die weiße Lehne der Bank.

Aus dem Kirschhof drang das entfernte Klappern der Holzrasseln und Kochtopfdeckel. Hier, dicht am Haus, wo es jetzt viel zu still geworden war, wagten sich die ersten Stare schon wieder in die Bäume. Man konnte sie in den Zweigen rascheln hören und schmatzen.

Früher hatte Karl sie von den Bäumen geschossen, mit seinem Vater; sie waren mit ihren Schrotflinten durch die Spaliere der Kirschbäume gezogen, hatten wie im Rausch hineingeballert in die schwarzen Schwärme. Hinterher war es ernüchternd, die kaputten kleinen Vögel einzusammeln. Die große Wut und dann das kümmerliche Büschel Federn.

Vera kam wieder zu sich, würgte, drehte den Kopf zur Seite und erbrach sich auf der weißen Hochzeitsbank unter Ida Eckhoffs herrschaftlicher Linde. Sie fuhr heftig zusammen, als ihr das bewusst wurde, wollte aufspringen, aber die Linde drehte sich über ihrem Kopf, die hohe Baumkrone mit den herzförmigen Blättern schien zu tanzen, und Idas breite Hand drückte sie auf die Bank zurück.

Karl kam aus dem Haus mit einem Becher Milch und einem Butterbrot, er setzte sich neben Vera auf die Bank, und Ida schnappte sich den Holzlöffel und den verbeulten Topf, um die dreisten Vögel zu verscheuchen, die sich auf ihrem Hof breitmachten und fraßen, was ihnen nicht zustand.

Karl wischte dem Kind mit dem feuchten Küchentuch das Gesicht sauber. Als Vera sah, dass Ida weg war, trank sie schnell die kalte Milch und schnappte sich das Brot. Sie stand auf und machte einen wackeligen Knicks, dann trippelte sie barfuß über das heiße Kopfsteinpflaster, die Arme seitlich ausgestreckt, als tanzte sie auf einem Seil.

Karl sah sie zurück zu den Kirschbäumen gehen.

Er steckte sich eine Zigarette an, wischte die Bank sauber und warf das Tuch ins Gras. Dann legte er den Kopf in den Nacken, nahm einen tiefen Zug und machte schöne runde Rauchringe, die hoch in die Krone der Linde schwebten.

Seine Mutter wütete immer noch mit dem alten Kochtopf durch die Baumreihen.

Du liegst auch gleich mit Sonnenstich im Gras, dachte Karl, trommel du ruhig.

Ida lief dann selbst ins Haus, holte die Flinte und schoss in die Vogelschwärme, ballerte in den Himmel, bis sie den letzten Fresser aus den Kirschen geholt oder wenigstens für eine Weile verscheucht hatte. Und ihr Sohn, der zwei gesunde Arme hatte und ein heiles Bein, saß auf der Bank und sah ihr zu.

Alles dran, Gott sei Dank!, hatte Ida Eckhoff gedacht, als er ihr vor acht Wochen auf dem Bahnsteig entgegengehumpelt kam. Dünn war er ja immer gewesen, müde sah er aus, das Bein zog er nach, aber es hätte doch viel schlimmer kommen können. Friedrich Mohr hatte seinen Sohn ohne Arme zurückbekommen, der konnte nun sehen, was aus seinem Hof wurde. Und Buhrfeindts Paul und Heinrich waren beide gefallen. Ida konnte froh sein, dass sie ihren einzigen Sohn in so gutem Zustand nach Hause gekriegt hatte.

Und das andere, die Schreierei in der Nacht und das nasse Bett manchmal am Morgen, das war nichts Ernstes. Die Nerven, sagte Dr. Hauschildt, das würde sich bald geben.

Als im September die Äpfel reif wurden, saß Karl immer noch auf Idas weißer Bank und rauchte. Schöne runde Ringe blies er in die goldene Krone der Linde, und an der Spitze der Pflückerkolonne, die sich Korb für Korb durch die Apfelbaumreihen arbeitete, stand Hildegard von Kamcke. Aus Preußen sei sie ja ganz andere Flächen gewöhnt, hatte sie gesagt, und Ida hatte wieder einmal große Lust gehabt, das hochmütige Weib stante pede vom Hof zu jagen. Aber sie konnte nicht auf sie verzichten. Sie biss sich die Zähne aus an dieser schmalen Frau, die sich frühmorgens auf das Fahrrad schwang wie auf ein Reitpferd und in tadelloser Haltung zum Melken fuhr. Die im Obsthof schuftete, bis der letzte Apfel vom Baum war, die im Stall die Forke schwang wie ein Kerl und dabei Mozart-Arien sang, was die Kühe nicht beeindruckte.

Aber Karl auf seiner Bank gefiel es sehr.

Und Ida, die nicht geweint hatte, seit ihr Friedrich vor acht Jahren leblos wie ein Kreuz im Entwässerungsgraben trieb, stand am Küchenfenster und heulte, weil sie sah, wie Karl unter der Linde saß und lauschte.

Fühlst du nicht der Liebe Sehnen …, sang Hildegard von Kamcke und dachte dabei wohl an einen anderen, der tot war. Und sie wusste so gut wie Ida, dass da draußen auf der Bank nicht mehr der Karl saß, auf den die Mutter jahrelang gewartet hatte.

Ihr Hoferbe Karl Eckhoff, stark und hoffnungsvoll, war im Krieg geblieben. Einen Pappkameraden hatten sie ihr zurückgebracht. Freundlich und fremd wie ein Reisender saß ihr Sohn auf der Hochzeitsbank und schickte Rauchringe in den Himmel. Und in den Nächten schrie er.

Als der Winter kam, baute Karl leise pfeifend einen Puppenwagen für die kleine Vera von Kamcke, und Weihnachten saß die hergelaufene Gräfin mit ihrem ewig hungrigen Kind zum ersten Mal an Ida Eckhoffs großem Esstisch in der Stube.

Im Frühling, als es Kirschblüten schneite, spielte Karl Akkordeon auf seiner Bank, und Vera setzte sich dazu.

Und im Oktober, nach der Apfelernte, zog Ida Eckhoff auf ihr Altenteil und hatte eine Schwiegertochter, die sie achten konnte und hassen musste.

Dit Huus is mien un doch nich mien …

Die alte Inschrift galt für beide. Sie waren ebenbürtig, sie lieferten sich schwere Schlachten in diesem Haus, das Ida nicht hergeben und Hildegard nicht mehr verlassen wollte.

Die jahrelange Schreierei, die Flüche, das Türenknallen, das Krachen der Kristallvasen und Goldrandtassen zogen in die Ritzen der Wände, setzten sich wie Staub auf Dielenbrettern und Deckenbalken ab. In stillen Nächten konnte Vera sie noch hören, und wenn es stürmisch wurde, fragte sie sich, ob es wirklich der Wind war, der da so wütend heulte.

Kein Staat mehr zu machen mit deinem Haus, Ida Eckhoff, dachte sie.

Vor dem Fenster stand die Linde und schüttelte den Sturm aus ihren Zweigen.

2
Zauberflöte

Am schlimmsten waren die Schnuppertage, einmal im Halbjahr, wenn die Drei- bis Fünfjährigen mit ihren Eltern in den großen Übungsraum strömten und Bernd sein helles Jeanshemd trug. Und dazu passend das Haargummi in Himmelblau.

Bernd war nicht der Typ, der Dinge gern dem Zufall überließ, er sah nur gern so aus. Die runde Brille, der Vollbart, das graumelierte Haar im Zopf – vertrauensbildende Maßnahmen. Musikalische Früherziehung war ein Geschäft, das sehr viel Feingefühl verlangte.

Wenn die Eltern von Hamburg-Ottensen mit ihren Kindern zum Schnuppertag kamen, wollten sie keinen Musikpauker mit Fliege sehen. Bernd gab ihnen den kreativen Endvierziger, zugewandt, dynamisch, locker – aber professionell. Das war hier keine Volkshochschule.

Musimaus stand für ein anspruchsvolles Frühförderungskonzept, und wenn Bernd seine kurze Begrüßungsansprache hielt, baute er sorgfältig die einschlägigen Schlüsselwörter ein. *Spielerisch* war immer das erste.

Anne saß im großen Kreis auf dem Holzfußboden des Übungsraums, Mundwinkel und Augenbrauen oben, die Querflöte im Schoß, es war ihr achter Schnuppertag, und sie schloss ganz kurz die Augen, als Bernd das Wort *behutsam* sagte. Jetzt fehlten noch *Talent* und *Potential* und *kognitive Fähigkeiten.*

Das Mädchen auf dem Schoß seiner Mutter neben Anne war höchstens drei, es nagte an einer Reiswaffel und trommelte gelangweilt mit den Füßen, starrte Anne eine Weile an, dann lehnte es sich zu ihr herüber und griff mit den klebrigen Händen nach der Flöte. Die Mutter sah ihm lächelnd zu. »Möchtest du da mal reinpusten, Schatz?«

Anne sah den nassen Kindermund, an dem die Waffelreste klebten, sie hielt ihr Instrument mit beiden Händen fest und atmete tief durch, sie spürte, wie eine Wand von Wut sich langsam aufbaute in ihr, verspürte große Lust, dem Kind ihre Sopranflöte C, Vollsilber, über den Schädel zu ziehen – oder, viel lieber noch, die Mutter zu schlagen, die geringelte Strumpfhosen trug und ein geblümtes Tuch im Haar. Die jetzt verständnislos die Stirn runzelte, weil ihre vollgesabberte Dreijährige nicht in ein 6000 Euro teures Profi-Instrument pusten durfte.

Komm wieder runter, dachte Anne, das Kind kann nichts dafür.

Sie hörte, dass Bernd zum Ende seiner kleinen Ansprache kam: »… einfach die FREUDE an der Musik!« Sein Schlusswort, ihr Stichwort. Sie stand auf, drehte ihr Bühnenlächeln heller und ging durch den Kreis zu ihm herüber. Anne mit der Zauberflöte, Bernd mit der Gitarre, das machten sie jedes Mal so, dreimal das Papageno-Motiv auf der Querflöte, dann ein kurzes Intro auf der Gitarre,

»und jetzt dürfen alle Kinder sich aus der Mitte eine Triangel oder ein Klangholz holen, und die Eltern singen mit, Sie kennen das Lied ganz bestimmt, und jetzt alle … drei, vier: Das klinget so herrlich, das klinget so schön …«

Während die Kinder auf die Instrumente einschlugen und die Eltern mehr oder weniger schön vor sich hinsangen, ging Anne mit ihrer Flöte tänzelnd durch den Übungsraum, und Bernd schlenderte singend und lächelnd mit der Gitarre hinterher.

Er schaffte es, dabei die ganze Zeit begeistert seinen Kopf hin und her zu wiegen. Bernd war ein Profi.

Er hatte die Schnuppertage perfekt durchchoreographiert, und das zahlte sich aus. Die *Musimaus*-Kurse waren bei den Eltern von Hamburg-Ottensen fast noch begehrter als ein Schrebergarten mit Stromanschluss, es gab sehr lange Wartelisten.

Anne konnte froh sein, dass sie den Job bekommen hatte. Bernd stellte sonst nur ausgebildete Musiklehrer ein oder Absolventen der Musikhochschule. Als abgebrochene Musikstudentin hätte sie eigentlich keine Chance gehabt, aber erstens hatte Bernd schnell festgestellt, dass Anne seine diplomierten Musiklehrer locker an die Wand spielte, und zweitens hatte sie in sein *Gesamtkonzept* gepasst.

Was bedeutete, dass sie eine ziemlich gute Figur machte, wenn sie mit ihrer Querflöte und ihren dunklen Locken durch den großen Übungsraum spazierte, in einem *nicht zu langen* Kleid – das war Bernds Dresscode für die Schnuppertage.

»Immer dran denken, es sind die Papas, die den Unterricht bezahlen!« Aber zu kurz durfte das Kleid auch wieder nicht sein, »die Mamas sollen ja keine schlechte Laune kriegen!«

Bernd grinste breit und zwinkerte, wenn er das sagte, aber Anne kannte ihn jetzt fast fünf Jahre. Es war sein voller Ernst.

Sie hasste das hellblaue Jeanshemd und den Zopf, sie hasste auch sich selbst, wenn sie die Rattenfänger-Nummer abzog, während die zukünftigen *Musimaus*-Schüler ohne Gnade die Orff'schen Instrumente im großen Übungsraum traktierten.

Sie fühlte sich wie eine *Traumschiff*-Hostess, die beim Käpt'ns-Dinner die Eistorte mit den Wunderkerzen hereintragen musste.

Aber Kreuzfahrt-Passagiere klatschten wenigstens im Takt.

»Hast du das wirklich nötig, Anne?«

Warum war sie ans Telefon gegangen gestern Abend? Sie hatte die Nummer ihrer Mutter auf dem Display gesehen und trotzdem abgenommen. Ein Fehler, immer wieder.

Erst hatte Marlene ein paar Minuten mit Leon gesprochen, aber er war noch nicht so gut im Telefonieren, nickte den Hörer an oder schüttelte den Kopf, wenn seine Großmutter ihm eine Frage stellte. Anne musste auf Lautsprecher stellen und Leons stumme Antworten übersetzen.

»Was wünschst du dir denn von der Großmama zu Weihnachten, mein Schatz?«

Leon sah Anne ratlos an, in der Kita bastelten sie gerade erst Laternen.

»Ich glaube, Leon muss darüber noch ein bisschen nachdenken, Mama.« Mama mit Betonung auf der zweiten Silbe, das war Marlene wichtig.

Als Leon in seinem Zimmer verschwunden war, stellte Anne den Lautsprecher aus und stand vom Sofa auf. Sie nahm noch immer Haltung an, wenn sie mit ihrer Mutter sprach. Als ihr das auffiel, setzte sie sich wieder.

»Anne, wie geht es dir? Ich höre sehr wenig.«

»Alles in Ordnung, Mama. Gut geht's mir.«

»Das ist schön.« Marlene war eine Meisterin der Pausensetzung.

»Mir geht es übrigens auch gut.«

»Ich hätte dich schon noch gefragt, Mama.«

Ohne es zu merken, war Anne wieder aufgestanden. Sie nahm ein Sofakissen, ließ es auf den Boden fallen und kickte es einmal quer durchs Wohnzimmer.

»Und, was heißt das, alles in Ordnung«, fragte Marlene, »heißt das, du hast endlich aufgehört bei dieser Klimper-Schule?«

Anne nahm das zweite Sofakissen und kickte es an die Wand.

»Nein, Mama, das heißt es nicht.«

Sie schloss die Augen und zählte langsam bis drei. Kleine Kunstpause am anderen Ende der Leitung, dann tiefes Einatmen, gefolgt von stoßartigem Ausatmen durch den

Mund, dann, resigniert und fast geflüstert: »Hast du das wirklich nötig, Anne?«

Sie hätte jetzt auflegen sollen, normalerweise tat sie das an dieser Stelle, gestern war offensichtlich nicht ihr Tag gewesen.

»Mama, hör endlich auf mit dem Scheiß!«

»Sag mal, wie redest …«

»Es ist nicht mein Problem, wenn dir mein Leben peinlich ist.«

Es dauerte ein bisschen, bis Marlene wieder sprechen konnte. »Du hattest alles, Anne.«

Die anderen Mädchen waren immer so nervös gewesen vor den Auftritten. Bleich vor Angst hatten sie neben den Klavierlehrern gesessen und gewartet, bis sie dran waren, und sich dann mit hängenden Köpfen die paar Stufen zur Bühne hochgeschleppt, als gingen sie zur Hinrichtung.

Anne hatte es geliebt. Das Beben im Bauch, nur ganz leicht, wenn der Name aufgerufen wurde, und dann mit wippenden Locken die Bühnentreppe rauf, schwungvoll auf den Klavierhocker zu, einmal kurz den Kopf in den Nacken – und los.

»Klar, dass du das super findest. Weil du immer gewinnst«, hatte Cathrin gesagt, ihre beste Freundin, ohne jeden Neid, es war nur eine Feststellung. Annes erster Platz bei *Jugend musiziert* war fast Routine. Kreiswettbewerb, Landeswettbewerb, Bundeswettbewerb – sie musste einen ziemlich schlechten Tag erwischen, um auf Platz zwei oder gar drei zu landen, dann ärgerte sie sich so über sich selbst, dass sie sich hinterher noch mehr beim Üben quälte.

Die ersten drei Jahre hatte Marlene sie selbst unterrichtet, sie kam auch später mit zu allen Wettbewerben. Große Eisbecher nach den Konzerten, und als sie älter wurde große Shoppingtouren, Arm in Arm, sehr glücklich.

Es tat noch immer weh, daran zu denken. Und an den Vater, sein Lächeln, seine Hände auf ihren Schultern, wenn sie mit einem ersten Preis nach Hause kam, große Hände, die noch den Bauernsohn verrieten. »Kartoffelgrubberhände«, sagte Marlene, an guten Tagen klang es zärtlich.

Als wäre es gar kein Problem für sie, dass ihr Mann ein Aufgestiegener war, ein Junge vom Land, der seinen Stallgeruch zwar losgeworden war in Hörsälen und Bibliotheken, dem aber hin und wieder noch das »r« im Mund nach vorne rutschte, und dann rollte er es wie im Plattdeutschen. Marlene zuckte jedes Mal zusammen. *Wie ein Landarbeiter.*

Anne liebte es, weil der Physikprofessor Enno Hove in diesen Augenblicken nahbar war wie sonst nur selten. Ein Papa, mit Betonung auf der ersten Silbe.

»Das Talent hat sie von mir!«

Marlene hatte verzichtet auf die Musikkarriere, als sie mit einundzwanzig schwanger wurde. Das jedenfalls war ihre Sicht der Dinge.

Ein großes Opfer sei das allerdings auch nicht gewesen, stellte Großmutter Hildegard dann immer gerne klar.

»Sagen wir, es war ein Öpferchen. Marlene und Karriere, ach Gott.«

Aber Anne schien das Zeug zu haben, nicht einmal Hildegard von Kamcke zweifelte daran. Musikgymnasium, natürlich, die ersten Konzerte in Schulen und Kulturzentren, und dann, zum vierzehnten Geburtstag, ihr eigener Flügel.

Er war fast zu groß für das Wohnzimmer, ein Bechstein, gebraucht, die Eltern hatten trotzdem einen Kredit aufnehmen müssen. Arm in Arm standen sie und hörten Anne das erste Mal spielen auf ihrem kostbaren Instrument, der schwarze Lack so ernst und feierlich wie ein Versprechen.

Thomas war damals sieben, ihr kleiner Bruder, er kam gerade in die zweite Klasse, vier Wackelzähne, seltsamerweise wusste sie das noch.

Anne hatte ihm schon früh die ersten Stücke am Klavier gezeigt. Thomas auf ihrem Schoß, die pummeligen kleinen Finger auf den Tasten, er lernte schnell, sie spielten bald vierhändig.

Mit acht Jahren hatte er sie eingeholt.

Mit neun war er der Bessere.

Vorspiel am Konservatorium, ein Gutachter, der um Fassung rang. Die Mutter in glückseliger Aufregung, der Vater fast scheu in seiner Ehrfurcht. Ein Wunderkind!

Die ganze Welt erleuchtet von dem Strahlen dieses Kindes.

Du hattest alles, Anne.

Erst alles und dann gar nichts mehr. Licht aus. Totale

Sonnenfinsternis mit sechzehn. Kein Mensch sah ein begabtes Kind, wenn ein begnadetes den Raum betrat.

Nach der Rattenfänger-Nummer musste sie rennen, um Leon aus der Kita abzuholen, und trotzdem kam sie viel zu spät.

Mit rotem Kopf schlich sie zum Gruppenraum, wo Leon in der Duplo-Ecke spielte, allein, schon fertig angezogen, während die Erzieherin unter dem Esstisch fegte und Anne mit hochgezogenen Augenbrauen begrüßte.

Sie hatte sich angewöhnt, statt einer Entschuldigung nur noch *Schönen Feierabend!* in den Raum zu rufen, sie schnappte Leon und trug ihn schnell hinaus, wie eine tickende Zeitbombe, die jede Sekunde hochgehen könnte.

Sie kaufte ihm ein Brötchen, für sich selbst einen Cappuccino im Pappbecher, und schob die Kinderkarre Richtung Fischerspark, reihte sich ein in den Treck der Ottensener Vollwert-Mütter, die jeden Tag aus ihren Altbauwohnungen strömten, um ihren Nachwuchs zu lüften, die Einkäufe aus dem Bio-Supermarkt im Netz des Testsieger-Buggys, den Kaffeebecher in der Hand und im Fußsack aus reiner Schafwolle ein kleines Kind, das irgendetwas Durchgespeicheltes aus Vollkorn in der Hand hielt.

Wie alles in ihrem Leben schien auch das ihr irgendwie zugestoßen zu sein: Muttersein in einem angesagten Großstadtviertel.

Es war ein kalter Nachmittag, der Himmel grau wie Stein, sie würden es nicht lange aushalten im Fischerspark, den alle Mütter *Fischi* nannten, aber Leon brauchte nach dem Vormittag in seiner Kita frische Luft.

Die Käfergruppe ging nicht oft genug nach draußen, es würde wieder mal ein Thema auf dem Elternabend sein, sie hatte nicht die Absicht hinzugehen.

Anne holte Leon aus dem Buggy und gab ihm seinen Playmobilbagger, setzte sich auf die Bank und sah zu, wie er zur Sandkiste marschierte, wo ein kleiner Junge mit einer Schildkrötensandform saß. Er hatte schon eine stattliche Reptilienpopulation produziert und schien den Rest der Sandkiste für weitere Schildkröten vorgesehen zu haben.

Leon stand mit seinem Bagger davor und traute sich offenbar nicht hinein, Anne schaute weg, am besten mischte man sich gar nicht ein.

Zwei Bänke weiter saß eine Frau, die ihre Tochter Sprosse für Sprosse die Stufen einer Rutsche hochjubelte, sie trug einen Parker mit vielen Kordeln und Reißverschlüssen und *Camper*-Schuhe.

Die meisten Mütter auf dem Spielplatz trugen diese *Camper*-Schuhe. Sie hinterließen lange, kringelige Lochmusterspuren im Spielplatzsand, wenn die Frauen, wie gutmütige Familienhunde, die Schnuller und Trinkflaschen apportierten, die ihre Kleinkinder aus den Buggys warfen.

Leon stand immer noch am Rand der Sandkiste, ein Bein hatte er über die Kante geschwungen, aber weiter kam er nicht, weil der Schildkrötenjunge lautstark sein Revier verteidigte.

»Du darfst hier nicht rein! Das ist nur für Schildkröten!«

Leon sah sich kurz zu Anne um, und als sie nickte, setzte er auch den zweiten Fuß in die Sandkiste und stellte seinen Bagger ab. Der Schildkrötenjunge fing an zu brüllen und versuchte Leon wegzuschieben.

Anne sah, wie eine schwangere Frau ein bisschen mühsam von einer der Bänke aufstand und lächelnd zur Sandkiste ging. Sie beugte sich zu Leon herunter und legte den Kopf ein bisschen schief. »Du, sag mal, könntest du vielleicht woanders baggern? Ginge das? Guck mal, der Alexander, der war hier ja zuerst, und der macht hier gerade so schöne Schildkröten.«

Anne sprang auf und ging zur Sandkiste.

Sie kannte sich selbst gut genug, um zu wissen, dass sie ein Wortgefecht mit einer Ottensener Übermutter nicht gewinnen würde, also stieg sie wortlos zu Leon in die Sandkiste, trat dabei leider einige Schildkröten platt, zerstörte ein paar weitere, weil sie sich in den Sand kniete, und gab ihrem Sohn einen Kuss.

»So, Leon, bagger los. Oder soll ich?« Sie tat, als wollte sie ihm den Bagger wegnehmen. Leon lachte, schnappte sich sein Spielzeug und begann zu graben.

Anne setzte sich auf den Rand der Sandkiste und sah ihm zu.

Die Mutter des Schildkrötenjungen starrte sie angewidert an, ihr Sohn beschallte mittlerweile den ganzen Spielplatz, deshalb konnte Anne nicht verstehen, was sie sagte. Sie sah nur, wie die Frau ihr schreiendes Kind aus der Sandkiste zog, es mit tröstenden Worten in seine Karre setzte und verschwand.

Sie hatten dem armen kleinen Alexander, seiner schwangeren Mama und – jede Wette – auch dem Ungeborenen in ihrem Bauch den Tag versaut.

Anne hoffte, dass sie nicht am nächsten Schnuppertag bei *Musimaus* auftauchen würden.

3
Bleiben

Zwei Frauen, ein Herd, das war noch niemals gut gegangen.

Ida und Hildegard hatten das gewusst und in seltener Einigkeit auf einer Küche mit zwei Kochplatten für Ida Eckhoffs Altenteilerwohnung bestanden.

Es war dann trotzdem schlimm genug geworden.

Sie hatten das Haus zu einem Schlachtfeld gemacht.

Hildegard trank jeden Morgen ihren Tee aus Idas Hutschenreuther Sammeltassen, die viel zu kostbar waren für den täglichen Gebrauch. Nach und nach verloren sie die Henkel, ihre Goldränder verblassten beim achtlosen Abwaschen – oder sie zerbrachen auf dem Terrazzoboden in der Küche.

Wenn Ida in *ihrem* Beet, vor *ihrem* Fenster Unkraut jätete, verschwanden auch die Levkojen vor dem Fenster ihrer Schwiegertochter, und wenn Hildegard den weißen Holzzaun vor dem Haus schrubbte und neu strich, stand Ida am nächsten Tag mit Eimer und Pinsel an der Straße und strich den Zaun noch einmal nach.

Hildegard lud die Nachbarinnen zum Kaffee ein, deckte den großen Tisch mit Idas silbernem Kuchenbesteck und *vergaß* das Gedeck für ihre Schwiegermutter. Sie nahm, ohne ein Wort zu sagen, Idas Vorhänge mit dem Rosenmuster ab, zerschnitt sie zu Putzlappen und hängte neue auf.

Und Ida, die Karl den Hof noch nicht überschrieben hatte, die immer noch das Sagen hatte und das Geld, entließ die Leute, die Hildegard für die Erntezeit eingestellt hatte, und heuerte neue Saisonarbeiter an. Und sie kochte auf ihrem Zweiplattenherd *anständiges Altländer Mittagessen,* damit die Pflücker nicht die *elenden* Plinsen, Piroggen oder Keilchen essen mussten, die ihre preußische Schwiegertochter *zusammenschusterte.*

Karl, der zwischen den Fronten stand, dem die Geschosse von beiden Seiten unablässig um die Ohren flogen, schien unverwundbar zu sein. Er pfiff leise vor sich hin und blieb in seiner eigenen Welt, die friedlich war.

Im Winter saß er draußen auf der Bank, ohne Jacke, ohne Mütze, und sah den Schneeflocken zu. Streckte die Hand aus, ließ sie landen und betrachtete sie mit einer Lupe, bis sie geschmolzen waren. Vera beobachtete ihn manchmal vom Fenster aus, er bewegte die Lippen, aber sie konnte nicht erkennen, ob er mit den Schneeflocken sprach oder mit sich selbst.

Im Sommer hängte er für Vera eine lange Schaukel an den Ast der Linde, aber meistens saß er selbst darauf, rauchte, drehte sich sachte hin und her, den Blick auf den Boden, und sah den Ameisen zu, die durch das Gras wimmelten. Wenn Vera kam, schubste er sie an, hoch in die Luft, bis ihre Füße die Blätter in der Baumkrone berührten, er hörte erst auf, wenn Vera nicht mehr wollte.

Karl baute im Schuppen ein Paar Stelzen für sie – und noch ein Paar für Hildegard, sie fand das kindisch und wollte sie zuerst nicht ausprobieren. Aber dann übte sie so lange, bis sie Vera im Wettlaufen fast immer schlug.

Hildegard lachend, das gab es nicht oft.

Vera lernte, sich unsichtbar zu machen, sie verschwand im Stall oder spielte auf dem Kornboden mit den Katzen, wenn im Haus mal wieder die Granaten flogen. Manchmal ging sie rüber zu Heinrich Lührs und half ihm, Löwenzahn für seine Karnickel zu pflücken, deutsche Riesen, mit denen er gutes Geld verdiente, wenn sie schlachtreif waren.

»Na, wedder Stalingrad tohuus?«, fragte Hinni dann. Es hatte sich herumgesprochen, dass bei Eckhoffs ziemlich oft die Wände wackelten, aber bei Lührs war es nicht besser.

Hinnis Vater war in der Buddel, man wusste nie, in welchem Zustand er nach Hause kam. Am besten war es, wenn er ganz leicht angetüdert war, dann wollte er die Welt umarmen und küsste seine Frau. Aber zwei Köm mehr, und Stalingrad war auch bei Lührs.

Vera sprach zu Hause nur das Nötigste, man konnte mit dem Sprechen zu viel falsch machen. Ida redete mit ihr und Karl nur plattdeutsch, sie wusste, wie sehr Hildegard das hasste. Wenn Vera plattdeutsch antwortete, durfte ihre Mutter es nicht hören. Und wenn sie hochdeutsch antwortete, wandte sich Ida ab. Meistens versuchte Vera, mit Nicken, Kopfschütteln oder Achselzucken auszukommen, das war am sichersten.

Wenn Hildegard nicht da war, ging Vera oft zu Ida. Sie saßen dann in ihrer kleinen Küche, spielten Mau-Mau und aßen steinhartes Kaffeebrot, Vera stippte es in ihre Milch. Manchmal zeigte Ida ihr dann ihre Schätze, die Altländer Tracht mit all den silbernen Ketten, Knöpfen, Kugeln, und Vera durfte vorsichtig die schwarze Haube aufsetzen und sich im Spiegel anschauen.

Man musste aber helle Augen haben für die Trachten, fand Ida Eckhoff und nahm dem Kind die Haube ganz schnell wieder ab.

Sie zeigte Vera, wie man stickte, Kreuzstich und Plattstich, und zum neunten Geburtstag schenkte sie ihr ein silbernes Armband, das sie ihrer Mutter nicht zeigen durfte.

Vera versteckte es in einer alten Dose auf dem Kornboden, wo auch die kleine Bernsteinkette lag von ihrer Großmutter in Königsberg.

Und sie passte immer auf, dass ihre Mutter es nicht hörte, wenn sie *Oma Ida* sagte.

An einem kalten Morgen kurz nach Veras neuntem Geburtstag ließ Hildegard den riesigen geschnitzten Eichenschrank, der zweihundert Jahre an seinem Platz gestanden hatte, von sechs Landarbeitern hinausschleppen, um Platz für ein Klavier zu schaffen.

Ida Eckhoff verlor an diesem Morgen den letzten Rest an Selbstbeherrschung und schlug der Schwiegertochter zweimal schallend ins Gesicht.

Hildegard schlug gleich zurück, dann packte sie die Koffer für ihr Kind und sich, zog ihren Mantel an und holte Karl. »Deine Mutter oder ich.«

Und Karl mit seinem steifen Bein humpelte zu Ida in die Küche, setzte sich bei seiner Mutter an den Tisch, nahm ihre Hand und schaute durch das Fenster in den Obsthof. Sein Daumen strich über ihren Handrücken, immer wieder, als wollte er die faltige Haut glattstreichen, und er sah sie nicht an, schaute nur aus dem Fenster, und als er endlich etwas sagte, war er heiser.

Dann fing er an zu weinen.

Ida Eckhoff saß hilflos neben ihrem Sohn, er hatte seine Arme auf den Tisch gelegt und heulte wie ein Kind, sie kannte ihn nicht mehr, weil er mit Schneeflocken sprach und in den Nächten vor den Russen floh. Weil er nur noch ein Pappkamerad war, dem sie kein Bein und keine Arme weggeschossen hatten, aber so ziemlich alles andere.

Dit Huus is mien, aber was wollte sie noch in diesem Haus?

An diesem Abend spielte Hildegard Klavier. *Alla turca,* immer wieder. Sie haute in die Tasten, trat die Pedale durch, sie hämmerte auf ihrem Instrument, als wollte sie es unbedingt zertrümmern.

Hildegard spielte ihr neues Klavier wie eine Stalinorgel, und so konnte niemand hören, dass Ida in die Diele ging und sich den Hocker nahm, die Wäscheleine aus der Kammer holte und dann die Treppe hochging auf den Boden. Dass sie die Leine über einen Balken warf und gut befestigte, dass sie dann auf den Hocker stieg, den Knoten überprüfte, und dass sie sprang.

Karl hörte den Hocker fallen und dachte, es sei wieder der Marder im Haus.

Vera hörte das Rumpeln und hoffte, es wären nicht die beiden Katzen, die sie auf dem Kornboden heimlich einquartiert hatte.

Hildegard spielte Klavier, und so konnte sie nicht hören, dass Vera aus dem Bett schlich, barfuß durch die Diele ging und dann auf Zehenspitzen die Treppe hoch.

Oma Ida trug ihre Tracht und schien in der Luft zu tanzen.

Hildegard wurde nicht friedlicher, als Ida Eckhoff unter der Erde war. Ihre Wut wechselte nur die Richtung, raste nun ungebremst auf Karl und Vera zu, die schief und schiefer wurden in dem ewigen Sturm, zwei windgeschorene Menschen.

Vera wurde schließlich wieder gerade, mit vierzehn Jahren, als ihre Mutter schwanger wurde und wegging mit dem Vater ihrer kleinen Tochter, die Marlene hieß.

Karl wurde nicht wieder gerade, er ging den Rest des Lebens wie ein Geprügelter, die Schultern hochgezogen, als ob er jederzeit mit neuen Schlägen rechnete.

Was nach dem Krieg noch übrig war von Karl, das kleine bisschen Mensch, war schließlich ganz geknickt in Hildegards Orkan.

Als sie verschwunden war nach Hamburg-Blankenese, mit ihrem neuen Kind und ihrem Architekten, sorgte Ida Eckhoffs Schwester dafür, dass das Vieh verkauft wurde und das Land verpachtet.

Sie legte das Geld auf ein Sparbuch und teilte ihrem Neffen und seinem Flüchtlingskind jeden Monat zu, was sie zum Leben brauchten. Das Mädchen konnte einem ja fast leidtun, die Mutter weg, nur noch den halben Vater, und der war wie ein Kind.

Aber Karl blies schöne runde Rauchringe in die Krone der alten Linde, er kam gut zurecht mit Schneeflocken und den Vögeln, auch wenn sie Kirschen fraßen, und wenn Vera aus der Schule kam, im Sommer, setzte sie sich zu ihm auf die Bank, dann schälten sie zusammen die Kartoffeln.

Karl schenkte Vera seine alten Flinten, sein Fernglas und den Jägerrucksack, und sie lernte das Schießen sehr schnell.

In der Schule kamen ihr die anderen schon lange nicht mehr dumm. Nicht, weil sie besser lernte als die meisten, das war egal. Aber sie wussten, was passierte, wenn man Vera Eckhoff als *Polackenbalg* bezeichnete. Alfred Giese hatte es zuletzt probiert. Er sah mit seiner schiefgehauenen Nase dann noch dämlicher als vorher aus.

Für ihn war nach der achten Klasse Schluss, aber Vera, das *Polackenbalg*, legte am Mädchengymnasium in Stade ein Einserabitur ab, und Karl kam zu ihrer Abschlussfeier und saß mit seinem viel zu weiten Anzug fast gerade in der hohen Aula, als sie ihr Zeugnis überreicht bekam. Sie trug das Silberarmband und ihre Bernsteinkette, und am Abend machte sie ein kleines Fest in Ida Eckhoffs Diele mit ein paar Freundinnen aus ihrer Klasse.

Sie tranken Erdbeerbowle, Karl spielte auf dem Akkordeon, das konnte er noch immer, und Hinni Lührs und seine Brüder hörten die Musik und kamen rüber.

Der alte Lührs kam später auch noch, sehr viel später, auf dem Heimweg aus der Kneipe. Er wankte durch die neue Seitentür, die Idas Schwester gerade hatte einbauen lassen, torkelte durch die Diele, tanzte ein paar schwankende Schritte zur Musik, dann trank er den Rest der Erdbeerbowle direkt aus der großen Glasschüssel.

Als sie leer war, starrte er Karl böse und besoffen in die Augen. Er ließ die Schüssel auf den Boden fallen. »Wat mookst du nu, du Waschlappen?«

Karl machte nichts, er schaute auf die Tasten seines Instruments und spielte langsam weiter.

Heinrich versuchte seinen Vater zur Seitentür und aus dem Haus zu schieben, aber der Alte stieß ihn mühelos zu Boden. Heinrich schrie, er stürzte mit den Händen und den Knien in die Scherben, und Vera rannte schnell nach hinten zum Jagdschrank, holte ihre Flinte und legte an auf Heinrich Lührs, den Älteren.

Hinni schrie immer noch, sein Vater schwankte fluchend aus der Tür.

Karl wurde starr, als er das ganze Blut sah. Er stand schnell auf, mit dem Akkordeon vor seinem Bauch, ging in die Küche, schloss die Tür.

Vera zog Hinni an den Schultern aus dem Scherbenhaufen hoch. Er schrie noch immer und war voller Blut. Sie schob ihn vorsichtig zu einem Stuhl und zog ihm das zerbrochene Glas aus seinen Händen, Splitter für Splitter, dann aus seinen Knien. Die Freundinnen holten Verbandszeug und eine Schüssel Wasser aus der Küche, wo Karl am Tisch saß und in Seelenruhe rauchte, weil ihn das alles nichts mehr anging.

Blut und Geschrei, das ging ihn nichts mehr an.

Heinrich und die Brüder trauten sich in dieser Nacht nicht mehr nach Hause. Sie durften in den alten Gesindekammern bleiben, aber sie schliefen schlecht in ihren staubigen Betten, weil sie nicht wussten, ob ihre Mutter die Schlafzimmertür rechtzeitig abgeschlossen hatte.

Die Mädchen aus Stade flüsterten noch lange in Hildegards breitem Ehebett, das Veras Bett war, seit Karl in Idas Altenteilerwohnung lebte.

Und Vera saß mit Karl am Küchentisch und rauchte ihre ersten Zigaretten, bis draußen die Amseln und die Möwen erwachten und Karl sich endlich in sein Bett traute.

Dann ging sie in die Diele und wartete auf Heinrich Lührs, den jüngeren, den besten. Und fegte dann die Scherben weg, als er nicht kam.

Das hatte man davon, wenn man es wagte, Hand an dieses Haus zu legen. Man brach ihm eine alte, morsche Seitentür heraus und zahlte dann dafür mit Blut und Scherben in der Diele.

Und damit waren sie noch sehr gut weggekommen, viel hatte nicht gefehlt, das wusste Vera.

Sie hätte den alten Lührs um Haaresbreite über den Haufen geschossen.

Man verrückte einen schweren Eichenschrank, der zweihundert Jahre an seinem Platz gestanden hatte, und am Abend hing jemand tot an einem Balken auf dem Boden.

Karl und Vera ließen ihre Finger von dem Haus, seit Hinni Lührs mit seinen Händen blutend in den Scherben gesessen hatte, sie ließen alles, wie es war. Stellten die Möbel nicht mehr um, rissen die alten Sprossenfenster nicht heraus, schlugen nicht die alten Kacheln von den Wänden.

Legten keine neuen Fliesen über die Terrazzoböden, bauten keine neuen Türen ein und holten nicht das alte Reet vom Dach.

Und sie gingen nicht nach oben, um den Marder zu vertreiben, der auf dem Kornboden sein Unwesen trieb.

Sie waren ja nicht verrückt.

Vera ging nach Hamburg zum Studieren, *de feine Madame,* sagte Idas Schwester, aber Karl wollte es so, er war noch immer nicht entmündigt, und wenn, was hätte es genützt.

Das adoptierte Flüchtlingskind würde den Hof ja trotzdem erben. Vielleicht fand sich noch ein Bauernsohn, der bei den Eckhoffs einheiraten könnte.

Aber welcher Altländer Mann, der ganz bei Trost war, würde Vera Eckhoff heiraten? Frühmorgens pirschte sie in Karls alter Lodenjoppe durch die Obstplantagen und knallte Hasen und Rehe ab. Sie grüßte nur, wenn es ihr gerade passte, ließ den nervenkranken Stiefvater die Fenster putzen, während sie über den Büchern hockte, und wenn es stimmte, was Dora Völckers erzählte, dann hatte sie im letzten Sommer splitternackt bei Bassenfleth gebadet, in der Elbe.

Ein Mädchen von achtzehn Jahren!

Und hinterher im Sand gesessen und geraucht. *Smöökt as een Damper. Nookt.*

Ihre Söhne hatten sich nicht wieder eingekriegt, erzählte Dora Völckers, aber so hübsch konnte ein Mädchen gar nicht sein, dass es sich so etwas erlauben durfte.

Und dann noch Flüchtling.

De kriggt keen af, das war mal sicher.

Vera konnte den Hof nicht allzu lang alleine lassen. Als sie die ersten drei Semester fast geschafft hatte, ließ Karl an einem heißen Sommertag eine seiner vielen Kippen fallen und fackelte den alten Schuppen ab, in dem noch Veras Stelzen und ihr Puppenwagen standen.

Die Feuerwehr kam schnell, die Flammen konnten nicht auf das Reetdach überspringen, Karl Eckhoff hatte Glück gehabt. *Mehr Glück as Verstand.*

Als Vera fertig war mit ihrem Studium, Dr. med. dent. Vera Eckhoff, und endlich wieder nach Hause kam zu Karl und ihrem Hof, stand nebenan bei Lührs ein Kinderwagen in der Sonne. Heinrich, der Jüngere, der Beste, war dem versoffenen Vater ein vorbildlicher Sohn geworden; sein Ältester hieß wieder Heinrich.

Hinni tat das Richtige, er hatte Land und Geld geheiratet und eine Frau, die wie ein zahmer Vogel war: Elisabeth Buhrfeindt, alter Marschbauern-Adel, schmal, still und blond. Was hast du denn gedacht, Vera Eckhoff? Dass einer auf dich warten würde?

Elisabeth tat auch das Richtige. Sie pflanzte Blumen, pflückte Kirschen, harkte jeden Tag den gelben Sand. Sie strich den weißen Zaun, und wenn es Zeit war für ein Kind, gebar sie einen Sohn. Dreimal, wie Heinrichs Mutter.

Hinni schien das Leben seiner Eltern noch einmal zu leben, noch einmal richtig, ohne Schnaps und Schläge, als könnte er den Schandfleck übermalen, den Heinrich Lührs, der Trinker, hinterlassen hatte.

Er war nicht alt geworden, zumindest den Gefallen hatte er den Kindern noch getan, und Minna Lührs erlebte ihre besten Jahre, nachdem sie ihren Mann begraben hatte.

Vera sah sie im Sommer am Arm der Schwiegertochter durch den Garten gehen, Beet für Beet, Staude für Staude, Rose für Rose schauten sie sich an. Vera konnte sehen, wie sie bei jeder Pflanze stehen blieben, wie sie nickten und leise miteinander sprachen, es erinnerte sie an Visiten in einem Krankenhaus, barmherzige Schwestern, und Vera wünschte manchmal, dass sie dabei sein könnte, auch eine Schwester sein – vielleicht auch eine Tochter.

Eine Gartenrunde lang nicht immer nur die Andere, die Fremde. Von Minna und Elisabeth am Arm genommen werden, als wäre sie eine von ihnen.

Karl war nicht gut zurechtgekommen ohne Vera, er wusch sich selten und vergaß zu essen. In den Nächten kamen immer noch die Russen, er hatte Angst vor seinen Träumen und ging nicht mehr ins Bett.

Nachts fand ihn Vera auf dem Küchenstuhl, halb umgekippt, todmüde, aber wach, vor sich ein dickes Buch über Landmaschinen oder Deichbau, den Kopf fast auf den Seiten, die Zigarette in der rechten Hand nur noch ein Aschenwurm.

Als sie ihre Praxis bezog, die mitten im Dorf lag, nahm sie Karl mit, wenn sie zur Arbeit ging. Er saß im Wartezimmer, las in den alten Zeitschriften und löste die Kreuzworträtsel. Er nickte den Patienten zu, sie kannten ihn und wussten, dass Karl Eckhoff wunderlich geworden war, sie ließen ihn in Ruhe.

Um zehn Uhr machte Veras Zahnarzthelferin für ihn ein Butterbrot und eine Tasse Tee, dann legte er sich auf die Couch, die Vera für ihn in das kleine Hinterzimmer geschoben hatte.

Die Tür blieb angelehnt, Karl konnte hören, wie sie mit den Patienten sprach, er hörte den Bohrer jaulen, manchmal auch ein Kind, er hörte die schnellen Schritte der Helferin auf dem Linoleumboden, die Klingel an der Tür, das Telefon. Er hörte die Schreibmaschine klappern, und er konnte schlafen auf diesem Bett aus friedlichen Geräuschen.

Mittags humpelte er dann zurück zum Hof, kochte Kartoffeln, briet Spiegeleier oder Fisch für sich und Vera, und nach dem Essen legte sie sich hin, bevor sie wieder in die Praxis fuhr.

Denn Karl war nicht der Einzige, der nachts schlecht schlief in diesem Haus. Vera ließ abends das Radio eingeschaltet, wenn sie ins Bett ging, sie versuchte vor Sendeschluss zu schlafen, es gelang ihr meistens nicht. Sie lag noch wach, wenn es im Lautsprecher schon viel zu leise rauschte.

Dann stand sie wieder auf, ging in die Küche zu Karl und rauchte mit ihm, bis sie so müde war, dass sie das Wispern aus den alten Mauern nicht mehr hörte.

Sie traute diesem Haus noch immer nicht, aber sie würde sich nicht von ihm herauswürgen und ausspucken lassen, nicht abstoßen lassen wie ein fremdes Organ, nicht wie die vielen anderen Flüchtlinge, die aus den großen Bauernhäusern möglichst schnell in ihre kleinen Siedlungshäuschen gezogen waren, bescheiden, dankbar und den Rest des Lebens peinlich bedacht darauf, nur keinem mehr zur Last zu fallen.

Wenn es etwas gab, das Hildegard von Kamcke ihrer Tochter vererbt hatte, war es ihr Mangel an Demut.

Die Mutter hatte sich geweigert, den Habitus der Habenichtse anzunehmen. Man hatte sie aus ihrer Heimat weggejagt, ihr alles weggenommen, das war wohl schlimm genug! Da musste eine Bäuerin wie Ida Eckhoff eben teilen, den Hof, das Haus, und, wenn ihr das nicht passte, weichen.

Hoch den Kopf, so hatte Vera es gelernt.

Es waren aber nicht nur Hildegard von Kamckes Übungen in Contenance, die Vera hier gehalten hatten, in diesem Dorf, in diesem alten Fachwerkhaus.

Sie war auf Ida Eckhoffs Hof gespült worden wie ein Ertrinkender auf eine Insel. Um sie herum war immer noch das Meer, und Vera hatte Angst vor diesem Wasser. Sie musste bleiben auf ihrer Insel, auf diesem Hof, wo sie zwar keine Wurzeln schlagen konnte, aber doch festwachsen an den Steinen, wie eine Flechte oder ein Moos.

Nicht gedeihen, nicht blühen, nur bleiben.

Und sie ließ keinen daran zweifeln, dass sie bleiben würde. Karl hatte Land verkauft und ihr das Geld für ihre Praxis gegeben. Dr. Vera Eckhoff behandelte ihre Patienten mitten im Dorf, und wie alle Zahnärzte wurde sie gefürchtet, nicht geliebt.

Es gab auch keinen Grund, sich eine leise Freude zu verbieten, die sie empfand, wenn sie sich über den vereiterten Backenzahn eines Altländer Bauern beugte, der mit schweißnassen Händen auf ihrem Stuhl saß. Der längst vergessen hatte, dass er an Flüchtlingen stets grußlos vorbeigegangen war, dass er aus seinem Garten einen verfaulten Apfel an den dunklen Kopf eines hergelaufenen Kindes geworfen hatte, »machst een Appel?« und dann gelacht.

Sie behandelte die Sprösslinge ihrer ehemaligen Mitschüler, stopfte ihnen die Löcher in den Milchzähnen und belohnte sie, wenn sie nicht weinten, mit einer Murmel oder einem Luftballon aus ihrer Schublade.

Sie zog die schwarzen Stümpfe aus den Mündern der

Älteren, die sie noch als kräftige Mittvierziger gekannt hatte, und passte ihnen die Prothesen an, die sie fremd und ernst aussehen und ihre Wörter, wenn sie sprachen, anders klingen ließen, zischender und spitzer.

Nach jedem Schützenfest saßen ein oder zwei junge Männer in ihrem Wartezimmer, die sich die Zähne schief und los geschlagen hatten, und wenn sie dran waren, blickten sie auf dem Behandlungsstuhl starr an die Decke, weil sie sich schämten, mit ihren aufgerissenen Mündern so dicht bei einer jungen Frau mit schönen braunen Augen zu liegen, ausgeliefert und verwundbar – so hatte Vera Eckhoff sie ganz gern.

Viel lieber war ihr noch ein anderer, der nicht in ihre Praxis kam, der keine Ärztin suchte, sondern eine Frau mit schwarzen Locken.

Wenn er aus Hamburg kam, in seinem dunkelblauen Wagen, ging Karl ganz leise pfeifend aus der Küche. Er wusste, dass er sich keine Sorgen machen musste. Sie würde ihn für niemanden verlassen.

Es gab für Vera keinen Richtigen, sie suchte keinen, sie wollte auch nicht gefunden werden von einem Mann, der sie hier weggezogen hätte aus diesem großen, kalten Haus, an dem sie klammerte wie Moos.

Hin und wieder gab es schöne Tage und Nächte mit einem, der Frau und Kinder hatte und von Vera kein Stück mehr haben wollte als sie von ihm.

Hinni Lührs auf seiner Kirschenleiter machte einen langen Hals, wenn sie mit ihrem Fremden Richtung Elbe ging, Elisabeth sank tief in ihre Beete.

Vera ging mit ihm Hand in Hand, sie machten Spaziergänge am Fluss, saßen Schulter an Schulter im Sand, sie trugen Sonnenbrillen, rauchten, lachten. Vera wusste, dass man an der Elbe nie allein war. Es kümmerte sie nicht, wenn jemand sah, dass Dr. Vera Eckhoff einen Fremden küsste. Sie war ein freier Mensch, und dafür zahlte sie genug.

Die Schuldgefühle ließ sie den Mann alleine tragen, sie hatte keine. Sie nahm der anderen nichts weg, sie wollte ihren Mann ja nicht geschenkt, sie borgte ihn sich nur, und dann gab sie ihn heil und froh zurück.

Er war auch nicht der Einzige, es tauchten andere Fremde auf und wieder ab. Vera Eckhoff hatte ihre Zeit in Hamburg nicht nur genutzt, um zu studieren.

Sie passte sehr gut auf, dass nie ein Mann mit ernster Absicht kam, ihr Leben war schon ernst genug: Karl, der sich wie ein Kind auf sie verließ, das Haus, das sie in seinen dicken Mauern hielt.

Am Abend, nach der Arbeit, zog Vera ihre Runden, die Elbe entlang, durch die Obsthöfe, über die Feldwege. Sie ging mit großen Schritten, als wollte sie das Land vermessen, als zählte sie die Meter, Kilometer ihrer Welt. Wie ein Wachsoldat marschierte sie über die Felder, am Ufer entlang, *Fruu Doktor op Patrouille,* und der Eindruck war noch stärker, seit sie die großen Hunde bei sich hatte, die sie sich kaufte, als sie wieder jagen ging.

Noch später dann auf ihren Pferden, die Hufeisen wie Hammerschläge auf der Dorfstraße. Wer es nicht sehen konnte, hörte es, in allen Häusern: Hier war Vera Eckhoff, immer noch. Jeden Tag, auf ihren langen Märschen abends oder früh am Morgen taxierte sie die Welt um sich herum wie ein Dompteur, der seinen Blick in der Manege schweifen ließ und keinem Tier in seinem Rudel lang den Rücken zeigen durfte.

Sie sah den zahmen Fluss in seinem Bett, die Häuser auf dem Deich, die Bäume auf den Feldern. Sie konnte die Vögel benennen, alle, sie wusste, wo sie brüteten, wann sie fortzogen und wann sie wiederkamen. Sie sah die Hasen und Rehe in den Obsthöfen viele Male und kannte sie, bevor sie schoss. Im Frühjahr zählte sie die Lämmer, die in der Nacht am Deich geboren worden waren. Sie passierte die Pumpenhäuser aus Backstein an den Ufern der Entwässerungskanäle, wusste, wie hoch das Wasser stand und wie viele Bienenvölker Heinrich Lührs in seinen Kirschbaumreihen stehen hatte.

Sie durfte Vera nie entgleiten, diese Landschaft, in der sie nicht verwurzelt, aber festgewachsen war.

Und man sah besser zu, dass man ihr nicht im Weg stand, wenn Vera Eckhoff auf einer ihrer unberechenbaren Stuten im Jagdgalopp die Elbe entlangpreschte.

»Pass op, de Kavallerie!«, rief Heinrich Lührs, legte die linke Hand an die Naht seiner Manchesterhose, stand stramm und salutierte, wenn sie frühmorgens an seinem Hof vorbeiritt.

»Du mi ook, Hinni Lührs!«, sagte Vera und trabte Richtung Deich. Auf dem Rückweg würde sie einmal quer über seinen akkurat geharkten gelben Sand reiten.

Allerdings wusste man nie, wer den täglichen Reiterkampf gewinnen würde – sie oder die Trakehner. Manchmal schafften sie es, Vera irgendwo im Schilfrand der Elbe aus dem Sattel zu katapultieren. Sie machten sich dann ohne Reiterin auf den Heimweg, Vera Eckhoff musste in ihren Reitstiefeln bei Heinrich Lührs über das Geharkte trampeln, und Hinni feixte noch Tage später über den *Dragoner to Foot.*

Aber Vera wollte es so. Sie wollte auch ihre großen grauen Jagdhunde, die Briefträger und Zeitungsboten in Todesangst versetzten. Irgendwann hatten die Zusteller es sattgehabt, auf ihrem Hof jeden Morgen von zwei erstklassig ausgebildeten Weimaranern wie ein Stück Schwarzwild zur Strecke gebracht zu werden. Vera hatte den Postkasten vor dem Zaun an der Straße aufstellen müssen. Sie hatte noch ein Schild darangeklebt, das sie bei Heinrich Lührs im Spritzmittelschuppen gefunden hatte: schwarzer Totenkopf auf gelbem Grund. *Lebensgefahr!* Aber Männer, die vor Hunden wegrannten wie kleine Mädchen, verstanden offensichtlich keinen Spaß. Paul Heinsohn grüßte jedenfalls sehr sparsam, wenn er jetzt mit seinem Postfahrrad vorbeikam.

Wenn Vera in der Nähe war, waren ihre Hunde die Ruhe selbst. Sie gehorchten ihr aufs Wort, respektierten sie als Rudelführer, lagen unter ihrem Tisch, ließen sich von ihr kraulen, aber das musste man nicht jedem auf die Nase binden. Der schlechte Ruf ihrer Hunde war für Vera mehr wert als jede Alarmanlage. Wer es nicht besser wusste, blieb ihr vom Hof, und das war gut so.

Vera Eckhoff wollte auch dieses Haus, obwohl es sie in seinen Wänden nur widerwillig duldete, ein Patron aus Stein und Eiche, herrisch und selbstgefällig.

Sie wusste nicht, wie viele Menschen in diesen kalten Mauern schon gelebt hatten, es mussten neun oder zehn Generationen sein. Hochzeiten gefeiert, ihre Kinder gezeugt, geboren, verloren, ihre Toten aufgebahrt in dieser zugigen Diele. Junge Frauen waren in ihren Hochzeitskleidern in das Haus gekommen, durch die *Brauttür,* und hatten es in ihren Särgen wieder verlassen – durch dieselbe schmale Tür, die außen keine Klinke hatte, die nur geöffnet wurde beim Heiraten und beim Sterben.

Man musste großgeworden sein in diesen Häusern, um sich in ihnen nicht zu fürchten, nachts, wenn die Wände zu flüstern begannen.

In manchen Nächten knirschte auf dem alten Kornboden ein Seil am Deckenbalken wie unter einer schweren Last. Die alten Stimmen raunten ihr Befehle zu, die Vera nicht verstand. Sie sprachen schlecht von ihr und schienen über sie zu lachen.

Vera hatte immer gefroren in diesem Haus, nicht nur am Anfang, als sie mit ihrer Mutter in der Gesindekammer an der großen Dielentür wohnte, die von allen kalten Räumen im Haus der kälteste war, am weitesten weg von Ida Eckhoffs warmem Herd.

Auch dann noch, als sie sich langsam hochgekämpft hatten, Kammer für Kammer.

Vera fror weiter, als sie die Küche erobert hatten und

die warmen Stuben am Ofen. Sie hatte sich mit der Kälte längst angefreundet. Die Kälte hielt sie wach.

Dieses Haus war nicht gebaut für Menschen, die es warm und gemütlich haben wollten. Es war wie mit den Pferden und den Hunden: Man durfte keine Schwäche zeigen, sich nicht einschüchtern lassen von diesem Koloss, der seit fast dreihundert Jahren breitbeinig auf seinem Marschboden stand.

Vera ließ sich von seiner vernarbten Fassade und dem derangierten Reetdach nicht täuschen: Das Haus mochte angeschlagen sein, aber es würde hier noch stehen, wenn sie schon längst ihren Abgang durch die Brauttür gemacht hatte, Füße voran.

Abends, wenn es dunkel wurde, ließ Vera ihre Hunde in die Küche, dann saßen sie zu dritt, als wachten sie bei einem Kranken.

4
Fine Woodworking

Bernd begann seine Mitarbeitergespräche immer mit derselben Frage, und es war klug, zu dieser Frage nichts zu sagen. »Warum sitzen wir hier?« Er gab die Antwort lieber selbst. »Wir sitzen hier, Anne, weil ich eine ziemlich heftige Beschwerde-Mail bekommen habe.«

Er hatte sie ausgedruckt, sie lag jetzt neben ihm auf seinem Schreibtisch, zweieinhalb Seiten, sehr viele Ausrufezeichen, Klammern und Fragezeichen.

Die Mutter des Reiswaffelmädchens, natürlich. *Fassungslos!*, weil ihre kleine Clara-Feline am Schnuppertag nicht mit vollem Mund in eine Querflöte pusten durfte.

Anne schaute aus dem Fenster. Die große Pappel an der Einfahrt hatte mit ihren kahlen Zweigen eine Plastiktüte eingefangen. Der Wind zerrte an dem dünnen grünen Beutel, als quälte er zum Spaß ein Tier.

Bernd nahm seine Brille ab, stellte die Ellenbogen auf den Schreibtisch und steckte seine Nasenspitze zwischen die zusammengelegten Hände. Wenn er eines nicht abkonnte, war es schlechte Stimmung an den Schnuppertagen. Anne sah erst wieder hin, als er die zweite Frage stellte.

»Was ist dein Problem?«

Seine Abmahnungsgespräche waren durchkomponiert, sie begannen immer leise. Gleich würde er sich kurz und heftig aufregen, *molto vivace*, das war noch auszuhalten, der wirklich schlimme Teil kam erst danach.

Bernd ging das ja alles tierisch an die Nieren. Die Kraft, die ihn diese Arbeit jeden Tag kostete, das machte sich nie einer klar, und jetzt noch diese Scheiße hier, die Aggressionen, das Negative, die ganzen schlechten Schwingungen. Es machte ihn krank, es brannte ihn aus, er würde wieder weinen. Den Blick leicht anheben, die Augen schließen und wie in Zeitlupe den Kopf schütteln. *Grave.*

Die Tränendusche gehörte zum Konfliktgespräch wie das Jeanshemd zum Schnuppertag.

Das Problem war ihre Wut. Rasende, schäumende Wellen, riesige Brecher, Kaventsmänner. Ein Weltmeer von Wut und in ihrem Schiff ein Leck.

Die Kinder, die in ihre Kurse kamen, konnten nichts dafür, dass sie Clara-Feline oder Nepomuk hießen, dass ihre Eltern sie wie Preispokale durch die Straßen von Ottensen trugen und von einer Frühförderungsmaßnahme zur nächsten schleppten.

Wenn sie mit drei Jahren in die *Musimaus*-Kurse gebracht wurden, lutschten sie fröhlich an ihren Blockflöten und droschen mit zielloser Begeisterung auf die Xylophone und Keyboards ein, aber spätestens acht Wochen später kamen ihre Eltern und baten um *ein kleines Perspektivgespräch.*

Sie kamen immer mit diesem netten, selbstironischen Lächeln, aber aus dem Lächeln ragte der Ehrgeiz wie ein kalter Fuß aus einer viel zu kurzen Decke.

Natürlich sollte die Musikschule vor allem Spaß machen, ganz klar, aber vielleicht war das Keyboard für Clara-Feline doch nicht ganz das Richtige?

Anne widersprach dann nie, sondern schlug sofort ein kompliziertes, ausgefallenes Instrument vor, Harfe oder Flügelhorn, *um Ihr Kind nicht zu unterfordern,* und die Eltern waren immer glücklich.

Mit Bernd war das so abgesprochen, er legte Wert darauf, dass auch die Lehrer der exotischeren Instrumente gut beschäftigt waren.

Musimaus war eine Traumfabrik. Die Schüler kamen als normal begabte Kleinkinder hinein und als erstaunliche musikalische Talente wieder heraus, alles eine Frage der Etikettierung. Bernd verdiente eine Menge Geld mit diesem Hokuspokus, seine Skrupel hielten sich in Grenzen. Anne fragte sich manchmal, wie es den kleinen Harfenistinnen oder Flügelhornisten wohl später gehen mochte.

Sie würden irgendwann ein Kind in ihrem Alter treffen, das wirklich spielen konnte, die Wahrheit musste schmerzhaft sein.

Am Anfang hatte sie noch Träume gehabt, schlimm wie Verbrechen: ein unheilbarer Krebs für Thomas, ein Unfall, ein Koma, ein Mord. In ihren Träumen löste er sich auf, verschwand, verstarb, und alles wurde wieder gut, bis sie erwachte und erschrak, weil er noch da war und immer noch in ihrer Sonne stand. Und dann erschrak sie noch mal, weil sie im Traum so froh gewesen war.

In wachem Zustand war er nicht zu hassen, nicht einmal Anne schaffte das. Er war ein Junge, der nie etwas verlangte, weil er alles schon hatte, sein Seelenleben war hell und aufgeräumt, keine Staubflusen in den Ecken, keine Spinnen in seinem Keller. Und keine Ahnung von den Abgründen der anderen.

Anne konnte auf dem Flügel nur noch spielen, wenn sie allein im Haus war, und selbst dann brach sie oft mitten in den Stücken ab. Sie hörte sich ja selbst und spürte, wie die Finger an den schweren Stellen hakten, die Thomas mühelos gelangen, er schien dabei zu träumen.

Und selbst wenn sie es fehlerfrei durch eine schwere Beethoven-Sonate schaffte, wenn sie gut und sicher spielte und *mit Empfindung!*, wie ihr Klavierlehrer es immer wollte, klang es ganz anders als bei Thomas, sosehr sie übte, sosehr sie das Stück liebte. Als liebte die Musik sie nicht zurück.

Wenn Thomas am Flügel saß, schienen die Töne ihm zuzufliegen, er zog sie an, wie manche Menschen Kinder oder Katzen. »Kennst du das, Anni«, fragte er, »dass du nicht die Musik spielst, sondern die Musik spielt dich?«

Er war kein Feind, er war ihr Bruder, und er kapierte nichts.

Ihm den Klavierdeckel auf die Hände knallen und seine Finger brechen hören. Manche Träume waren sehr schwer zu verscheuchen.

Der schwarze Flügel gehörte ihr nicht mehr, sie sprachen nie darüber, aber Anne spürte es und gab ihn her, wie man ein Pflegekind hergeben musste, wenn seine echten Eltern kamen.

Sie versuchte Marlenes Blicke nicht zu sehen, wenn Thomas spielte und sie auf ihr Zimmer schlich, oder die hilflose Heiterkeit des Vaters, abends, wenn sie zu viert am Esstisch saßen – immer Blumen, immer Kerzen –, und ihm irgendwann auffiel, dass sich wieder alles um Thomas gedreht hatte, um irgendein Konzert, ein Vorspiel, eine Probe.

Er räusperte sich dann, legte die Serviette zusammen, stützte die Ellenbogen auf den Tisch und lächelte sie an.

»Und wie war dein Tag, meine Große?«

Sie dachte sich dann etwas aus, es stimmte nie, und keiner merkte es.

Auch dass ihr Haus in Trümmern lag, und dass sie jeden Tag über die Asche steigen musste, es merkte keiner.

Mit sechzehn, eigentlich zu spät, holte sie die Querflöte vom Dachboden, ihr erstes Instrument, lange vergessen, und Marlene fand sofort eine Lehrerin, *die beste, Anne!*, die dreimal in der Woche mit ihr arbeitete. Sie übte, bis sie vor Ellenbogenschmerzen nicht mehr schlafen konnte.

Nach zwei Jahren spielte sie die *Partita in a Moll* fehlerfrei und bestand die Aufnahmeprüfung an der Musikhochschule, Hauptfach Flöte, Nebenfach Klavier.

Thomas pflückte ihr im Garten Blumen, der Vater wollte feiern, er sei so stolz auf sie, er schien es selbst zu glauben. Als wäre es wer weiß was für ein Erfolg. Als hätte nicht ihr kleiner Bruder gerade den ersten großen Auftritt in der Laeiszhalle hingelegt.

Marlene lächelte, umarmte sie und schaute ihr nicht in die Augen.

Nach fünf Semestern brachte sie die Querflöte zurück auf den Dachboden und ihre Noten ins Altpapier. Sie legte sich auf das blanke Fischgrätparkett vor dem Flügel und hörte Thomas Schumann spielen.

Unheilbares Heimweh nach einem Zuhause, das es nicht mehr gab. Eine Vertriebene, die nicht mehr wusste, wo sie hingehörte.

Von der Tischlerlehre erzählte sie erst, als sie schon unterschrieben hatte, ein paar Tage nach ihrem einundzwanzigsten Geburtstag. Ihr Vater, der selten laut wurde, brüllte aus dem Stand einen Vortrag über Unfälle mit Furnierpressen und Stechbeiteln, über abgetrennte Finger in der Kreissäge, Augäpfel, die von Holzspänen durchbohrt wurden, zerquetschte Zehen, irreparable Hörschäden und Bandscheibenvorfälle; einer seiner Brüder war Tischler und hatte im Lauf der Jahre ganz schön was abbekommen.

Marlene war zu dem Zeitpunkt schon ziemlich mürbe gewesen und hatte nur noch resigniert den Kopf geschüttelt.

Carsten Drewe, Tischlermeister in Hamburg-Barmbek, stellte am liebsten weibliche Azubis ein, er konnte nicht so gut mit männlichen. Sein allgemeines Problem mit Männern galt im Besonderen für seinen Vater, einen robusten Achtzigjährigen, der jeden Morgen um Punkt sieben die

Kreissäge anschmiss. Wenn Carsten gegen halb acht in die Werkstatt kam und den Alten sah, der ihm schon mal die Spanplatten zuschnitt, war er gleich wieder bedient.

Carsten träumte von Massivholz, von Einbauküchen aus heimischem Ahorn, von geschwungenen Eichentreppen und geölten Kirschbaumkommoden, aber er lebte von Furnier und Kunststofffenstern. Es machte ihn fertig, wenn seine Kunden, die nichts, aber auch gar nichts schnallten, ihre alten Pitchpinedielen durch Laminat ersetzen lassen wollten; er blieb dann auch nicht immer sachlich, weil diese ganze Pressspankacke ihn so ankotzte.

Über der Werkstatt gab es ein staubiges Zimmer, in dem die Auszubildenden der Firma Drewe mietfrei wohnen durften. Es roch nach Sägemehl und Holzöl und war vollgestellt wie ein Möbellager, weil Carsten hier seine selbst gebauten Stühle, Nachtschränke und Sekretäre aufbewahrte. Den meisten Platz nahm ein klotziges Himmelbett aus Wildeiche ein, sein Meisterstück – *Unverleimt! Komplett zerlegbar! Keine einzige Schraube!* –, mit einer Intarsienrosette an der Kopfseite und schweren Vorhängen aus rotem Samt, die seine Mutter ihm genäht hatte. Das Bett sah aus, als müsste man darin Thronfolger zur Welt bringen.

»Man kann sich das hier ganz gemütlich machen«, sagte Carsten, aber zum Rauchen musste man raus in den Hof. Seine Eltern wohnten direkt neben der Werkstatt, Karl-Heinz Drewe war eine Seele von Mensch, aber bei Verletzungen der Brandschutzbestimmungen hörte der Spaß auf.

»Pass auf dich auf. Melde dich.« Marlene wollte von Annes kindischen Plänen nichts mehr wissen, sie würde sich das Loch in Barmbek gar nicht ansehen, in dem ihre Tochter jetzt meinte hausen zu müssen.

Sie half ihr noch mit dem Rucksack, schlug den Kofferraumdeckel zu, dann drehte sie sich um und ging ins Haus. Nicht zu ändern. Nebenwirkungen eines Wunderkindes, so sah sie die Sache wohl, und das Wunderkind stand im Flur und konnte nicht mehr aufhören zu weinen.

Professor Hove fuhr seine Tochter selbst zur Firma Drewe, immerhin hatte er den Schlips abgenommen. Er gab Carsten und seinen Eltern die Hand und ließ sich vom Senior in Ruhe die Werkstatt zeigen, hakte unauffällig die Sicherheitsvorkehrungen an der Kreissäge ab, Blattabdeckung, Spaltkeil, Schiebestock, alles da, und sämtliche Drewes schienen körperlich unversehrt zu sein. Wenigstens das. Selbst das Zimmer über der Werkstatt war nicht ganz so schlimm, wie er befürchtet hatte, und das war auch nur für den Übergang, sagte Hertha Drewe, Carsten wollte jetzt demnächst ausziehen aus der Einliegerwohnung seiner Eltern, »dann kommt die Lütte da rein«. Sie hatte Bienenstich gebacken, Kaffee gab es immer um drei.

Annes Vater saß in seinem weißen Hemd zwischen Karl-Heinz und Carsten auf der Eckbank und begann wohl zu begreifen, dass ein Lehrvertrag bei Firma Drewe auch eine Art Adoptionsvertrag war. Eine selten dämliche Idee vielleicht, aber kein Grund zur Sorge.

Hertha legte ihm ein Stück Kuchen nach dem anderen auf den Teller, er schien es gar nicht zu bemerken, sah auch nicht, dass seine Kaffeetasse immer wieder voll wurde, und hörte nicht, dass ihm an diesem Küchentisch mit der karierten Wachstuchdecke die ganze Zeit sein »r« nach vorne rutschte. Es rollte ungebremst, und niemand nahm Notiz davon, nur Anne fiel es auf, sie saß ganz still und tupfte mit dem Zeigefinger die Kuchenkrümel auf ihrem Teller zusammen, ließ die Augen auf dem Zwiebelmuster und versuchte nicht zu weinen.

Bevor er in den Wagen stieg, packte Enno Hove ihr die Kartoffelgrubberhände auf die Schultern und rüttelte ein bisschen ungeschickt an seiner Tochter. »Du bist ja jetzt nicht aus der Welt, Anne.«

Aber natürlich war sie das. Familie Drewe stob auseinander, als Anne zu heulen anfing.

Die Ausbildung bei Firma Drewe war eine Lehre fürs Leben, jeden Tag Familienaufstellung. Vater und Sohn schafften es, einander drei Tage lang anzuschweigen, wenn Carsten mal wieder beim Anblick einer furnierten Schrankwand die Nerven verloren hatte.

»So 'n Scheißregal bau ich nicht mal bekifft!« Das war nicht ganz das, was die Stammkundschaft von Firma Drewe gerne hörte, wenn sie ihre Wohnzimmermöbel vom Fachbetrieb auf Vordermann bringen lassen wollte.

Karl-Heinz ging auch regelmäßig hoch, wenn er die Lieferzettel von *Natur-Depot* in die Finger kriegte, wo Carsten *für Unsummen!* ökologische Holzlasuren und Möbelöle bestellte. Großes Geschrei in der Werkstatt, dann ein paar Tage tödliche Stille, dann wieder einträchtiges Sägen, Hobeln, Schleifen bis zur nächsten Schreierei. Das Muster zogen sie seit zweieinhalb Jahrzehnten durch.

Vor fünfzehn Jahren, an Carstens dreißigstem Geburtstag, hatte Karl-Heinz Drewe seinem Sohn die Firma überschrieben. Es fiel ihm noch ein bisschen schwer, sich jetzt von seinem Junior etwas sagen zu lassen.

Carsten warf in den lauten Phasen mit Kanthölzern und Zollstöcken um sich, er wurde irgendwann weiß und zitterte und haute ab zu seiner Freundin Urte, die ihm dann mit Aroma-Öl-Massagen und ein paar Ignatia Globuli beim Runterkommen half. Urte war Lehrerin an einer Waldorfschule und wohnte mit zwei anderen Frauen in einer von Wertschätzung und Achtsamkeit geprägten WG, während sie mit Carsten eine komplizierte On-off-Beziehung lebte. Im Kern ging es immer um die Frage, ob ihre Widersprüche auszuhalten waren oder überwunden werden mussten.

Carsten wuchsen all die Widersprüche in seinem Leben manchmal ziemlich über den Kopf. Vollholz und Fertigparkett, mittags Kohlrouladen und abends Basenfasten, Urtes harter Futon und Herthas lenorweiche Biberbettwäsche, der Terror mit dem Alten und das schöne, kalte Astra, Schulter an Schulter nach Feierabend auf der Bank vor der Werkstatt, wenn es dann wieder gut lief. Pentatonische Konzerte in der Aula von Urtes Rudolf-Steiner-Schule und Puzzle-Abende mit seinen Eltern, Ravensburger, 5000 Teile, das große Korallenriff. Zu dritt hatten sie das ruckzuck fertig.

Wenn zwischen Vater und Sohn die Fetzen flogen, hielt Hertha sich raus.

»Da sag ich nichts zu! Gar nichts!« Sie ärgerte sich zwar grün und blau, wenn Carsten dann in seiner Wut zu Urte rannte, aber dazu sagte sie auch nichts. »Gar nichts!«

Urte hatte Hertha ihre Meinung zu den Generationskonflikten und Abnabelungsproblemen in der Familie Drewe mehr als einmal dargelegt, aber Hertha wurde immer ganz verrückt von dem Gesabbel, weil jeder Satz, den Urte sagte, mit »Ich denke …« anfing. Und außerdem ging sie das überhaupt nichts an, das waren Familienangelegenheiten, »und Ende der Durchsage«.

Zum Thema Enkelkinder sagte Hertha auch nichts mehr. Urte war aus dem Alter raus, das war auch gut so, die Kinder wären ja plemplem geworden bei der Mutter. Aber Carsten war noch nicht zu alt, ihm fehlte bloß die richtige Frau, Hertha hielt schon immer die Augen offen, aber woher nehmen und nicht stehlen.

Carsten Drewe war ein geduldiger Lehrmeister, er regte sich nie auf, wenn Anne Fehler machte. Und er ließ seine Auszubildenden grundsätzlich nicht die Werkstatt fegen oder das Lager aufräumen, weil ihm dieses reaktionäre Meister-Lehrling-Ding dermaßen auf den Sack ging. Diese ganze Fegerei im Handwerk, das grenzte doch schon an Sadomaso. *Ja, Meister. Wird sofort gemacht, Meister,* so zog man Untertanen ran, Kriecher und Speichellecker, aber nicht bei ihm! Carsten fand, dass generell zu viel gefegt wurde, Karl-Heinz sah das ein bisschen anders – »bitte schön, da steht der Besen, Vadder!«

Anne konnte es nicht gut mitansehen, wenn der Senior nach Feierabend mit seinem krummen Rücken die Werkstatt fegte; sie holte sich mal schnell den Besen, wenn Carsten zum Großhandel fuhr oder mit Hertha im Büro saß und Rechungen schrieb, man durfte sich bloß nicht erwischen lassen, er regte sich dann richtig auf. »Und denn noch als Frau! Willst du vielleicht auch gleich noch meine Ünnerbüxen bügeln? Soll ich Schnucki zu dir sagen? Das kann doch wohl alles nicht angehen hier!«

Nach anderthalb Jahren Lehrzeit war Anne so weit, dass sie die heikleren Termine ohne Carsten erledigen konnte. Während sie den Kunden die Laminatproben zeigte oder das Aufmaß für neue Kunststofffenster machte, saß er im Firmenwagen und las in seinen Fachzeitschriften, *Fine Woodworking* oder *Holzwerken,* rauchte ein paar Selbstgedrehte und versank in langen Artikeln über gedrechselte Nussbaumstühle oder die Verleimung von Drehschubladen. Es machte ihm nichts aus, wenn Anne über seine »Vollholzpornos« lästerte, man konnte froh sein, wenn sie überhaupt mal freiwillig was sagte, ihre Stimme klang schon wie ein rostiges Scharnier.

»Die klang schon immer so!«

Auch gut, er fing da jetzt nicht mehr von an. Er war ihr Chef, nicht ihr Psychiater.

Selbst Hertha kriegte nicht heraus, was Anne die ganze Zeit allein in ihrem Zimmer machte.

Manchmal blieb sie nach dem Abendessen und puzzelte ein bisschen mit, dann stellte Hertha ein viertes Schälchen auf den Tisch für die Kartoffelchips.

Annes Gesellenstück war ein drehbarer Klavierhocker aus Kirschbaum, der Carsten glücklich machte. Solange seine Lehrlinge solche Dinger zustande brachten, hatte er den Kampf gegen die ganze Industrieholzscheiße noch nicht verloren. Er machte Fotos, auch eines von Anne, und schrieb seine erste Werkstattreportage für die Zeitschrift *Holzwerken*, eine Doppelseite. Sie kostete ihn mehr Zeit, als Anne für das Entwerfen und Bauen ihres Hockers gebraucht hatte, aber er machte eben keine halben Sachen.

Karl-Heinz schnitt den Artikel aus, als er erschien, und klebte ihn mit Tesafilm an die Glasscheibe der Werkstatt-Tür. »Das muss nun ja auch nicht sein, Vadder«, aber er blieb da hängen, Hertha pulte ihn nur immer kurz mal ab, wenn sie die Fenster putzte.

Anne hatte ihn sofort gesehen, ziemlich vergilbt, als sie nach dreieinhalb Jahren von der Walz zurückkam und in ihrer schwarzen Gesellenkluft vor Carsten Drewes Werkstatt stand.

Bernd nahm ein Taschentuch aus der Schublade seines Schreibtischs, putzte seine Brille, die vom Weinen ein bisschen beschlagen war, wischte sich kurz über die Augen und atmete einmal tief durch. »Weißt du, Anne …«

Er hielt sich an den Ablauf, jetzt kam die Chronik, 24

Jahre *Musimaus* in Hamburg-Ottensen, ein Mann, der seine Träume lebte.

Bernds großer Monolog war sehr emotional und dauerte, wenn er die Kindheit wegließ, immer noch gut zehn Minuten. Anne schaute auf die Uhr. Leons Kita schloss in fünf Minuten.

Langsam stand sie auf, legte ihm ganz kurz die Hand auf seinen Arm und ging.

Als sie die Tür hinter sich schloss, konnte sie hören, wie Bernd verstummte und dann leise weitersprach.

5
Stummfilm

Die Möwen waren zurück. Nicht, dass er sie sonderlich mochte, sie würden im Sommer wieder in Scharen über Veras Kirschbaum herfallen, und dann flogen sie über seinen Hof zurück Richtung Elbe, und ihr Dreck landete in seinem Garten.

Der Baum musste sowieso weg, die alte Krücke in ihrem Vorgarten, der Stamm war von Efeu überwuchert, die Zweige wuchsen ohne Sinn und Verstand in alle Richtungen, Vera dachte ja nicht daran, ihn zu beschneiden. Jetzt war er so groß, dass man im Sommer kein Netz mehr darüber werfen konnte.

Nicht eine Kirsche hatte sie von diesem Baum im letzten Jahr gehabt, sie ließ die Vögel einfach machen, was sie wollten. »Kiek man nich hen, Hinni.« Und das war auch das Beste, was man tun konnte, wenn man das Pech hatte, Vera Eckhoffs direkter Nachbar zu sein: Nicht hingucken.

Heinrich Lührs gab sich alle Mühe, ihren vermoosten, struppigen Rasen mit den Maulwurfshügeln nicht zu sehen, die verkrauteten Beete, schief und krumm, die ausgefranste Ligusterhecke. Es war ihm unbegreiflich, wie ein Mensch das alles einfach so stehen und liegen lassen konnte.

Kiek man nich hen, das sagte sich so leicht.

Wenn Vera mit dem Auto wegfuhr, ging Heinrich schnell in ihren Garten und schnitt ein paar Rosen zurück oder band den Stachelbeerbusch hoch, der auf Halbmast hing. Morgens wartete er manchmal ab, bis sie auf ihrem überkandidelten Pferd Richtung Elbe getrabt war, und ging dann kurz rüber, versenkte ein paar Fallen in ihren Maulwurfshügeln und ging mit seiner *Roundup*-Spritze einmal unter ihrer Hecke durch, das merkte Vera gar nicht, und das musste auch sein, weil der Giersch sonst wieder zu ihm rüberwucherte – und der Maulwurf hielt sich auch nicht an die Grundstücksgrenzen. Wenn Vera gern in ihrem Wildwuchs leben wollte, bitte schön, er nicht.

Die Möwen waren zurück, die Ersten hatten sich jetzt auf der kleinen Insel in der Elbe niedergelassen, wo sie den Sommer über bleiben würden, um zu brüten und ihren hässlichen Küken das Fliegen beizubringen. Heinrich Lührs konnte sie hören, morgens um halb sieben, wenn er das Tageblatt aus seinem Zeitungskasten holte.

Wenn die Möwen kamen, war der Winter vorbei. Wieder einer.

Er schmierte seine beiden Brote immer schon am Abend, Leberwurst und Honig, deckte den Teller mit Plastikfolie ab und stellte ihn in den Kühlschrank. Füllte drei Löffel Kaffeepulver und das Wasser in die Maschine, stellte Tasse, Untertasse, Zucker auf den Tisch, dann musste er morgens nur noch die Kaffeemaschine einschalten, bevor er ins Badezimmer ging.

Elisabeth hatte das immer so gemacht, weil es morgens zackzack gehen musste.

Seit Heinrich Lührs seine Obstbäume an Dirk zum Felde verpachtet hatte, konnte er morgens schon das Tageblatt lesen, und das Radio machte er sich auch noch an, dann war es in der Küche nicht so still.

Es musste nicht mehr zackzack gehen, und die Winter wurden immer länger.

Aber jetzt standen unter dem Küchenfenster die Schneeglöckchen, und die ersten fünf hatte er heute gepflückt und auf den Tisch gestellt, in der kleinen Kristallvase, die nicht größer als ein Eierbecher war. Elisabeth hatte sie für die Gänseblümchen und Hornveilchen und Löwenzahnblüten gebraucht, die die Kinder ihr, als sie klein waren, mit kurzen Stängeln vom Deich gerupft hatten. In ihrem Garten durften sonst keine Blumen gepflückt werden, da verstand sie keinen Spaß, aber die ersten fünf Schneeglöckchen kamen immer in die kleine Vase, für jeden in der Familie eines.

Es war so still.

Nicht, dass sie viel geredet hätten miteinander. Aber Elisabeth hatte gesungen und gesummt, immer, beim Aufstehen schon, in der Küche, im Garten, in den Obstbäumen, den ganzen Tag. Sie merkte es gar nicht, aber er konnte immer hören, wo sie war.

Wenn sie nicht summte, konnte er sich denken, dass sie böse auf ihn war. Weil er zu hart mit den Jungs gewesen oder mit seinen verdreckten Stiefeln durchs Haus getrampelt war. Einmal hatte sie zwei Tage nicht gesummt, weil er auf dem Blütenfest ein paarmal zu oft mit Beke Matthes getanzt hatte. Dabei war da gar nichts los gewesen, er mochte sie wohl leiden, Beke Matthes, aber doch nicht *so.*

Seit Elisabeth nicht mehr summte, weil ein Malermeister aus Stade sie mit vierzig zu viel auf dem Tacho in der großen Kurve vom Fahrradweg gefegt hatte, lebte Heinrich Lührs ohne Ton. Zwanzig Jahre Stummfilm, seit sie tot war.

Denn er hat seinen Engeln befohlen …, hatten ihre Freundinnen vom Kirchenchor auf der Trauerfeier gesungen, das war ihr Konfirmationsspruch gewesen, *dass sie dich behüten auf all deinen Wegen …,* und da hatte Heinrich schon gewusst, dass er nicht wieder in die Kirche gehen würde. Auf den Friedhof, ja, jeden Sonnabend ging er dahin. Er hielt das Grab in Ordnung, pflanzte im Frühling Begonien, rot und weiß, immer im Wechsel, so hatte Elisabeth es in ihrem Garten auch gemacht.

Aber dass seine Frau mit dreiundfünfzig Jahren am Straßenrand sterben musste, überfahren wie ein Tier, das hatte sie nicht verdient.

Und er auch nicht. Heinrich Lührs hatte viele Tage und Nächte lang Stein für Stein in seinem Leben umgedreht und nach dem Fehler gesucht, dem großen Verbrechen, das er begangen haben musste. Und er fand es nicht. Er war gut gewesen zu seiner Frau und seinen Kindern. Streng, ja, mitunter auch mal aufbrausend, aber nicht schlecht. Er rauchte nicht, er trank nicht mehr als andere, er hatte keine Frauengeschichten. Beke Matthes zählte wohl nicht. Er hatte seinen Eltern keine Schande gemacht, er hatte seinen Hof und sein Haus immer hundertprozentig in Ordnung gehalten, er war fleißig und tüchtig, ein hilfsbereiter Nachbar. Er hatte das Finanzamt nicht betrogen, er schummelte nicht mal beim Skat.

Gottes Engel konnten abschwirren. Sie hatten eine merkwürdige Vorstellung davon, was das hieß, jemanden *beschützen auf all seinen Wegen* und *auf Händen tragen.* »Wir können Gottes Wege ja nicht immer verstehen«, hatte die Pastorin gesagt, aber Heinrich Lührs hatte das sehr gut verstanden: Mal eben die Muskeln zeigen, einen geraden Rücken krummbiegen, einen Mann in die Knie zwingen. Damit er dann in die Kirche rannte und das Beten lernte. Darum ging es doch.

Nicht mit ihm. Diese Sache war nicht in Ordnung, und er dachte nicht daran, sich damit abzufinden. Wenn er auf seinen Hof nicht besser aufgepasst hätte als diese Engel auf seine Frau, dann sähe der jetzt aus wie der Hof von Vera Eckhoff.

»Vadder, ik ook nich«, hatte Georg gesagt, ein paar Tage bevor Elisabeth mit dem Fahrrad losfuhr, dabei wäre er von den dreien der beste gewesen. Drei Söhne hatte Heinrich Lührs und keinen Nachfolger.

Er wusste nicht, ob sie gesummt hatte an ihrem letzten Morgen.

6
Luftmaschen

Im Gruppenraum der Käfer standen die Stühle auf dem Tisch, der Boden war gefegt, gewischt, schon wieder trocken, jetzt legte Marion im Wickelraum die Handtücher zusammen, was überhaupt nicht ihr Job war. Sie war hier nicht die Hauswirtschafterin, sie war die pädagogische Leiterin der Käfergruppe, und während sie ein bisschen heftiger als nötig an den unschuldigen Handtüchern zerrte, behielt sie Leon im Auge, der wie bestellt und nicht abgeholt in der Spielecke saß. Ihm schien das allerdings nichts auszumachen, er baute konzentriert an einem Turm, der mittlerweile fast so hoch war wie er selbst.

Es waren immer dieselben Eltern, die viel zu spät hier angehechelt kamen und dann am liebsten noch die große Verzeih-mir-Show abzogen. Aber das hatte sie ihnen inzwischen ganz gut abgewöhnt.

Als Anne in den Gruppenraum stürzte, gab Leon seinem Turm einen Tritt, und die Bauklötze flogen donnernd durch den ganzen Gruppenraum, was Marion nicht toll fand, besonders nicht um acht nach drei.

Sie machte schon mal das Licht aus, während Anne durch den Gruppenraum hetzte, um die Bauklötze einzusammeln. In Marions Hand klimperte das Schlüsselbund.

Anne schnappte sich Leon, »schönen Feierabend, Marion!«, angelte im Flur nach seinen Stiefeln und stürmte nach draußen, Mütze, Schal und Handschuhe hatte sie schon in die Kapuze des Schneeanzugs gestopft. Im Windfang der Eingangstür stellte sie Leon neben seinen Buggy, um ihn fertig anzuziehen.

Die Mütter von Hamburg-Ottensen hatten es fast immer eilig. Sie schoben ihre Kinderwagen wie Kofferkulis, als wären sie Reisende auf einem Flughafen, die dringend ihre Gates erreichen mussten, um nicht die Anschlussflüge zu verpassen.

Anne sah die anderen im Stechschritt an sich vorbeimarschieren, eine Zeitlang war sie noch mitgerannt zu den Pekip- und Krabbel- und Babyschwimmterminen, aber sie fühlte sich in diesen Gruppen so fremd und fehl am Platz wie eine Atheistin im Gebetskreis.

Nach zwei qualvollen Stunden Babyschwimmkurs hatte sie Christoph hingeschickt, dem es nichts ausmachte, mit einem Dutzend Eltern und Kleinkindern singend in einem Planschbecken auf und ab zu hüpfen, alle immer Hand in Hand. Er absolvierte diesen Termin genauso klaglos wie seinen Dienst am Waffeleisen beim Kitafest oder den Windeleinkauf bei Budnikowsky.

Christoph lebte mit ihnen wie ein gut gelaunter Gast, es schien ihm nie ganz klar zu sein, dass er dazugehörte, dass ihn dieses Familienleben tatsächlich etwas anging.

Wenn sie zu dritt durch die Stadt gingen, ein Mann und eine Frau mit einem Kleinkind im Wagen, fing Anne manchmal ihr Spiegelbild in einem Schaufenster ein, und sie versuchte zu verstehen, warum sie anders waren als die anderen Familien.

An den Kleidern und Frisuren lag es nicht. Sie sahen gut und richtig aus im Schaufensterspiegelbild, ihr Kind war niedlich, und Christoph legte seine Hand auf Annes Schulter, wenn sie die Karre schob.

Aber da war ein Zögern, wenn Leon seinen Schnuller auf den Gehweg spuckte oder zu weinen begann, weil er nicht länger im Buggy sitzen wollte, es fehlte das Fraglose, das sie an all den anderen Familien wahrzunehmen glaubte. Das reflexhafte Bücken nach dem heruntergefallenen Schnuller, das Weiterreden, während man fast beiläufig das Kind aus der Karre auf den Arm hob. Das Stillen im Café bei koffeinfreiem Latte, die Mutter bis zur Willenlosigkeit entspannt, und neben ihr der Vater, den Laptop vor sich, über der Schulter das Spucktuch und seine Hand auf ihrem Rücken, sanft und langsam auf und ab streichelnd.

Die Familienstillleben in den Cafés und Parks von Hamburg-Ottensen zeigten Anne, was sie nicht waren: ein fest verschnürtes Paket, Vater-Mutter-Kind, verwoben zu einem stabilen Familienstoff.

Sie waren zwei Leute mit einem Kind, lose verhäkelt, drei Luftmaschen.

Zwischen all den Paaren, die in lässigem Gleichschritt durch die Straßen des Stadtteils zogen, schienen sie und Christoph immer auf Zehenspitzen zu gehen.

Sie war sich heute gar nicht mehr so sicher, dass Christoph sein Hemd damals aus Versehen falsch zugeknöpft hatte, vielleicht war es auch Absicht gewesen. Ein weißes Hemd, die Ärmel aufgerollt, es war die schiefe Knopfreihe, die ihr als Erstes an ihm aufgefallen war. Er hatte den Laptop vor sich, einer der vielen Textarbeiter im Café, an einem Tisch am großen Fenster. Der ganze Mann ein bisschen ungebügelt, zwei Falten, die sich schön von seiner Nase bis zu seinen Lippen zogen, die blonden Haare nicht gekämmt, die Finger auf den Tasten ziemlich schnell, bis zu dem kleinen Auffahrunfall mit dem Bobbycar. Ein Kind hatte den Tisch gerammt, beim Toben störten die Tische im Café immer, »hoppla, Schätzchen«, sagte die Mutter, »tu dir nicht weh«.

Die Bionade schwappte, sein Notebook schäumte, und Anne hatte ihren Baumwollschal über die Brauselache geworfen.

Der Laptop war trotzdem hinüber, aber der Abend wurde noch sehr schön.

Und dann der Sommer.

Und dann gleich schwanger.

Christoph schrieb seine Hafenkrimis so, wie Ingenieure Brücken bauten: gut geplant, tragfähig, schnörkellos. Er kannte die Qualen einer Schreibblockade nur vom Hörensagen und hatte keinerlei Antennen für die kleinen Gehässigkeiten seiner Autorenkollegen, die von den Verkaufszahlen seiner Bücher nur träumen konnten. Sie litten an ihren schmalen Erzählbänden, die sie sich in den Nächten unter Qualen abrangen, und verachteten Christophs Mainstream-Verlag, der ihre komplizierten, handlungsarmen Texte immer wieder dankend ablehnte. Sie nannten ihn *unseren Volksschreiber* und lächelten schmallippig, wenn er bei seinen Lesungen in den Kneipen und Kulturzentren des Stadtteils wie ein *local hero* gefeiert wurde.

Christophs Leserschaft war treu und überwiegend weiblich, Anne sah die Gesichter der Frauen, die ihm zuhörten, wenn er las. Sie legten die Köpfe schief und lächelten, nippten am Wein und sahen, was Anne auch gesehen hatte: den schönen, leicht zerzausten Mann im weißen Hemd.

Zerstreut, wie Schriftsteller nun mal waren, knöpfte er es manchmal sogar schief, sie liebten das an ihm, dies Jungenhafte, leicht Chaotische, und Anne fühlte sich ertappt.

Der Reißverschluss von Leons Schneeanzug hakte wieder, sie hatte ihn schief hochgezogen, er hing auf halber Höhe fest. Nicht vor und nicht zurück. »Ich mach das mal eben«, sagte Marion, die jetzt die Eingangstür des Kindergartens abgeschlossen hatte und *endlich* auf dem Weg nach Hause war. Sie zog ihre Handschuhe aus, zerrte den Reißverschluss mit festem Ruck ein Stück nach unten und zog ihn wieder hoch. »So, kleiner Mann, bis morgen.«

Wenn es nicht zu nass und windig war, ging Anne mit Leon durch die Grünanlagen an der Elbe, und dann schauten sie den Hunden zu, den großen langhaarigen, die wie Halbwüchsige durch die Büsche stolperten, und den abgeklärten Dackeln der Altonaer Witwen, die unter den Parkbänken lagen und auf ihre rauchenden Frauchen warteten.

Manchmal ließ sie Leon vor dem Bio-Supermarkt in

der Ottensener Hauptstraße für fünfzig Cent auf einem blauen Schaukelesel reiten, aber meistens war das Ding kaputt, dann saß er eine Weile auf dem reglosen Kunststofftier und ruckelte, bis er einsah, dass es zwecklos war.

Anne stand daneben, planlos, willenlos, die Tage hatten Überlänge, und meistens schien es zu regnen.

In den Nächten war alles anders. Wenn Leon schlief, lag sie in seinem Zimmer vor dem Kinderbett und streichelte sein träumendes Gesicht, die schmalen Schultern, die dicken kleinen Hände, er roch nach Milch und warmem Sand und unverdientem Glück.

Dann kam der Tag mit all den Windeln und den Flaschen, mit Schnullerketten, Handschuhen und Mützen, die immer weg waren, mit Kinderarztterminen, Sandformen, Matschhosen, Wickeltaschen, und plötzlich waren das Mutterglück und die Dankbarkeit nicht mehr auffindbar, sie rutschten tief unter die Feuchttücherpakete, gingen unter in Babyschwimmbecken und Getreidebrei.

Manchmal, wenn sie mit fremden Frauen auf dem Spielplatz saß, sah sie die dunklen Augenringe und fragte sich, ob es noch andere gab wie sie, Nachtmütter, die sich am Tag ein anderes Leben wünschten. Falls ja – sie würden es auch unter Folter nicht gestehen. Man durfte erschöpft sein auf den Bänken in Ottensen, gestresst und ungekämmt, auch ungeschminkt, das alles ging, nur mutterglücklos, das ging nicht.

Es hatte ein bisschen gefroren die letzten Tage, der Sandweg im Fischerspark war fest und matschfrei, eine perfekte Rennstrecke. Anne hob das Laufrad vom Gepäckträger des Buggys, und Leon sprang auf. Er fuhr mit der rauschhaften Begeisterung eines Kindes, das endlich schneller war als Eltern und andere Hindernisse. Leon war Easy Rider mit Marienkäferhelm, er bremste nicht für Mütter.

Im Park konnte nicht viel passieren, die Spaziergänger brachten sich meist rechtzeitig in Sicherheit, und wenn er umfiel, federte sein Schneeanzug die schlimmsten Schrammen ab. Das Problem war der Heimweg, wenn sie die Fußgängerzone hinter sich gelassen hatten und durch den finsteren, stinkenden Lessingtunnel mussten, wo die Tauben verreckten und Leon mit seinem Laufrad zwischen den vier Autospuren trudelte und in rasantem Slalom um zerknüllte Coladosen und alte Hamburgerkartons fuhr. Anne galoppierte ihm hinterher, schrie Halt- und Stopp-Befehle, als wäre sie einem Handtaschenräuber auf den Fersen. Es war natürlich zwecklos, niemand konnte den Geschwindigkeitsrausch eines vierjährigen Jungen bremsen.

Blau und kalt war dieser Nachmittag und viel zu klar für Anfang Februar.

Als sie zehn Meter hinter Leon atemlos in ihre Straße bog, fiel Anne ein, dass sie den Kinderarzttermin vergessen hatte.

Sie sah den weißen Fiat vor ihrer Tür, einmal mehr, einmal zu viel, und da kapierte sie es endlich. Schloss die Tür auf, ließ Leon unten im Hausflur stehen, stieg die vier Treppen hoch und stand dann wie eine Einbrecherin in ihrem eigenen Flur, wo schwarze Stiefel lagen, die ihr nicht gehörten.

Christoph saß mit Carola immer in der Küche, wenn sie ein neues Buchprojekt besprachen, die beste Lektorin, die er je gehabt hatte, sie saßen heute auch am Küchentisch bei Weißwein und Tee, alles wie immer, sie hatten heute nur nichts an. Anne sah zuerst die nackten Füße mit den rot lackierten Nägeln. Carolas Zigarette fiel ins Weinglas, als sie Anne sah.

Unten im Treppenhaus brüllte Leon, das Ego nach seinem triumphalen Nachmittag im Laufradsattel auf Diktatoren-Maß überdehnt, und wollte hochgetragen werden. »Ich geh schon«, sagte Anne, und Christoph ließ sich in seinem Stuhl nach hinten fallen, die Augen zu, als hätte sie ihn gerade hingerichtet.

Anne stieg die Treppe hinunter und nahm Leon auf den Arm, er stellte das Schreien augenblicklich ein und ließ sich vorwurfsvoll nach oben schleppen.

Carolas Haar war schwarz und fiel bis auf die Hüften, sie stand im Flur und hatte Schwierigkeiten mit dem Reißverschluss, bekam den Rock nicht zu, mit Reißverschlüssen bin ich auch nicht gut, dachte Anne, sie wischte die Hand weg, die Carola ihr scheinschwesterlich auf den Arm legen wollte, und ging in die Küche, wo Christoph stand, nur noch halb nackt, noch immer leichenblass. Anne riss die Balkontür auf, warf Carolas Kippen, ihre halb volle Zigarettenschachtel und das silberne Feuerzeug über das Geländer und ließ sich auf einen Stuhl fallen.

Leon, der sich freute, dass Carola mal wieder zu Besuch war, wollte mit ihr ein Bilderbuch angucken, das machten sie manchmal, aber heute nicht, also stiefelte er in sein

Zimmer, wand sich alleine aus dem Schneeanzug, machte den CD-Player an und tanzte ein bisschen zu seiner Lieblingsmusik. *Da flog sie, oh Pardon, auf dem Besenstiel davon, geradeaus, übers Haus, dreimal rum und hoch hinaus …*

Am Küchentisch saß Anne, sie hatte noch immer den Mantel an und baggerte mit einem großen Löffel in einem Glas Rapunzel-Haselnusscreme aus dem Bio-Supermarkt. Hörte nicht auf damit, als Christoph sich neben sie setzte, schaufelte weiter die teure Vollrohrzucker-Pampe in sich hinein, bis er ihr den Löffel aus der Hand nahm und das Glas verschraubte. Dann legte sie den Kopf auf den Tisch und schloss die Augen, als horchte sie an dem vernarbten Holz, und sie brauchte ihm gar nicht mehr zuzuhören, als er ihre Hand nahm, weil sie die Füße mit den roten Nägeln ja gesehen hatte und das lange schwarze Haar bis zu den Hüften.

Schneewittchen im weißen Wagen, und hier saß Anne Kaffeekanne.

7
Frostspanner

Bis sie die Kleiderkisten und Bücherkartons, ihr Fahrrad, Leons Laufrad, die große Spielzeugtonne und ihre Zimmerlinde in den gemieteten Transporter geschafft hatte, war es früher Nachmittag.

Es hupte draußen auf der Straße, zweimal kurz, und Christoph ging. Sprang auf von seinem Küchenstuhl und rannte fast den Flur entlang, er zog dann vorsichtig die Tür ins Schloss, um Leon nicht zu wecken.

Anne hatte keine Ahnung, wie eine Fiat-Hupe klang, sie ging auch nicht zum Fenster, sie wollte gar nicht sehen, wie er ins Auto stieg, wollte vor allem nicht gesehen *werden*. Die Verlassene am Fenster, was für ein jämmerliches Bild.

Die letzten langen Tage miteinander hatten sich angefühlt wie die Proben für ein neues Theaterstück. Das ausgeliebte Paar in seiner alten Wohnung. Die Rollen waren verteilt, aber die Texte saßen noch nicht. Unbeholfen spielten sie den alten Klassiker vom Lieben und Verlassen. Der Betrüger, die Betrogene, das Kofferpacken, das Bilderabnehmen, das Schreien, das Flüstern, das Weinen, die roten Augen, die blassen Gesichter.

Ein Drama aus Fertigteilen, dachte Anne, größer haben wir es nicht.

Christoph war ihr den ganzen Morgen noch beim Packen durch die Zimmer gefolgt, die Schultern hochgezogen, die Hände in den Hosentaschen, er hatte den Verlegenen gespielt, den Schuldbewussten. »Anne, wenn du was brauchst.« Seine Vorstellung war miserabel, ein Laienspieler, der sich am Charakterfach verhob.

Er hatte Leon eine Weile beim Schlafen zugesehen und dabei leicht geweint, hatte den Kopf geschüttelt, die Hände auf ihre Schultern gelegt, seine Stirn an ihre gedrückt. »Mensch, Anne.«

Und sie hatte lange gesucht nach dem einen machtvollen Satz, der ihn treffen und versenken und ihm die Augen öffnen sollte. Aber Christoph war hellwach, und Anne wusste das. Er war verliebt, was konnte er dafür?

Kein Grund also, ihn in wüsten Worten zu verfluchen, seinen Laptop aus dem Fenster zu werfen, das CD-Regal von der Wand zu reißen, den Küchentisch umzuwerfen oder wenigstens das Tischtuch mit dem Frühstück herunterzuzerren, um das Krachen und Scheppern zu hören, den Klang der Dinge, wenn sie zerbrachen. Keine Chance, auf einer kraftvollen Wut durch die letzten gemeinsamen Tage zu reiten.

Sie war jetzt froh, dass es zu Ende war. Dass sie rauskam aus dieser Wohnung, aus der Stadt, weg von dem verdreckten Taubentunnel, nie wieder mit nervösen Müttern auf dem Spielplatz sitzen, den Mann in seinen weißen Hemden nicht mehr sehen. Sie würde über Felder gehen. Das Weite suchen.

Leon wachte auf, und Anne hob ihn aus dem Gitterbett, fühlte sein warmes Schlafgesicht an ihrer Wange. In seinem Nacken kräuselten sich ein paar verschwitzte kleine Locken.

Sie blieb so stehen eine Weile, das weiche, müde Kind auf ihrem Arm, das so gut roch nach heiler Welt.

Vor dem Fenster streckte die Innenhof-Kastanie ihre Zweige in den farblosen Himmel. Sie bebten in den Winden, die durch den Hof zogen wie marodierende Banden. Vor dem Küchenfenster ratterte Leons Windrad in der harten Blumenerde.

Anne trug Leon in die Küche, um ihm seine Flasche zu machen, sie versuchte es beiläufig zu tun, ohne nachzudenken, so wie sonst, doch es gelang ihr nicht. Sie sah sich selbst dabei zu, wie sie Dinge zum letzten Mal tat: den blauen Wasserkocher einschalten, die Milch aus Christophs unpraktischem Retro-Kühlschrank nehmen, die Flasche mit dem Fischmuster aus der Spülmaschine holen, den Deckel mit dem Sauger aus der Dose neben der Spüle. Und dann mit dem nuckelnden Leon auf dem Schoß am Küchentisch sitzen, der schartig war und mit Öl- und Rotweinflecken übersät – ein Veteran auf Holzbeinen, der zwei WGs überlebt hatte und jetzt noch eine Kleinfamilie.

Anne fuhr seine Narben mit dem Zeigefinger nach, Brandflecken von heißen Töpfen, Kerben von abgerutschten Messern, das kleine Loch vom Korkenzieher, den Christoph damals, ganz in Gedanken, in die Tischplatte gedreht hatte, als sie gerade wussten, dass sie schwanger war. Die Stiche von Leons Kindergabel, die Flecken von Knetgummi und Wachsmalkreide.

Ein Tisch wie ein Familienalbum, eine Ahnung von Zuhause. Aber sie war so schlecht im Bleiben. Einmal geflohen und nie wieder angekommen.

In ihrer Heimat herrschte jetzt ein Wunderkind, es saß an ihrem schwarzen Flügel wie ein Sonnenkönig; sie konnte nicht zurück. Sie war zu etwas Treibendem geworden, ein Lebewesen, das mit der Strömung dümpelte, ein Schwebetier, ein Planktonteil im Meer.

Ein Mensch auf Wanderschaft. Drei Jahre auf der Walz, die meiste Zeit war sie allein gereist, es war so leicht gewesen, wie eine endlose Tournee: alle paar Tage eine neue Bühne, ein paar Auftritte hinlegen und weiterziehen.

Ankommen, glänzen, abhauen, wie früher bei *Jugend musiziert*, ein Kinderspiel, sogar die Sache mit den Männern – nur ein Spiel, ganz leicht. Die Kunst bestand darin, den Abflug zu machen, bevor die Dinge komplizierter wurden und der Lack die ersten Schrammen kriegte.

Sie war sehr gut darin geworden, eine Meisterin im Aufbrechen und Weitergehen.

Aber es ging sich sehr viel schwerer mit einem kleinen Jungen auf dem Arm.

Anne zog Leon den Schneeanzug an, dann trugen sie gemeinsam den Transportkorb mit seinem Zwergkaninchen aus der Wohnung. »Der Letzte macht das Licht aus, Willy«, sagte sie, bevor sie abschloss und den Schlüssel in den

Briefschlitz warf. Das Kaninchen war aber nicht zu Scherzen aufgelegt. Es saß in der Transportbox wie ein schlecht gelaunter Fürst in seiner Sänfte.

Als sie endlich im weißen Transporter saßen, war der Verkehr so dicht, als sollte die Stadt evakuiert werden. Später Nachmittag, in den Büros hatte der Massenexodus eingesetzt, vor dem Elbtunnel stauten sich die Pendlerautos in beiden Richtungen, und Anne, die seit ihrer Führerscheinprüfung vor zwanzig Jahren nur selten gefahren war, spürte, wie ihre Hände am Lenkrad feucht wurden.

Leon fand es toll, in einem *LKW* zu fahren. Zufrieden saß er in seinem Kindersitz, ließ die Gummistiefel gegen den Sitz baumeln und sang dem nervösen Zwergkaninchen, das mit seiner Transportbox neben ihm angeschnallt war, zur Beruhigung ein Lied aus dem Kindergarten vor. Willys Laune verbesserte sich dadurch nicht wesentlich. Er hockte mit angelegten Ohren in seiner Kiste und trommelte hin und wieder genervt mit den Hinterläufen.

Leon schob ihm ein Stück Möhre durch die Gitterstäbe. Als Willy sich wegdrehte, aß er es selbst. Danach probierte er die Vitakraft-Kaninchenkräcker, die sie bei ihrem Abschiedsbesuch in der Tierhandlung gekauft hatten. Anne überlegte kurz, ob sie Leon verbieten sollte, das Kaninchenfutter zu essen. Die Mütter aus der Profiliga hätten ihre Kinder nicht an Kleintier-Knabberstangen nagen lassen. Sie hätten viele gute Gründe dagegen gehabt, aber Anne fiel keiner ein, also ließ sie Leon das Körnerfutter essen, während sie den Wagen im Schritttempo durch den Elbtunnel lenkte. Sie versuchte, den Typen neben ihr zu ignorieren, der sich die Fingernägel schnitt und seinen Opel Astra mit den Knien lenkte. Am Ende des Tunnels warf er den Metallknipser auf den Beifahrersitz und gab Gas.

Als Leon die Kräne des Containerhafens sah, drückte er sein Gesicht an die Scheibe und vergaß das Kaninchenfutter. Wie riesige Saurier standen sie am Kai, reckten ihre stählernen Hälse in den grauen Himmel und schienen auf Beute zu warten. Sie fuhren Richtung Finkenwerder, und Anne dachte an die Ausflüge mit ihren Eltern, die Sonntage im Alten Land, wenn Kirschenzeit war. Sie hatten nie an den Hofläden oder den kleinen Straßenständen gehalten.

»Kirschen kaufe ich doch nicht«, sagte Marlene, »die haben wir selbst.« Dass die Bäume der Eckhoffs gar nicht ihre waren, dass es Vera war, die den Hof geerbt hatte, und sie in dem großen alten Bauernhaus nicht mehr war als ein Gast, das wollte Annes Mutter in der Kirschenzeit nicht wahrhaben.

Mit leeren Eimern im Kofferraum waren sie an Sonntagen im Juli auf den Hof gerauscht, »ein bisschen Erntekechte spielen«, so hatte Vera es spöttisch genannt, aber sie hatte ihnen die Leitern immer schon an die Bäume gestellt und die alten blauen Arbeitsjacken für sie hingelegt.

Wenn die Eltern in den Zweigen der Kirschbäume verschwunden waren und Thomas bei den Nachbarn, die riesige Kaninchen züchteten, hatte Anne sich auf Veras alter Schaukel in die Linde geschwungen oder vorsichtig die beiden Trakehner gestreichelt, die auf der Hauskoppel grasten und sich mit ihren Schweifen die Sommerfliegen vom Leib fegten. Es waren schöne, nervöse Pferde, die niemand außer ihrer Tante zu reiten wagte.

Nach dem Kirschenpflücken hatten sie auf Veras Bank neben dem Haus gesessen und Kuchen gegessen, den Annes Mutter von zu Hause mitgebracht hatte – jedes Stück ein stummer Vorwurf an die ältere Schwester, aber auf diesem Ohr war Vera immer schon stocktaub gewesen. Das Einzige, was sie ihren Gästen anbot, war Apfelsaft von Heinrich Lührs, der im Kanister auf dem Tisch stand – und Kaffee, der schmeckte, als käme er aus einer Asphaltiermaschine. Wie Teer stand er in den Tassen, die Oberfläche schillernd wie Benzinpfützen. Annes Eltern hatten viele Male probiert, das Zeug zu trinken, hatten es mit heißem Wasser 1:1 verdünnt, Milch dazugeschüttet, Zucker hineingerührt und versucht, es so heiß wie möglich herunterzukippen, denn abgekühlt schmeckte es noch deutlich schlimmer. Nur Vera mochte ihn – und der komische Opa Karl, der immer zusammengesunken auf der Bank saß. Schließlich hatte Annes Mutter kapituliert und an den Sonntagen im Juli zu dem Kuchen auch noch eine Thermoskanne Kaffee mitgebracht, doch auch diesen Vorwurf hörte Vera gar nicht.

Auf den Rückfahrten nach Hamburg, die Kirschen im Kofferraum, der Vater am Steuer, der mit seiner Sonnenbrille ungewohnt lässig aussah, rauchte ihre Mutter auf dem Beifahrersitz und redete sich in Rage über die Schwester, die das Haus verkommen ließ, über das Unkraut, den ungestrichenen Zaun, die verwilderten Kirschbäume, die morschen Fensterrahmen, die Brandlöcher und Kaffeeflecken in Ida Eckhoffs handgestickten Decken und über den verwahrlosten Alten, der in ein Irrenhaus gehörte. Die Hände ihrer Mutter flogen durch die Luft, als dirigierte sie ein atonales Stück Musik. Veras Verschrobenheit! Veras Arroganz! Veras grauenvolle Köter! Manchmal war die Asche ihrer Zigarette bis zu den Kindern auf den Rücksitz geflogen.

In Annes Erinnerung hatte jeder Besuch im Alten Land so geendet: Kirschen im Kofferraum und Tiraden auf dem Beifahrersitz. Und ihr Vater, der seine eigenwillige Schwägerin amüsant fand und die Temperamentsausbrüche seiner Frau gewöhnt war, hatte mit dem elektrischen Anzünder zwei neue Zigaretten angesteckt, das Fenster ein Stückchen heruntergekurbelt und gelächelt: »Lass es gut sein, Marlene.«

Als Anne mit Leon Richtung Stade fuhr, fiel ihr auf, dass sie die Landschaft nur im Sommer kannte.

Zum ersten Mal sah sie das Alte Land in seiner kalten Blöße, die Obstbäume, die wie Soldaten in der schweren Erde standen, kahle Regimenter in endlosen Reihen und dazwischen der hartgefrorene Marschboden. In den tiefen Furchen, die die Traktoren hinterlassen hatten, war das Regenwasser zu weißem Eis gefroren. Große Greifvögel, deren Namen sie nicht kannte, hockten in den Ästen, als wären sie zu schwer zum Fliegen. Auf den Deichen und an den Gräben lag das Gras struppig und fahl, eine Landschaft ohne Farben, nur auf dem Fußweg leuchteten neongelb die Sicherheitswesten einer Kindergartengruppe, die mit ihren Erzieherinnen in einer ordentlichen Zweierreihe den Straßenrand entlangzuckelte. Zwei kleine Jungen, die ganz hinten gingen, zertrampelten mit ihren Gummistiefeln das Eis auf einer Pfütze, und Anne versuchte sich Leon bei diesem Kindergartenausflug vorzustellen, Hand in Hand mit einem anderen Kind, in der freien Hand einen Apfel vom Bauernhof, den sie gerade besucht hatten.

Sie musste herausfinden, wo es diese gelben Westen gab.

Kurz vor Lühe wurde Leon wach und hatte Hunger, aber die Karotten und Kaninchenkräcker hatte Willy mittlerweile aufgefressen. Anne bog beim Lühe-Anleger ab und parkte den Transporter neben einem Imbiss-Wagen, der irgendwann einmal weiß gewesen sein musste. *Freu Dich, Du bist im Landkreis Stade!* stand über dem Steg an der Elbe, der zum verwaisten Fähranleger führte, rechts und links davon kratzten gefrorene Flaggen an ihren Stangen.

Anne kaufte Pommes frites mit Ketchup und stellte die Pappschale zwischen sich und Leon auf den Sitz. Ein riesiges Containerschiff kam die Elbe hoch und schob sich Richtung Hamburg. Leon sah kauend zu und kleckerte. Anne wischte den Ketchup vom Sitz und holte noch eine zweite Portion, danach einen Lolli für Leon und für sich einen Kaffee in einem Plastikbecher, der nach Frittierfett schmeckte. Aber sie hätte auch Veras Asphalt-Brühe getrunken, solange sie hier sitzen konnte, mit Leon, der die Schiffe liebte, in einem Auto, das nach Pommes-Bude roch.

Der Himmel färbte sich rot, und die Sonne sank in die Elbe, als sie endlich das »klitzekleine Babydorf« erreichten, von dem Leon seinen Kitakollegen beim Abschiedsfrühstück in der Käfergruppe erzählt hatte.

Langsam fuhren sie auf der glatten Straße am blankgefegten Hof von Heinrich Lührs vorbei. Sein Vorgarten mit den sauber gestochenen Beeten, den gepflasterten Wegen und quadratischen Rasenflächen war so übersichtlich wie ein Exerzierplatz. Hinter dem Holzzaun standen in Reih und Glied seine Rosenstöcke, die er zum Schutz gegen den Frost mit Jutesäcken verhüllt hatte. Sie sahen aus wie Gefangene, die erschossen werden sollten.

Veras Hof war kaum zu sehen hinter der hohen, ausgefransten Ligusterhecke. Es war auch besser so, der Anblick war nichts für Altländer Gemüter. Für Heinrich Lührs und jeden anderen Bauern im Dorf waren Symmetrie und Ordnung die Säulen ihrer Selbstachtung. Wer seinen Hof verkommen ließ, war selbst verkommen – oder er war ein sehr eigenartiger Mensch, wie Vera Eckhoff.

Anne fuhr durch die hohe Prunkpforte, die ihren Namen seit Jahrzehnten schon nicht mehr verdiente. Seit Veras Hunde altersmilde geworden waren, stand sie meistens offen. Morsch und schief hing sie in ihren Angeln, ein Wunder, dass sie überhaupt noch stand.

Sie hatte Leon und Willy gerade aus dem Wagen gehoben, als sie hinter sich ein Knirschen auf dem Pflaster hörte.

Ein grüner John-Deere-Kindertraktor mit Frontlader kam rückwärts in die Einfahrt rangiert. Der Fahrer war ungefähr in Leons Alter und trug einen professionell aussehenden Overall und ein Raiffeisen-Cap. Langsam stieg er ab, kam mit ausgestrecktem Arm auf sie zu und öffnete seine Faust, in der ein großer, toter Falter lag. Er zog die Nase hoch, wischte mit dem Ärmel einen Schnodderfaden weg und sagte: »Ein Schädling. Frostspanner.« Dann ließ er ihn fallen, trat zur Sicherheit noch einmal kräftig mit dem Fuß darauf, drehte sich auf der Ferse einmal um die eigene Achse, bis der Falter zermalmt war, tippte mit dem Finger an den Schirm seiner Mütze und strampelte davon.

Leon, der den Auftritt schweigend verfolgt hatte, ging zu dem plattgetretenen Falter und murmelte »Frostspanner«, als lernte er die erste Vokabel einer fremden Sprache.

Der Schädlingsbekämpfer war gerade wieder hinter dem Liguster verschwunden, als ein roter Traktor mit Anhänger schwungvoll in die Einfahrt bog, diesmal in Originalgröße. Er bremste ab und blieb hinter dem weißen Transporter stehen. Der Mann am Steuer war stämmig und trug eine Schirmmütze mit Ohrenklappen. Ohne den Motor auszumachen, legte er die Arme auf das Lenkrad seines Traktors und blickte herunter zu Anne und Leon.

»So. Das sind meine Bäume dahinten. Ich muss hier jederzeit durchfahren können. Fahren Sie den Kasten da mal weg.«

Leon beschloss, sein Kaninchen, das im Weg stand, in Sicherheit zu bringen und begann, die Transportbox über das Pflaster zu schleifen. Willy war nicht begeistert, Anne stand nur überrumpelt daneben.

Sie hätte dem Typen gern einen Spruch zu seiner dämlichen Mütze mit auf den Weg gegeben oder eine Bemerkung über Umgangsformen – irgendeinen Satz, mit dem man Menschen wie diesen souverän in ihre Schranken verwies.

Er würde ihr hinterher einfallen, wenn es zu spät war, wie immer.

Wortlos drehte sie sich um, stieg in den Transporter und fuhr ihn an die Seite. In der Hoffnung, dass der Traktor einen Rückspiegel hatte, zeigte sie den Mittelfinger.

8
Bauerntheater

Dirk zum Felde hatte die Schnauze voll. Aber so was von. Es schienen täglich Neue anzukommen. Sinnsucher aus der Stadt, die planlos durch die Gegend liefen und ihm im Weg rumstanden.

Letzte Woche war Burkhard Weißwerth auf seinen Hof geschlufft, mit irgendwelchen Zeitungsleuten im Schlepptau, nur eben ein paar Fotos machen. Hatte »moin, moin!« gebrüllt, ihm auf die Schulter gekumpelt und irgendeinen sinnlosen Satz über das Wetter gefaselt, das machte man hier so *auf dem Lande*, das mochten sie gerne, *die Menschen hier draußen.*

»Dirk, mein Lieber, was dagegen, wenn ich mal wieder kurz auf deinen Trecker steige?«

Burkhard Weißwerth konnte das Ding zwar nicht fahren, aber er sah extrem gut aus auf Landmaschinen, die Kordhose von Manufactum scheinbar achtlos in seine Gummistiefel aus Naturkautschuk gestopft, die Hemdsärmel aufgerollt, die Augen unter der breiten Krempe seines weichen Hutes ganz leicht zusammengekniffen, Blick in die Ferne. Ein Bild von einem Landmann. So sahen Menschen mit Visionen aus.

Vor zweieinhalb Jahren war Burkhard Weißwerth mit einer passablen Abfindung von seinem Job als Textchef freigestellt worden und von der Hamburger Isestraße auf einen Resthof am Elbdeich gezogen. Jetzt schrieb er Bücher über das Landleben und Kolumnen für ein Slow-Food-Magazin. Er wurde oft von ehemaligen Kollegen interviewt und ließ sich dann für die Bildstrecken mit einem Lamm, einem Ferkel oder einem Huhn auf dem Arm fotografieren. Eine Forke oder ein Karottenbund war auch schön – aber am liebsten war ihm einer seiner Nachbarn, wie Dirk zum Felde, dieser *kantige* Landwirt mit seinem roten Traktor.

Burkhard Weißwerth liebte diese *wunderbar authentischen* Typen. Er war ja längst einer von ihnen! Auf Bildern stand er gern dicht neben ihnen, Schulter an Schulter, die Hände tief in den Hosentaschen vergraben, in ein Gespräch über Nachtfröste oder Fruchtfolgen vertieft. Als wäre weit und breit keine Kamera zu sehen. Er streute kleine plattdeutsche Brocken in seine Sätze, er sagte »kiek mol an!« oder »dat segg man!«, und zum Abschied rief er, kurz und kernig, »seh to!«

Burkhard Weißwerth wusste, wie diese *herrlich unverkopften Menschen* tickten, all die urigen, wortkargen, dickschädeligen Bauern, von denen er in seinen Büchern so amüsant und augenzwinkernd erzählte. Es gab sie wirklich! Und Weißwerth kannte das Landleben so viel besser als all die Redakteure am Baumwall, die mit ihren Familienkutschen höchstens mal zum nächsten Demeterhof fuhren, um ihre Kinder ein artgerecht gehaltenes Kälbchen streicheln zu lassen.

Dirk zum Felde hatte keine Zeit für Landmaschinen-

Posing. Er hatte sein Sprühgerät fertig gemacht, aber Burkhard Weißwerth saß immer noch auf seinem Traktor und schaute bedeutsam in die Ferne. Der Fotograf musste schon Hunderte von Aufnahmen gemacht haben. Die Kamera klickte pausenlos, als stünden sie auf dem roten Teppich in Cannes und nicht auf dem Hof eines Altländer Bauern, der endlich seinen Job machen wollte.

»So. Burkhard, komm vom Trecker, ich muss spritzen.«

Klack-klack-klack. Klack-klack-klack. Klack-klack-klack.

»Du, wir sind hier noch nicht fertig«, sagte der Fotograf, ohne die Kamera vom Auge zu nehmen. »Burkhard, ich dachte, der soll auch noch mal mit drauf?«

Der, Dirk zum Felde, war an dieser Stelle etwas unentspannt geworden. Er hatte den Fotografen eines ihm nicht bekannten Slow-Food-Magazins mit einem Arschtritt aus dem Weg geräumt und das Stativ hinterhergeworfen. Burkhard Weißwerth war dann freiwillig vom Traktor geklettert, ziemlich schnell sogar, und der Typ mit der schwarzen Brille, der die ganze Zeit nur frierend am Rand gestanden hatte, musste zurückrennen, um Burkhards Hut zu holen.

Dirk zum Felde hatte die Schnauze voll von Idioten in teuren Gummistiefeln, die unbedingt aufs Land ziehen mussten.

Es kamen immer nur die Ausgemusterten, die es in der Stadt nicht geschafft hatten. Akademiker und Kreative der Güteklasse B, zu angeschlagen für das Großstadtsortiment. Gesellschaftliche Ladenhüter, die auf dem Bauernmarkt noch einmal durchstarten wollten.

Am Anfang, als die Ersten kamen und er noch nicht ahnen konnte, dass eine ganze Invasionswelle folgen sollte, hatte er noch hin und wieder klargestellt, dass er selbst mal studiert und in WGs gewohnt hatte. Dass er nicht der Depp mit dem Diplom von der Baumschule war, für den sie ihn und alle anderen Alteingesessenen hier offenbar hielten.

Es hatte eine Weile gedauert, bis er kapiert hatte, warum sie das nicht hören wollten. Weil er ihnen das Panorama versaute. Ein diplomierter Agrarwissenschaftler, der mit moderner Landtechnik einen Altländer Obsthof bewirtschaftete, der Pflanzenschutzmittel auf seine Apfelbäume sprühte und sie einfach absägte, wenn sie nicht mehr trugen – das war wie eine vierspurige Autobahn in einem Heimatfilm. Er passte nicht ins Bild. Er störte sie.

Und sie störten ihn! Die verpeilten Kreativen, die aus den Städten in die Dörfer strömten, um sich zu *erden,* und dann tigerten sie mit ihren Golden Retrievern durch die Obstfelder und lungerten vor verfallenden Resthöfen und Landarbeiterkaten herum, und wenn dann noch Frühling war und sich irgendwo in einem verstrüppten Garten ein altersschwacher Apfelbaum zu seiner letzten Blüte aufraffte, dann gab es keinen Weg zurück. Dann hatten sie Blut geleckt und setzten sich wie die Zecken hier fest, wie Burkhard Weißwerth und seine Frau.

Diese verspannten Großstadt-Elsen mit ihren Sinnkrisen quengelten um marode Reetdachhäuser wie ihre

Töchter früher um ein Pony. Es war so süß! Sie mussten es haben! Sie würden sich auch immer darum kümmern! Und dann fingen sie an, die Backstein-Ruinen für ein Schweinegeld aufzumöbeln und ihre *Bauerngärten* anzulegen und in den alten Ställen Keramikwerkstätten einzurichten.

Und wenn sie dann noch immer nicht kuriert waren, kauften sie Schafe und fingen an, ihren eigenen Käse zu machen, und alle, ausnahmslos alle diese neuen Landmenschen kochten, wie unter einem heimlichen Zwang, Gelee aus alten Apfelsorten.

Und dann kam er, Dirk zum Felde, mit seinem Traktor und dem Sprühwagentank voll Funguran, um seine hochgezüchteten Apfelbäume gegen Pilzbefall zu spritzen, und fuhr ihnen mitten durch ihr Freilichtmuseum.

Burkhard Weißwerth würde so bald nicht wieder in seiner affigen Kordhose auf seinem Traktor sitzen. Dirk dachte nicht daran, als Komparse und Kulissenschieber in diesem Bauerntheater mitzuspielen.

Und das Letzte, das Allerletzte, was er heute gebrauchen konnte, war diese Trantüte, die mit ihrem weißen Transporter breit auf Vera Eckhoffs Hof stand und die Zufahrt zum Obsthof blockierte. Hamburger Kennzeichen, klar. Kapuzenpullover und klobige Schuhe, auch klar. Die Sorte kannte er schon. Noch ein Neuzugang im großen Bauerntheater-Ensemble.

Er gab ihr drei Wochen. Dann würde sie ihm irgendein fair gehandeltes Gebräu in einer hingepfuschten Töpfer-Tasse ohne Henkel anbieten und harmlos fragen: »Was spritzt du da eigentlich so rauf?« Und natürlich wäre das keine Frage, sondern nur der Einstieg in ihre kleine Öko-Predigt, und spätestens nach zehn Minuten würde sie ihr Loblied auf die alten Obst- und Gemüsesorten singen.

Und er, der Bauern-Bimbo, der nicht bis drei zählen konnte und stumpf das böse Gift auf seine armen, armen Bäume spritzte, er sollte sich dann mit der Hand vor die Stirn klatschen und sagen: »Mensch! So habe ich das ja noch gar nicht gesehen! Du hast ja recht! Ich war ein Idiot! Ich stell sofort um auf Demeter!«

Diese Öko-Missionare konnten Boskoop nicht von Jonagold unterscheiden und hatten garantiert noch nie einen verwurmten, schorfigen Finkenwerder Herbstprinz gefressen, sonst wüssten sie, dass diese beschissenen alten Sorten völlig zu Recht ausstarben. Seinetwegen konnten sie ihre Blagen mit Pastinaken und Mangold und Dinkel und all dem alten Zeug füttern, solange er sich den Schrott nicht reinziehen musste und einfach seinen Job machen konnte.

Dirk zum Felde fuhr am weißen Transporter vorbei und schaltete das Sprühgerät ein. Im Rückspiegel sah er die Frau mit der Kapuze im Spritzmittelnebel verschwinden.

9
Flüchtlinge

Vera Eckhoff wusste nicht viel von ihrer Nichte, aber sie erkannte einen Flüchtling, wenn sie einen sah. Die Frau, die da mit zusammengeschnürtem Gesicht ihre paar Kartons aus dem gemieteten Transporter holte, suchte eindeutig mehr als eine neue Erfahrung und etwas frische Luft für ihren Sohn.

Da draußen auf dem Kopfsteinpflaster standen zwei Unbehauste. Und ein Tier in einer Plastikbox, die der kleine Junge gerade zur Dielentür zerrte.

Anne hatte ihren Sohn eingepackt wie eine Made. Der Kleine konnte sich kaum bewegen in seinem dicken Schneeanzug, die Arme standen ihm seitwärts vom Körper ab, und die Beine scheuerten beim Gehen aneinander.

Vera wusste plötzlich wieder, wie sich das anfühlte: in fünf Lagen Kleidung verpackt vor diesem Haus zu stehen, das keine Fremden mochte. Weggejagt oder weggerannt, Bollerwagen oder Kleintransporter, das machte keinen großen Unterschied.

Als sie durch die Diele ging, um die große Tür zu öffnen, sah sie Ida Eckhoff vor sich. Ihr wütendes Gesicht am Tag, als die Polacken kamen.

Vera ging zu Anne an die aufgeklappte Wagentür, und sie schafften eine linkische Umarmung. Aber wie begrüßte man einen kleinen Jungen? Hochheben und an sich drücken? Sich herunterbeugen und die kleine, dick gepolsterte Hand schütteln? Ein unverpacktes Stück Wange finden und küssen?

»Hier, Willy!«, sagte Leon und zeigte auf die Transportkiste. Vera kniete sich vor die Kiste, schaute das Kaninchen an und dann das Kind. Blonde Locken fielen ihm über die Stirn bis fast auf die Nase, die rot war und rotzverschmiert glänzte. Sie sah aus wie alle Kindernasen, soweit Vera das beurteilen konnte. Blondes Haar hatte in ihrer Familie niemand gehabt, aber die braunen Augen mit den dichten Wimpern glaubte sie zu erkennen. Ein Blinzeln aus dem Osten. »Willy. Aha. Und wer bist du?« »Ich bin der Besitzer«, sagte Leon und schrappte die Kiste über den Steinboden Richtung Diele. »Sag Vera mal, wie du heißt, Leon!«, rief Anne ihm nach. Er drehte sich um und lachte. »Jetzt hast du das schon gesagt, Anne! Muss ich doch nicht mehr.«

Vera hörte ihre Hunde in der Küche jaulen. Sie hassten es, wenn sie eingesperrt waren, aber zwei Jagdhunde und ein Kaninchen, das war keine günstige Kombination, aus Sicht des Kaninchens jedenfalls. Sie musste dem Kind einschärfen, sein Haustier nicht frei herumhoppeln zu lassen und seine Zimmertür immer zu schließen. So alt und müde konnten ihre Hunde gar nicht werden, dass ihnen ein überfüttertes Großstadtkarnickel durch die Lappen ging.

Vera quartierte die beiden Flüchtlinge in Ida Eckhoffs Altenteilerwohnung ein.

Als Leon gegen neun Uhr abends endlich eingeschlafen war, den Kaninchenkäfig neben sich auf dem Fußboden, ging Anne mit einer Flasche Rotwein über die Diele und klopfte an Veras Küchentür.

Der Geruch, der aus der Küche kam, verschlug ihr den Atem. Vera stand mit einer weißen Gummischürze am Spültisch und zerteilte irgendein großes Tier. »Komm rein, Gläser sind da drüben.« Anne atmete durch den Mund, nahm zwei geschliffene Weingläser aus dem Küchenschrank und stieg vorsichtig über die beiden Hunde, die auf dem Boden lagen und an bläulichen Knochen nagten. »Ich bin hier gleich fertig.« Anne versuchte, nicht zu dem Eimer zu schauen, in den Vera Fellreste, Eingeweide und Sehnen geworfen hatte. »Korkenzieher ist da in der Schublade«, sagte sie und zeigte mit einer blutigen Hand auf die alte Anrichte. Dann sägte sie mit einem Fuchsschwanz einen Knochen ab, warf ihn den Hunden zu und legte ein großes Stück Fleisch in eine Plastikwanne. Für einen Hasen war das Tier zu groß, es musste ein Reh sein.

Anne, die das Gefühl hatte, dass ihr der Magen ganz langsam nach oben wanderte, konzentrierte sich auf ihre Weinflasche und fummelte so lange stumm am Korken herum, bis Vera sich nach ihr umdrehte.

Als sie Annes Gesicht sah, riss sie das Fenster auf, schob die Fleischschüssel und den Eimer mit den Schlachtabfällen in die Speisekammer und spülte sich das Blut von den Händen. Dann holte sie eine Flasche Obstbrand aus dem Schrank, nahm ihrer Nichte die Weinflasche und den Korkenzieher aus der Hand, goss einen großen Schuss Kirschwasser in das Weinglas und sagte: »Auf ex.« Anne kippte den Schnaps herunter und bekam einen zweiten.

Vera zog sie ans offene Fenster und ließ sie zehn Züge tief ein- und ausatmen. Wild roch immer ein bisschen streng, sie selbst merkte es gar nicht mehr.

Sie ließen die Weinflasche verkorkt und blieben beim Obstschnaps. Anne fand, dass Birne noch besser schmeckte als Kirsch, wenn auch nicht ganz so gut wie Mirabelle.

Sie prosteten sich mit den geschliffenen Weingläsern zu, »auf den Ex!«, sagte Anne, als die Hunde schon längst unter dem Küchentisch schnarchten, und weil sie das selbst so komisch fand, leerte sie noch ein paar Gläser mehr *auf den Ex,* bis Vera sie unterhakte und über die Diele in Idas gute Stube brachte. Die Standuhr in der Ecke schlug zwei.

Anne saß kichernd im Sessel, während Vera das Schlafsofa ausklappte, und war schon eingeschlafen, bevor das Bett fertig war.

Vera zog ihr die merkwürdigen Schuhe aus und legte ihre Füße auf den Schemel. Die rechte Socke war gestopft, es sah aus, als hätte der Junge das gemacht: den schwarzen Strumpf mit einem blauen Wollfaden über dem großen Zeh kreuz und quer zusammengezurrt. Sie deckte Anne mit der unbezogenen Bettdecke zu. Dann ging sie noch einmal zurück in ihre Küche, holte eine Flasche Wasser, zwei Alka-Seltzer und einen leeren Eimer und hoffte, dass nicht alles auf Ida Eckhoffs schönem alten Teppich landen würde.

Sie ließ die Tür zur Altenteilerwohnung angelehnt, dann kochte sie Kaffee, band sich die Gummischürze wieder um und machte weiter mit dem Reh.

Als Anne vier Stunden später in ihrem Sessel wieder zu sich kam, war die Erinnerung an das zersägte Tier mit den bläulichen Knochen sofort wieder da – und dann auch der Geruch.

Sie traf den Eimer, der auf ihrem Schoß stand, einigermaßen und würgte, bis ihr die Tränen kamen. Vera hatte die Stehlampe angelassen, aber es dauerte trotzdem eine Weile, bis Anne begriff, wo sie war. Stöhnend stellte sie den Eimer ab und wollte aus dem Sessel aufstehen, doch ihr Kopf hämmerte sie zurück auf das Polster.

Sie tastete auf dem Tisch nach den Tabletten und der Wasserflasche, drückte die beiden Alka-Seltzer aus der Folie, warf sie in die Flasche und schüttelte. Sie versuchte, das Zeug zu trinken, ohne sich wieder zu übergeben. Die ersten Schlucke landeten sofort wieder im Eimer, aber dann ging es. Anne blieb reglos sitzen, bis die spitzen Schläge in ihrem Kopf stumpfer wurden.

Als sie nur noch ein leichtes Pochen spürte, stemmte sie sich aus dem Sessel hoch, nahm den Eimer und suchte das Bad.

Wo war Leon? Sie stellte den Eimer in die Badewanne, stolperte im Wohnzimmer über ihre Schuhe und fand die Tür zum Schlafzimmer, die nur angelehnt war. Das Kaninchen saß ganz still und stellte die Ohren auf, als Anne durch das Zimmer polterte und sich über das Bett beugte. Sie kniete sich neben den schlafenden Leon und hörte ihn atmen.

Das Haus knurrte. Anne konnte fühlen, wie es den kalten Wind durch seine morschen Fenster sog.

Ich bin total hinüber, dachte sie und wankte zurück ins Wohnzimmer. Sie stopfte die Bettdecke irgendwie in den Bezug, die Knöpfe ließ sie offen, aber sie zog sich noch halbwegs aus und spülte sich im Badezimmer den schlimmen Geschmack aus dem Mund.

Dann legte sie sich in das verdrehte Bettzeug und versuchte vergeblich, die Gedanken abzuwehren, die wie ein Hornissenschwarm durch ihren betrunkenen Kopf jagten:

Ich liege stockbesoffen in einem heruntergekommenen Bauernhaus. Ich bringe meinen vierjährigen Sohn bei einer Irren unter, die Tiere abknallt und in ihrer Küche auseinandersägt. Ich habe seit fast fünf Jahren keinen Hobel in der Hand gehabt. Ich habe keinen Schimmer, wie ich Veras vergammelte Holzfenster und Balken reparieren soll. Christoph liebt Carola.

Warum hatte sie nicht ihren schweren *Camper*-Stiefel auf die rot lackierten Fußnägel gestellt? Fest zugetreten, sich auf dem knirschenden Fuß einmal um die eigene Achse gedreht, so wie der Junge vorhin auf dem toten Falter? *Ein Schädling!*

Eine Frau mit blutroten Fußnägeln war in ihr Leben eingestiegen, hatte mit ihrem Mann in ihrem Bett gelegen, aus ihren Gläsern Wein getrunken, hatte in ihrem Flur die Hand auf ihren Arm gelegt, als dürfte sie das, als wären sie Schwestern.

Und sie, Anne, armer, kleiner Wicht, war wortlos und wehrlos in die Küche getrottet. Konnte nichts sagen und hatte mit zitternden Fingern aufgelegt, als Carola ein paar Tage später die Stirn hatte, sie anzurufen, um sich mit ihr *auszusprechen.*

Frauen, die ihre Nebenbuhlerinnen in rasender Wut erschossen, Männer, die ihre Rivalen mit dem Messer erledigten oder mit dem Auto überfuhren, das gab es alles – aber nicht in den zivilisierten, wohltemperierten Beziehungen von Hamburg-Ottensen. Die sachlich abgewickelt wurden, wenn ein Gefühl dazwischenfunkte, das man dann Liebe nannte. Gegen Liebe war man schließlich machtlos. He, es passierte einfach! Und wer verliebt war, durfte alles, durfte sich *weiterentwickeln* mit einer Lektorin, die wie Schneewittchen war.

Carola mit dem weißen Wagen durfte Annes Leben über den Haufen fahren, ihr den Mann wegnehmen, lachen, gut aussehen – und sich noch ein bisschen mehr lieben lassen dafür, dass ihr das mit Anne *wirklich zu schaffen* machte, dass sie das *nie gewollt* hatte, dass sie hoffte, sie und Anne könnten irgendwann *entspannt miteinander umgehen,* weil Anne *wirklich* eine *ganz tolle Frau* war.

Christoph durfte einfach aufhören, Anne zu lieben. Er durfte durch sie hindurchsehen, wenn sie mit ihm sprach, und einfach aus ihrem Leben spazieren. Solche Dinge passierten. Sie verstießen gegen kein Gesetz.

Aber Anne, die ihren Mann verloren hatte und nicht um ihn trauern konnte, weil Christoph ja gesund und munter war, weil er immer für sie und Leon *da sein würde,* Anne, die sich jetzt entlieben sollte und sich verwitwet fühlte, verwundet und verarscht, machte sich strafbar, wenn sie Carola einen Zahn ausschlug oder den weißen Fiat demolierte. Und schlimmer als das: Sie machte sich lächerlich.

Man wurde nicht handgreiflich, wenn eine der zivilisierten, wohltemperierten Beziehungen in Hamburg-Ottensen beendet wurde. Man wurde ein bisschen hysterisch, man suchte sich eine Freundin, eine Schwester oder eine Mutter, mit der man lange, tränenreiche Spaziergänge machte, die man nachts am Telefon volllamentierte. Man meldete sich zu einem Schreib-Workshop in Ligurien an oder buchte ein Wellness-Wochenende auf Sylt, man trommelte eine Weile auf La Gomera, lernte Yoga in Andalusien, verbrachte ein paar angespannte Nächte mit irgendeinem Interims-Lover, ließ sich die Haare schneiden, kaufte sich ein kurzes Kleid. Und wenn das alles nicht half, setzte man sich bei einer Therapeutin in einen knarzenden Korbsessel und versuchte die geknickte Seele für 80 Euro die Stunde wiederaufzurichten.

Oder man haute ab, flüchtete aufs Land, wo die Welt noch heil und gut war, lag besoffen an einer klammen Backsteinwand und tat sich leid.

10
Rehwurst

Anfangs war er ganz schön herumgeeiert, aber jetzt hatte er den Dreh raus.

Gut, dass er Helm und Ellenbogenschoner gleich mitgekauft hatte! Bei dem Tempo, das er draufhatte, waren Stürze und Karambolagen nicht auszuschließen, und eine ernste Verletzung konnte er sich wirklich nicht erlauben. Nicht als Freiberufler! Sechs Wochen keine Aufträge und Eva könnte ihr Gartenhaus vergessen.

Die Abfindung war schneller weg gewesen als der Drainage-Bagger, der rund ums Haus die Schächte für die Entwässerungsrohre gegraben hatte. Die beiden jungen Familien, die die Grundstücke rechts und links gekauft hatten, hatten ihre Häuser ohne Keller gebaut. Er wusste jetzt, warum.

Aber die Weißwerths hatten nun einen trockenen Keller für die Weine – und für die Kartoffeln, die Eva und er eigenhändig aus dem schweren Marschboden gebuddelt hatten. Ihr Resthof hatte ein neues Reetdach, neue Holzfenster und ein original Altländer Hofpflaster, das Burkhard bei einem Baustoffhändler im Internet gefunden hatte, für Selbstabholer, was für eine Aktion!

Ein Kipplaster voller Steine, die Klaus und Erich Jarck in unfassbarem Schneckentempo verlegt hatten, als die

Waschbetonplatten des Vorbesitzers erst einmal raus waren. Vier Wochen lang waren sie jeden Morgen um sieben mit ihrem Moped angeknattert gekommen, Führerschein hatten sie nicht, und das Moped durfte auch nur Erich fahren, Klaus hatte noch ein bisschen weniger in der Birne als sein Bruder. Aber egal. Das war Burkhard Weißwerths erste große Geschichte für *Damals & Draußen* gewesen: die Zwillinge Klaus und Erich Jarck, Hofpflasterer, letzte Vertreter einer aussterbenden Zunft. Allein die Fotos! Klaus mit der dicken Brille, dem der Mund immer halb offen stand (die Hose meistens auch), und der rothaarige Erich mit einer Zigarette hinter jedem Ohr und einer im Mundwinkel. Die beiden in der Frühstückspause, Fanta und dicke Scheiben Sülze ohne Brot. Mit den dreckigen Fingern!

Florian hatte sich in einen Rausch fotografiert, »das ist so geil!«. Die Redaktion war hingerissen von den *herrlich skurrilen Typen* und wollte mehr davon, und Burkhard Weißwerth hatte Klaus und Erich in seinem Buch *Elbmenschen – Knorrige Gesichter einer Landschaft* noch einmal zweitverwerten können. Genau so sollte es laufen.

Das holprige Hofpflaster war ohnehin jeden Cent wert, es gab ihrem Haus etwas Raues, Ehrliches. Hier war kein Platz für das urbane, neurotische, überreizte High-Heel-Leben.

Willkommen in der Gummistiefelwelt, hatte Eva bei ihrem Einzugsfest an das Gartentor geschrieben, sie hatten zwanzig Paar in verschiedenen Größen und Farben gekauft, und die Frauen konnten von ihren Pumps umsteigen in die Gummistiefel, bevor sie auf das Kopfsteinpflaster traten. Es war ein witziges Warm-up gewesen für die Party, sie hatten so gelacht.

Burkhard hatte dann sein zweites Buch auch so genannt: *Willkommen in der Gummistiefelwelt*, es verkaufte sich gut, aber Burkhard Weißwerth konnte mehr. Er war ein Blattmacher, er wollte seine eigene Zeitschrift, er wollte Auflage und Erfolg, und das alles ganz entspannt, in aller Ruhe, wie ein Landarbeiter, gelassen, unaufgeregt, das würde sie am meisten ärgern, die hibbeligen Klugscheißer vom Baumwall mit ihren Stressmägen und Bandscheibenvorfällen.

Die ihn rausgeschmissen hatten, weil sie dachten, dass er es nicht mehr brachte.

Sie hätten ihm keinen größeren Gefallen tun können.

Den Titel seiner Zeitschrift hatte er schon lange im Kopf: *Land & Lecker*, Magazin für Menschen, die genug hatten, *downshifters* wie ihn, die kapiert hatten, dass weniger mehr war, die den ganzen Ballast loswerden wollten.

Er hatte den Audi verkauft, es hatte ihm nicht das Geringste ausgemacht, jetzt hatten sie nur noch den Jeep, den Eva brauchte, wenn sie in den Baumarkt oder ins Gartencenter fuhr. Er fuhr praktisch nur noch mit dem Rad. Seit er hier draußen lebte auf dem Lande, hatte er erst verstanden, was wichtig war im Leben.

Die erste Kartoffel, die ein Mann mit seinen eigenen Händen aus der Erde holte, vergaß er nicht wieder. Das war eine Initiation gewesen, er, Burkhard Weißwerth, war eingeweiht worden in das große Geheimnis vom Säen und Ernten, vom Wachsen und Werden, vom Werden und Vergehen, und, ja, es hatte ihn demütig gemacht, sensibel für die wunderbaren, einfachen Menschen, die hier draußen von ihrer Hände Arbeit lebten. Respekt! Er hatte tiefen Respekt vor ihnen. Berührungsängste kannte er nicht, und das spürten sie. Deshalb kam er so viel näher an sie heran als die zimperlichen, ahnungslosen Schreiberlinge von den Frauenzeitschriften und Lifestyle-Magazinen, die neuerdings in Scharen auf das arme Landvolk losgelassen wurden. Sie verstanden gar nichts.

Hier saß er, Burkhard Weißwerth, 52 Jahre alt, an einem Freitagmorgen um kurz vor acht, im Sattel seines maßgefertigten Liegerades, und fuhr die Elbe entlang in einem Tempo, das mehr als ordentlich war für einen Mann in seinem Alter.

Er dachte an seine Hamburger Ex-Kollegen, die sich um diese Zeit gerade aus den Betten quälten, um noch eine Runde um die Alster zu joggen, bevor sie mit ihren angespannten Frauen auf den Isemarkt mussten. *Ohne mich, Freunde.*

Burkhard schaltete zwei Gänge runter und fuhr die schmale Asphaltstraße hoch, die über den Deich zur Hauptstraße führte, jetzt ging es nur noch bergab, und er musste aufpassen, dass er nicht zu schnell wurde. Er hielt sich kurz am Mast einer Straßenlaterne fest, um einen Elbe-Obst-Laster passieren zu lassen, dann überquerte er die Hauptstraße und bog in die Dorfstraße ein.

Vor einem großen, gepflegten Fachwerkhaus blieb er stehen und schaute sich das Kopfsteinpflaster an. Es sah aus wie seines, nur lag dieses hier bestimmt schon zweihundert Jahre länger, und offensichtlich waren die Hofpflasterer damals ein bisschen begabter gewesen als Klaus und Erich Jarck. Seines war jedenfalls nicht so ebenmäßig verlegt wie dieses hier. Vielleicht war das so mit aussterbenden Zünften – die letzten Vertreter hatten es nur noch so halbwegs drauf. Immerhin hatten sie es günstig bekommen, »nicht mehr als zehn Euro die Stunde!«, hatte Eva gesagt, »das hauen die doch sofort für Schnaps auf den Kopf«, und das war genau richtig gewesen. »Eigentlich kriegen wir fünfzehn« – aber sie hatten nicht abgelehnt, so oft bekamen die beiden auch keine Aufträge mehr, und sie hatten das Geld immerhin *cash auf die Kralle* bekommen – und ganz bestimmt nicht versteuert!

Burkhard Weißwerth musste grinsen bei der Vorstellung, dass Klaus Jarck ein Steuerformular ausfüllte. Der wusste nicht mal, wo bei einem Stift oben und unten war.

Das nächste Haus musste es sein. Burkhard zog den Kopf ein, als er unter der morschen Prunkpforte hindurchfuhr, dann stieg er ab und lehnte das Fahrrad an die alte Hauswand. Das riesige vermooste Reetdach schimmerte grünlich in der Sonne, im Hof lagen dunkle Brocken, es kam offenbar schon klumpenweise herunter. Oha. Er wusste, was sein kleines Dach gekostet hatte, und in diesen Schuppen würde sein Haus bestimmt dreimal passen. Eine bäuerliche Kathedrale! Niederdeutsches Hallenhaus, 18. Jahrhundert, mindestens! Burkhard ging ein paar Schritte in den Vorgarten und sah sich die Fassade an. Neun Fenster, Buntmauerwerk, und da oben, die geschnitzten Halbsonnen! Die lange Inschrift am großen Querbalken konnte man nicht mehr entziffern. War das Latein?

Er drehte sich um und ließ seinen Blick über den verwilderten Vorgarten schweifen, das musste irgendwann mal ein klassischer Buchsbaumgarten gewesen sein, man sah unter dem Gestrüpp noch die Reste der alten Hecken. Saumäßiger Zustand, aber das könnte man alles wieder hinkriegen.

Eva durfte so was gar nicht sehen, sie würde sofort den Architekten holen und zur Bank rennen. Aber das hier war eine Nummer zu groß, wer so ein Haus an der Backe hatte, brauchte einen Sechser im Lotto. Mit Jackpot. Oder einen sehr gut laufenden Zeitschriftenverlag. Wer weiß!

Hier also lebte Dr. Vera Eckhoff, Zahnärztin und Ehrenvorsitzende des Kreisjagdverbandes. Burkhard hatte sie bislang nur im Galopp am Elbufer gesehen. »Ich würde mich nicht mit ihr anlegen«, hatte Dirk zum Felde gesagt, »sie schießt verdammt gut.« Burkhard hatte sie neulich einfach mal angerufen.

Vera Eckhoff schien ein echtes Original zu sein, er hatte ein bisschen mit ihr *geklönt,* und jetzt durfte er dabei sein, wenn sie ihre Rehwurst machte.

Rehwurst! Das glaubt mir wieder kein Mensch! Erst mal ohne Kamera, nur er ganz allein, das machte er immer so, er durfte nicht gleich mit der Tür ins Haus fallen. Landleute musste man immer erst ein bisschen auftauen, das dauerte eine Weile, aber wenn man ein Händchen dafür hatte, fassten sie früher oder später Vertrauen und fraßen einem aus der Hand. Bei ihm klappte das jedenfalls immer, er hatte einfach einen Draht zu diesen Menschen.

Erstkontakt ohne Kamera, das war Regel Nummer eins.

Und Florian war sowieso noch angefressen wegen der Sache mit dem Trecker letzte Woche. Burkhard hatte ihn mit Mühe davon abbringen können, Dirk zum Felde wegen Körperverletzung anzuzeigen. Es hatte ihn zwei Kisten Bordeaux gekostet, das sollte aber auch Schmerzensgeld genug sein für ein kleines Hämatom am Hinterteil.

»*Moin, moin!*« Burkhard Weißwerth ging mit federnden Schritten durch die große Dielentür und folgte den Geräuschen. Er hörte Stimmen und etwas Mahlendes, Knirschendes, das offenbar aus der Küche kam. Burkhard klopfte an die angelehnte Tür und sah Vera Eckhoff, die am Tisch stand und einen weißen Zahnarztkittel trug. Irgendjemand musste sich gerade neben ihr in die Luft gesprengt haben. Ihr Kittel war mit dunklem Blut bespritzt, es war überall, auf dem Bauch, auf den Ärmeln, am Kragen, sogar ihr Gesicht war rot gesprenkelt.

»Ach so, Morgen, Sie hatte ich ganz vergessen! Na, Sie haben noch nichts verpasst, wir haben gerade angefangen.« Vera Eckhoff zeigte auf einen großen, älteren Mann mit Gummischürze und aufgerollten Hemdsärmeln, der neben ihr stand und an einer Kurbel drehte. »Mein Nachbar, Heinrich Lührs.« Es knirschte, es quietschte.

»Dat is de Hamborger, de Mimi ehr lüttje Huus köfft het.«

»Denn man to«, sagte Heinrich Lührs, nickte einmal und drehte weiter.

Neben ihm saß ein kleiner Junge mit schokoladenverschmiertem Mund. Er kaute Smarties und schaute fasziniert zu, wie ein Stück Fleisch nach dem anderen im Mahlwerk verschwand, als rotes Gewürm wieder herauskam und sich in eine große Waschschüssel kringelte.

Heinrich Lührs konnte keine Tiere töten, nicht mal seine Kaninchen hatte er früher selbst geschlachtet, das hatte sein Vater machen müssen, aber er war ein Ass am Fleischwolf.

Burkhard Weißwerth lehnte sich an die Wand, die Hände in den Taschen seiner Kordhose. Er versuchte, nicht direkt auf den Fleischwolf zu schauen, sondern ein kleines Stück daneben, aber der Rest machte ihn auch schon ziemlich fertig. Das fiese, knirschende Geräusch, der Geruch nach rohem Fleisch und Fett.

Er musste an die Szene in *Fargo* denken, den irren Entführer mit den blond gefärbten Haaren, der sein Opfer in den Gartenschredder stopfte, oh Gott, aber das hier war der Hammer. Burkhard dachte an die Fotos, die Florian von diesem Massaker machen würde, er konnte sich nicht erinnern, eine solche Szene jemals in einer Magazin-Bildstrecke gesehen zu haben, es war der Hammer! Ganz roh, ganz naturalistisch wollte er die Fotos haben! Auf keinen Fall schwarz-weiß! Das hier war keine Kunst, das war Natur! Das ist das Landleben, Leute, das ist was anderes, als ein paar Scheibchen Wildsalami auf dem Isemarkt zu kaufen!

Vera Eckhoff hatte eine alte Küchenwaage vor sich und

wog Salz und Gewürze ab, Burkhard tippte die Zutatenliste in sein iPhone. Pfeffer, Wacholderbeeren, Majoran.

Heinrich Lührs fing an, große Brocken weißen Speck in den Fleischwolf zu stopfen, aus den Löchern wanden sich bleiche Würmer in die Plastikschüssel, und als er mit dem Speck fertig war, kippte Vera die Gewürze dazu, nahm einen Mixer und verrührte alles zu einer rosafarbenen, fettig glänzenden Masse.

Burkhards Räuspern ging im Lärm des Küchengeräts unter, ein paar kleine Schweißperlen traten auf seine Stirn.

Vera schaltete den Mixer aus und stellte ihn neben der Schüssel ab, von den Knethaken tropfte die fahle Wurstmasse.

Sie löste die Haken aus dem Mixer, gab Heinrich Lührs den einen, den anderen nahm sie selbst. Mit ihren Zeigefingern wischten sie das Zeug von den Mixerstäben und probierten. »Beten Solt noch«, sagte Heinrich und schüttete einen Esslöffel Salz in die Schüssel. »Willst du mal umrühren?«, fragte er und drückte dem Jungen einen Holzlöffel in die Hand.

Der Kleine rührte mit ernster Miene, die Kinderhand tauchte in der schmatzenden Wurstmasse unter. Sie hatte genau dieselbe Farbe. Vera Eckhoff ging in die Speisekammer und holte ein Bündel transparenter Schläuche, die aussahen wie Kondome in Überlänge, Heinrich Lührs hatte die Wurstmasse in eine Art Silikonspritze gefüllt und fing an, sie langsam in die Därme zu drücken.

Burkhard Weißwerth verließ wortlos die Küche.

»Wat nu denn?«, sagte Heinrich Lührs und legte den Wurststopfer kurz zur Seite.

»Kreisloop oder Vegetarier«, murmelte Vera und zuckte mit den Achseln.

11
Schier

Heinrich Lührs hatte vor langer Zeit aufgehört, sich über Vera Eckhoff zu wundern. Es erstaunte ihn also nicht sonderlich, dass sie jetzt ihre Nichte mit Kind und Kaninchen bei sich einquartierte. Eine Art Tagelöhner, so hatte Vera ihm das erklärt. Kost und Logis frei, 400 Euro im Monat, und freie Fahrt in ihrem alten Benz. Und als Gegenleistung *mookt se mien Huus schier.*

Das allerdings hatte Heinrich Lührs dann doch die Sprache verschlagen. Das Wort *schier* ganz ohne Ironie aus Veras Mund. *Schier* war genau das, was Veras Hof nie mehr gewesen war, seit Ida Eckhoff sich aufgehängt und ihre ostpreußische Schwiegertochter Karl und das Kind im Stich gelassen hatte. *Schier* war das Wort, mit dem Vera ihn aufgezogen hatte, seit sie erwachsen waren. »Na Hinni, hest ook allens schön schier?«

Wenn er die Büsche und Bäume gestutzt, die Hecke geschnitten, das Unkraut ausgemerzt, den Rasen gemäht, den Zaun gestrichen, den Hof gefegt, die Maulwurfshügel flachgeharkt hatte, wenn seine Beete schnurgerade waren, die jungen Kirschbäume sauber geschnitten und die alten, die nicht mehr taugten, gefällt, zersägt und zu Brennholz gestapelt, immer, wenn Heinrich Lührs das tat, was jeder tun musste, der Herr über Haus und Hof bleiben wollte, der nichts verkommen ließ, verstrüppen und verwildern, dann saß Vera Eckhoff mit einer Zigarette auf ihrer klapprigen Bank oder stand mit dem Kaffeebecher unter der Krücke von Kirschbaum, die ihren Vorgarten verschandelte, Kraut und Rüben kniehoch um sich herum, und winkte zu ihm herüber und lachte. »Na Hinni, hest ook allens schön schier?«

Und er hatte nie verstanden, was daran lustig war, wenn jemand seine Welt in Ordnung hielt.

Hinter seinem Zaun machte die Welt sowieso, was sie wollte. Veras Garten war das Ende jeder Ordnung, das Gegenteil von *schier,* Chaos und Untergang. Bei Vera konnte man sehen, was dabei herauskam, wenn man der Natur einfach ihren Lauf ließ.

Und am Ende seines Kirschhofs, auf der anderen Seite des Grabens, war es mit der Ordnung auch nicht mehr weit her, denn Peter Niebuhr ließ seine Bäume jetzt auch verlottern, seit er auf Bio machte. Verkaufte seine mickrigen Kirschen, noch nicht mal richtig reif, an einen Hamburger Öko-Großhändler. Heinrich Lührs hätte sich geschämt, er hätte diese Dinger nicht mal am Straßenrand an die Touristen verhökert, aber die Bioleute in der Stadt rissen Peter Niebuhr seine Kirschen aus den Händen, und er kassierte ein Drittel mehr als früher.

Der Teil der Welt, der noch in Ordnung war, schien jeden Tag zu schrumpfen.

Drei Söhne, kein Nachfolger. Heinrich hatte eine Schwiegertochter aus Japan und eine aus der Stadt, nette Frauen, soweit er das beurteilen konnte, aber sie hätten auch vom Mars sein können, so fremd waren sie ihm.

Er hatte Heini und Sakura einmal in Berlin besucht, in ihrem Restaurant, sein Ältester mit einer hohen weißen Kochmütze an einem blanken Tisch, er machte Reisrollen mit rohem Fisch, die er auf eine Art Förderband legte, und die Gäste nahmen sich herunter, was sie mochten.

Sakura hatte ihm gezeigt, wie das mit den Stäbchen ging und mit der schwarzen Soße, das grüne Zeug war ihm zu scharf, aber der Rest schmeckte gar nicht mal schlecht.

Heini mit seinem langen Messer hinter dem Tresen, die blonden Haare von Elisabeth, sein fröhliches, gutmütiges Jungengesicht. Jetzt sprach er fließend japanisch, »is ook nich veel anners as plattdüütsch, Vadder«, hatte er gesagt, und sie hatten gelacht.

Er war Elisabeths Liebling gewesen, auch wenn sie das nie zugegeben hatte, und wenn er in seiner Küche stand und Fisch in kleine Stücke schnitt, dann summte er. Jetzt war Heini in Japan, sie hatten ein kleines Mädchen, sie schickten Fotos, aber Heinrich Lührs vergaß immer wieder den Namen dieser Stadt, in der sie lebten.

Jochen kam alle paar Wochen am Sonnabend oder Sonntag, meistens hatte er Steffi und die Zwillinge dabei, aber manchmal kam er alleine, in alten Sachen, dann standen sie zusammen in der Halle und machten den Trecker und die Anhänger für das Frühjahr klar oder die großen Netze, die sie im Sommer über die Kirschbäume zogen, bevor die

Stare kamen. Zur Apfelernte nahm Jochen sich immer ein paar Tage frei und fuhr den Gabelstapler, wenn die großen Kisten im Kühlhaus verstaut werden mussten. Er blieb dann über Nacht in seinem alten Zimmer, abends trank er mit Heinrich in der Küche ein paar Bier, sie machten sich Spiegeleier und Schinkenbrote, teilten sich die Zeitung und guckten später zusammen die Tagesschau. Manchmal nickte Jochen schon vor dem Wetter auf dem Sofa ein, er war die Arbeit an der Luft nicht mehr gewöhnt. In Hannover saß er den ganzen Tag in seinem Ingenieursbüro und sah die Sonne nicht.

Steffi hatte es nicht gern, wenn Jochen im Alten Land bei seinem Vater war, weil zu Hause dann alles an ihr hängen blieb, sie hatte schon genug zu tun. Steffi war Pharmareferentin, sie verdiente eine Menge Geld, Heinrich wagte nicht zu fragen, aber er nahm an, dass Jochen mit seinem Gehalt da nicht mithalten konnte.

Der Junge tat ihm manchmal leid, er wirkte immer etwas abgehetzt, und das war gar nichts gegen seine Frau. Wenn sie zu viert aus Hannover zu Besuch kamen, schien Steffi immer zu frieren. Nach draußen, an die Elbe oder in die Obsthöfe, ging sie selten, das ging auch nicht mit ihren Schuhen.

Mit den Jungs fuhr Heinrich immer eine Runde auf dem Traktor, er nahm an, dass sie das mochten, jedenfalls Ben, er wollte immer auf seinem Schoß sitzen und lenken. Noah hatte meistens ein kleines elektronisches Gerät dabei, das piepte, wenn er darauf herumdrückte, aber er kam mit raus, bis Steffi mit ihrem Handy ein Foto von den dreien gemacht hatte. Opa bekam es dann später zum Geburtstag geschenkt, in einem Rahmen aus Metall.

Georg war sein Jüngster, seine Wunde. *Vadder, ik ook nich.*

Da hatte er die Landwirtschaftslehre schon abgeschlossen, und Elisabeth hatte es kommen sehen. Nur war sie nicht die Frau, die ihrem Mann die Meinung sagte. Und er war nicht der Mann, der sich von seiner Frau viel sagen ließ.

Der Alte bestimmte, der Junge duckte sich, und irgendwann, wenn der Junge genügend Kraft und Wut gesammelt hatte, wurde der Spieß umgedreht. So waren die Regeln. Anders ging es nicht.

Sein Vater hatte noch hart zugeschlagen, das hatte Heinrich bei seinen Söhnen nicht getan.

Georg hatte mal eine gefangen, als er nach einer durchfeierten Nacht halb besoffen auf der Leiter gestanden und einen der besten Kirschbäume verschnitten hatte. Sonst höchstens ein paar Knuffe, mal einen kleinen Stoß, wenn er im Weg herumgestanden hatte, was selten vorkam, weil Georg tüchtig war. Ein guter Obstbauer, Heinrich wusste das.

Aber Vater und Sohn, das war kein Freundschaftsspiel, es war ein Kampf. Der Alte stur, der Junge wütend, Angriff und Verteidigung, Runde um Runde, zähes Ringen um neue Kirsch- und Apfelsorten, weniger Spritzmittel, größere Kühlhäuser, teure Maschinen, mehr Saisonarbeiter. Heinrich hörte sich Sätze brüllen, die er von seinem Vater kannte, manchmal zuckte er dann selbst zusammen.

Was du ererbt von deinen Vätern, erwirb es, um es zu besitzen!, hatte sein Urgroßvater in den Querbalken des Fassadengiebels schnitzen lassen. Loblieder hatte er ihm nicht vererbt, Heinrich wusste nicht, wie man sie sang. Aber Georg schien darauf zu warten.

»Einmal ein gutes Wort, Heinrich, ist das so schwer?«, hatte Elisabeth ihm zugerufen, mit einer Stimme, die er gar nicht kannte, als Georg ihm die Baumschere vor die Füße geworfen hatte, wortlos, aber Heinrich hatte gesehen, dass er weinte. Heulte wie ein Kind.

Fast schämte Heinrich sich für diesen Sohn, der ihn nicht niederringen konnte oder wollte, der nicht verstand, dass er, der Alte, doch von ihm bezwungen werden wollte. Nicht vom Alter, von den schmerzenden Beinen und dem steifen Rücken, sondern von einem starken Sohn, der ihn zornig aus dem Ring zu werfen hatte.

Vadder, ik ook nich.

Wenn Elisabeth nicht gestorben wäre ein paar Tage danach, dann hätte Heinrich die Sache mit Georg vielleicht noch wieder in Ordnung bringen können, aber nach ihrem Tod sah er die Hand vor Augen nicht, trieb ohne Sicht in seinem schweren Nebel, und seine Söhne fand er auch nicht mehr.

Georg hatte Frauke geheiratet, die einzige Tochter von Klaus und Beke Matthes, sie wohnten nur zwei Dörfer weiter. Heinrich kam immer an ihrem Hof vorbei, wenn er bei der Genossenschaft Dünger oder Spritzmittel holen musste. Das alte Reetdach hatten sie heruntergeholt, es wurde auch Zeit, aber für neues Reet hatte es offenbar nicht gereicht, das Dach war jetzt mit roten Ziegeln gedeckt und die ganze Südseite mit großen Sonnenkollektoren belegt. Schön war das nicht, aber es lohnte sich wohl.

Inzwischen musste er nicht mehr stur auf die Straße schauen, wenn er vorbeikam, seit ein paar Jahren schon konnte er anhalten und mit Frauke in der Küche eine Tasse Kaffee trinken oder mit Georg ein Bier in der Sortierhalle, wenn es gerade passte. Die beiden Mädchen besuchten ihn sogar, kamen mit ihren kleinen, glitzernden Fahrrädern zu Besuch bei ihrem Opa. Frauke fuhr mit und holte sie auch wieder ab.

Georg kam nie. Er machte einen Bogen um sein Elternhaus, schien es zu meiden wie ein Vampir das Kreuz. Nur als Heinrich siebzig wurde, kamen alle, sogar Heini mit seiner Familie aus Japan.

Als die anderen ins Bett gegangen waren, saßen die drei Brüder noch lange im Garten, die Ärmel ihrer weißen Hemden aufgekrempelt, Schulter an Schulter auf der Bank, tranken Bier, lachten, waren wieder die Jungs. Heinrich sah ihnen vom Küchenfenster aus zu, er machte das Licht nicht an, sah seine Söhne, wie sie ohne ihren Vater waren, unbekümmert, frei. Plötzlich sprang Georg auf, er marschierte wie ein Feldherr über den Rasen, zeigte in zackigen Bewegungen auf die Hecke, das Rosenbeet, die Stauden, »dat mutt allens schier«, brüllte er, »allens schön schier!«, und seine Brüder bogen sich vor Lachen. Jochen kippte von der Bank und rollte sich kreischend auf dem Rasen.

Georg würde wohl nicht wiederkommen, wie es aussah. Klaus und Beke Matthes hatten Frauke ihren Hof vor ein paar Wochen überschrieben und zogen jetzt mit einem Wohnmobil durch Südamerika.

Heinrich Lührs blieb hinter seinem weißen Zaun, den Rücken kerzengerade, als sollten sich die Bäume und die Sträucher mal ein Beispiel an ihm nehmen.

12
Jagdunfall

Der Hamburger mit dem Fahrradhelm kam erst zurück, als Vera schon die Küche wischte, Heinrich zeigte ihm noch die Räucherkammer, dann ließ er ihn in der Diele stehen und ging nach Hause.

Der Besucher schien es nicht eilig zu haben, er schaute sich ein bisschen um. Vera zog sich gerade den blutbespritzten Kittel aus, als sie ihn in der Diele aufstöhnen hörte, ein Lustschrei, Burkhard Weißwerth hatte die alte Aussteuertruhe entdeckt, die an der Wand neben der Küchentür stand. Jetzt kniete er vor der geschnitzten Eichenfront und ließ seine Finger über die Intarsien gleiten, Vögel, Blumenranken, feinster Barock, »mein lieber Schwan!«. Er inspizierte die geschmiedeten Beschläge, die gedrechselten Füße, dann machte er mit seinem Handy ein paar Fotos. Sein Blick wanderte weiter über die Anrichte mit Ida Eckhoffs Kristallgläsern und fiel auf den Terrazzoboden, der ein paar Risse hatte, aber was für eine Fläche! Burkhard Weißwerth wusste, was so ein Boden wert war, Eva träumte schon lange von so was, aber das war heute nicht mehr zu bezahlen, sie hatten sich erkundigt.

Vera sah den Mann in ihrer Diele, knipsend wie ein Tourist, es reichte.

Sie ging mit eiligen Schritten auf ihn zu, sagte »Also!«, und gab ihm die Hand, einmal kurz und schwungvoll, mit ausgestrecktem Arm. So machte sie es in der Praxis, wenn die Patienten nach der Behandlung ewig sitzen blieben und von den Kindern und den Enkelkindern anfingen, es funktionierte immer.

Burkhard Weißwerth verstaute sein Handy und bedankte sich für den *extrem spannenden* Vormittag, er nahm seinen Fahrradhelm von ihrer Truhe und ließ seine Visitenkarte da.

Vera wollte noch fragen, was das für eine Zeitschrift war, in der Artikel über Rehwurst erschienen, aber da war er schon auf seinem Rad davongeschlingert. Offenbar fuhr man in Hamburg jetzt liegend.

Annes Junge hatte um kurz vor sieben plötzlich in der Küche gestanden, mit den nackten Füßen gleich im Blut, er beruhigte sich dann aber schnell, »ein großer Junge wie du. Der weint doch wohl nicht.« Heinrich gab ihm aus seiner Dose ein Pulmoll-Bonbon, »du darfst dich hinsetzen und zugucken. Denn aber nicht mehr jaulen!«

Leon gab keinen Ton mehr von sich, er wischte sich mit dem Pyjama-Ärmel den Rotz aus dem Gesicht und kletterte auf die Küchenbank. Vera holte ihm die Tüte Smarties, die in ihrer Schublade lag, noch von Silvester. Es waren in diesem Jahr keine Kinder an die Tür gekommen zum Neujahrssingen, nicht mal die Nachbarjungs, die letzten Male auch schon nicht mehr. Sie hatten vielleicht Angst vor ihr, der alten Hexe in dem schiefen Haus.

Als sie die Tüte vor ihn hinlegte, zog Leon vorsichtig an ihrem Ärmel, er warf schnell einen Blick zu Heinrich, der an der Fleischwolfkurbel drehte, und flüsterte: »Was macht ihr?«

Vor ihm lag das große Messer auf dem Schneidebrett, daneben standen die Schüsseln mit rohem Fleisch und weißem Speck, er hatte gerade barfuß in einer Rehblutlache gestanden und Heinrich Lührs etwas Blutiges in den Fleischwolf stopfen gesehen. Es war vielleicht kein Wunder, dass der Junge ein bisschen durcheinander war.

»Also«, sagte Vera, »wir machen Wurst. Dazu brauchen wir Fleisch und Speck, das muss alles kleingemacht werden, darum drehen wir das durch dieses Ding, das heißt Fleischwolf. Das ist Heinrich, der wohnt hier nebenan, und der tut dir nichts. Bloß wenn du ihn ärgerst.«

»Denn mach ich Kinderwurst!«, sagte Heinrich und kurbelte weiter. Vera war nicht sicher, wie Heinrich Lührs' Humor bei kleinen Kindern ankam. Leon lachte nicht, aber er blieb auf der Küchenbank sitzen, und später half er beim Umrühren, »de düchtige Jung«, sagte Heinrich und klopfte ihm auf die Schulter, als er ging.

Von Anne kein Lebenszeichen, der Morgen nach einer Obstbrandbetäubung war grausam, Vera wusste das und ließ sie schlafen. Sie setzte Kaffee auf und machte Frühstück, Leon malte auf ihrem Einkaufsblock, »ein Traktor ist das«. Offensichtlich hatte er noch nicht viele Landmaschinen gesehen, sein Traktor qualmte und sah aus wie eine Dampflok.

Weil Vera keine Haselnusscreme hatte, aß er ein Brot mit Honig, »deine Mutter muss dich nachher mal abduschen«, sagte Vera, das ganze Kind war klebrig.

Sie gingen zum Pferdestall und holten Heu für das Kaninchen, aber Willy wollte das Zeug nicht, das Leon ihm da in den Käfig stopfte, in Hamburg hatte es Karotten gegeben und Nagerglück-Trockenfutter, er legte genervt die Ohren an und drehte sich weg, er musste die ganze Umstellung erst mal verkraften.

»Probier mal, Willy, ist lecker«, sagte Leon und kaute zum Beweis selbst ein bisschen Heu, aber das half auch nicht. Das Kaninchen verzog sich wieder in die Käfigecke und gab sich dem Kulturschock hin.

Vera spürte plötzlich, dass sie sich kaum noch auf den Beinen halten konnte, sie war todmüde von der Nacht in der Küche, von dem ganzen Rummel plötzlich in ihrem Haus, dann noch der Mensch mit dem Fahrradhelm heute Morgen. Willy war nicht der Einzige, der sich hier an die Umstellung gewöhnen musste.

Ein Blick in Ida Eckhoffs Wohnzimmer zeigte, dass Anne noch nicht so weit war.

Sie lag quer über dem Schlafsofa, die Beine im Bettbezug verheddert, Vera machte das Fenster einen Spalt breit auf, im Sessel rührte sich nichts, also ging sie zurück in die Küche. Leon hatte sich angezogen, die Träger seiner Latzhose waren verdreht, die Socken hatte er vergessen, er kam mit seinen Pixibüchern und streckte ihr die Arme entgegen: »Schoß.« Vera schob ihren Stuhl zurück und nahm ihn hoch. Er war nicht schwerer als ein Rehkitz.

Leon zog unauffällig den Schnuller aus der Tasche und schob ihn in den Mund. Dann lehnte er sich zurück, sein Kopf lag an ihrer Schulter, sie spürte seine weiche Haut an ihrer Wange und sein Haar. Er fühlte sich an wie ein Küken.

Vor Veras Augen verschwammen kurz die Buchstaben, sie drückte für eine Sekunde die Finger auf ihre Augenlider, dann fing sie an zu lesen. »Es regnete schon seit Tagen …«

Wie lange war es her, dass sie etwas gestreichelt hatte, das kein Fell trug?

Ihre Hände kannten Rosshaar und Hundefell, tote Hasen und Rehe, den samtigen Pelz der zerbissenen Maulwürfe, die Heinrichs Kater manchmal anschleppte. Sie hatten Karls knochige Schultern unter den Flanellhemden gekannt und die Stoppeln auf seinen Wangen, die sie manchmal berührt hatte, wenn er schlafend auf der Bank hing. Sie erschraken fast vor diesem warmen kleinen Jungen.

Vera Eckhoff kannte Kinder nur angespannt vor Angst, die Augen groß, die Münder aufgerissen, auf ihrem Zahnarztstuhl, und meistens tat sie ihnen weh.

Sie hätte sie hin und wieder streicheln können, einmal nur kurz die Hand über die Wange gleiten lassen, vor der Behandlung oder auch danach, das fällt dir jetzt ein, dachte sie.

Es kamen keine Kinder mehr in ihre Praxis, die Eltern fuhren sie nach Stade zu einem jungen Zahnarztpaar, das sich auf kleine Patienten spezialisiert hatte. Was immer das hieß, wahrscheinlich lag Spielzeug im Wartezimmer und die Ärzte trugen T-Shirts.

Vera war nur noch an zwei Tagen in der Praxis, ihre Patienten kamen aus alter Gewohnheit oder weil sie kein Auto hatten für die Fahrt nach Stade. Manchmal rief ein Obstbauer an und brachte ihr einen kurdischen Erntehelfer mit schlimmer Karies oder vereitertem Backenzahn. Dr. Eckhoff stellte dann keine Fragen zu Krankenkasse und Papieren, das hatte sich herumgesprochen.

Vera las weiter, es ging um einen Bären, einen Pelikan und einen Pinguin, die Geschichte machte keinen Sinn, aber Leon saß ganz still, er hatte die Knie angezogen, und Vera ließ die Hand auf seinem nackten Fuß, fühlte die runden Zehen unter ihrem Daumen und musste sich zusammenreißen, um nicht das ganze Kind an sich zu drücken und ihr Gesicht in seinen weichen Haaren zu vergraben.

Du bist ein altes Waschweib, Vera Eckhoff! Aber sie ließ ihre Wange an seiner und las weiter den Quatsch von den Tieren, die die Sonne suchten.

Es war immer noch besser als die Geschichten, die sie Karl vorlesen musste, in seinem letzten Jahr, als sie ihn gar nicht mehr alleine lassen konnte.

Karl, der die Alpen nie gesehen hatte, liebte die heile Welt der Bergromane, seit er in Veras Wartezimmer ein Groschenheft gefunden hatte, von einer Patientin mitgebracht und auf dem Stuhl vergessen.

Vera kaufte sie ihm dann bei Edeka, jede Woche ein

Wenn sie langsam und leise ihr Gewehr hob, anlegte auf einen Hasen oder ein Reh, das linke Auge zukniff, den Zeigefinger an den Abzug legte, steckte Karl die Finger in die Ohren und sah auf seine Füße.

Vera schoss erst, wenn sie ganz sicher war, sie traf fast immer. Karl stand an einen Baum gelehnt und rauchte, wenn sie das Auto holte. Beim Tragen half er noch, zusammen packten sie das tote Tier und legten es in Veras Kofferraum. Aber er ging dann allein zurück, zu Fuß, ein Jäger ohne ein Gewehr.

Es war so einfach: Der alte Karl Eckhoff, auf der Jagd erschossen, ein Unfall, diese Dinge kamen vor.

Sie sah ihn mit seinem steifen Bein durch das stumpfe Licht eines Novembermorgens humpeln, sah ihn klar und deutlich durch ihr Zielfernrohr, folgte ihm lautlos durch das nasse Gras, es hingen kaum noch Blätter an den Apfelbäumen. Vera hörte die Singschwäne, die Richtung Elbe zogen, ihr schiefes, trostloses Lied, Karl blieb stehen und schaute zu den Vögeln hoch, er stand ganz still und ahnungslos, und Vera legte ihren Finger an den Abzug.

Und konnte es dann nicht und schämte sich für ihre Feigheit.

In diesem Winter schliefen sie kaum eine Nacht.

Im Frühling ging es besser.

Im Sommer war es nicht mehr auszuhalten.

Karl hing, wenn die Sonne schien, im Halbschlaf auf der Schaukel, manchmal pfiff er noch vor sich hin, aber im nächsten Moment konnte er hochschrecken und einem unsichtbaren Vorgesetzten salutieren.

Er schrie jetzt auch bei Tage, ein paarmal kam Heinrich Lührs aus seinem Garten angerannt, dabei kannte er das Schreien doch, er hörte es, weil sie Karls Fenster in den Sommernächten offen ließen. Heinrich sah auch das Bettzeug auf der Leine, jeden Tag, *kiek man nich hen,* aber er wusste, was bei Eckhoffs in den Nächten los war.

Was er nicht wissen konnte, erzählte Vera ihm, wenn er in ihre Praxis kam, einmal im Halbjahr zur Kontrolle.

Wenn Heinrich Lührs auf ihrem Stuhl lag, zwei Watterollen in der Backe, die Helferin gegangen, das Wartezimmer leer, wenn er nicht sprechen konnte, aber alles hören, erzählte Vera ihm die Dinge, die sonst keinen etwas angingen.

Den Mund weit offen, hörte Heinrich Lührs von Veras *Jagdunfall* mit Karl, von seinem Heldentod und ihrer Feigheit. Er zuckte nur ganz leicht, als Vera es erzählte, aber als die Watte draußen war und der Mund ausgespült, verließ er schnell die Praxis. Sie war ihm manchmal nicht geheuer.

Dann saßen sie auf Idas alter Hochzeitsbank, an einem Tag im Juli, als noch die Kirschen in den Bäumen hingen, Heinrich und Vera mit Karl in ihrer Mitte, der nicht mehr schrie, weil Vera ihm zehn Tropfen *Psychopax* gegeben hatte. Er lehnte jetzt schlafend an der Schulter seines Nachbarn.

Karl Eckhoff war ein Fall fürs Irrenhaus, seit Langem schon, für Heinrich war die Sache klar, man brauchte Vera damit aber nicht zu kommen. Und die Verrückten lebten oft am längsten, Karl musste über neunzig sein, er sah schon lange wie ein Toter aus.

Vera zog ihn von Heinrichs Schulter zu sich rüber, ohne ihn zu wecken, sie legte Karls Kopf in ihren Schoß, und weil sie sonst nie weinte, merkte Heinrich es nicht gleich, sie machte kein Geräusch dabei.

Heinrich Lührs traute sich erst nicht, saß eine Weile stumm auf dieser morschen Bank mit ihr, dann fragte er sie doch, sehr leise, weil Karl es nicht hören durfte:

»Kannst em nich wat geven, Vera?«

Sie sagte dazu nichts, Heinrich stand auf und ging, aber ein paar Tage später fuhr Dr. Vera Eckhoff zu ihrem alten Tierarzt und ließ sich 100 ml Narcoren geben, die richtige Menge, um eine mittelschwere Trakehnerstute einzuschläfern. »Macht kein Vergnügen«, sagte er und drückte ihr die braune Flasche in die Hand, dann packte er ihr eine große Spritze und ein paar Kanülen in eine Plastiktüte und sah sie prüfend an. »Ruf an, wenn ich das lieber für dich machen soll.« Sie schüttelte den Kopf.

Am Sonntag danach, der warm und windstill war, saß Karl unter der Linde, seine weißen Rauchringe schwebten in die Baumkrone, er blickte ihnen nach, bis sie verschwunden waren, dann machte er neue. Vera sah ihn aus dem Küchenfenster, sein graues Haar verfilzt, der Rücken schmal wie ein Kinderkreuz, nur schiefer. Sie ging nach draußen, setzte sich neben ihn, ihr war, als hätte sie ihr ganzes Leben so verbracht, auf dieser weißen Bank mit Karl, der rauchte.

»Wat würst du lütt, Vera«, murmelte er plötzlich und

fing leise an zu pfeifen. Sie sah ihn eine Weile von der Seite an, seine Wangen waren so hohl, die Augen rot vor Müdigkeit.

»Karl«, sagte Vera, »schall ik di wat geven, dat du slapen kannst?«

Er stellte sein Bein, das steife, ein bisschen anders hin. Dann guckte er vor sich ins Gras, wo die Ameisen wimmelten, und griff nach seinen Zigaretten.

»De Dröpen* meenst du nich«, sagte er.

Sie schüttelte den Kopf.

In der Nacht musste der Bergdoktor wieder kommen, und später brauchten sie die Tropfen auch noch. Karl lag in seinem Bett, klein und flatternd wie ein Vogel, und seine Stimme war so schwach, dass Vera ihn erst gar nicht hörte.

Als sie ihn dann verstanden hatte, half sie ihm beim Anziehen, hakte ihn unter, und sie gingen, langsam wie ein Brautpaar, durch die Diele in den Garten.

Auf der Bank legte sie ihm eine Decke um die Schultern und gab ihm seine Zigaretten, dann ging sie ins Haus und kam zurück mit einem Glas Apfelsaft von Heinrich Lührs, und in der anderen Hand ein Glas, das kleiner war. Karl Eckhoff war nur eine Handvoll Mensch, er brauchte gar nicht viel.

Es war sehr dunkel, nur ein dünner Mond am Himmel. Auf der Elbinsel fiepten die jungen Möwen, schlaflos, ruhelos, immer hungrig. Die Blätter der Silberpappeln

---

* Tropfen

zischten im Nachtwind, als wollten sie um Ruhe bitten. »Schhhh.«

Er nahm das Glas aus ihrer Hand, Vera legte die Hand unter seinen Ellenbogen, hielt seinen Arm ganz leicht, weil er so bebte, und dann kippte er das Zeug wie Schnaps, schüttelte sich, »as Knüppel op'n Kopp«, und Vera gab ihm schnell den Apfelsaft.

Sie musste an Ida denken, in ihrer schwarzen Tracht am Deckenbalken, sie nahm Karls Hand und hielt sie fest. Er ließ sie nicht mehr los, bis er zur Seite kippte. Vera blieb sitzen neben ihm, auf Idas Hochzeitsbank, bis sie die Amseln hörte.

Die letzte Eckhoff ein Flüchtling. Sie machte kein Geräusch.

Heinrich musste ihr dann helfen, Karl in sein Bett zu tragen, und tat es ohne eine Frage. Der alte Eckhoff war friedlich eingeschlafen, der Rest ging keinen etwas an. Sie saßen in der Küche, bis Dr. Schütt mit dem Totenschein fertig war, und Heinrich blieb noch, bis Otto Suhr mit dem Leichenwagen kam.

Vera tat einmal das Richtige. Karl Eckhoff bekam ein Begräbnis, *as sik dat hürt*, Otto Suhr wusste, wie das ging. Traueranzeige und Karten, Kondolenzbuch und Kaffeetafel mit Butterkuchen, die Nachbarn kamen alle und aus dem Dorf noch ein paar alte Patienten von Vera, zwei Mitschüler von Karl, die Letzten, die noch lebten.

Pastor Herwig machte es kurz, *so nimm denn meine Hände*, und dann legten sie Karl Eckhoff neben seine Eltern. Die Kameraden vom Jagdverein standen in ihren grünen Jacken am Grab, sie schwitzten in der Julihitze und bliesen Karl ein letztes Halali, schief wie immer, aber Vera wusste es zu schätzen.

In der Kirche reservierte Otto Suhr bei den Trauerfeiern immer die vorderen drei Reihen für Familienangehörige, bei Karl Eckhoff reichte die erste Reihe.

Heinrich Lührs, der weiter hinten saß, stand dann noch einmal auf, da spielte schon die Orgel, und setzte sich nach vorne neben Vera, auch wenn er da nicht hingehörte. Er konnte sich schon denken, dass hinter seinem Rücken jetzt getuschelt wurde.

Aber ein Mensch allein in der Familienbank, das war kein Anblick.

Er konnte ja nicht wissen, dass Veras Schwester in der Kirche war.

Vera entdeckte Marlene auch erst draußen am Grab, dann sah sie auch Marlenes Tochter und fing zu weinen an, bis dahin hatte sie sich gut gehalten.

Heinrich Lührs war bei Beerdigungen nie ein Held gewesen, das Schlimmste war die Kaffeetafel hinterher. Das Gesabbel. Weil Veras Schwester sie jetzt unterhakte, stand sie nicht mehr allein, und er musste nicht mit.

Nach dem Begräbnis blieben Marlene und Anne noch bei Vera, die wie ein Geist aussah. Sie schickten sie ins Bett, dann rissen sie im ganzen Haus die Fenster auf, putzten die verdreckten Scheiben, schrubbten alle Böden und die Fliesen an der Wand. Sie wischten den Staub von den

Möbeln, brachten Karl Eckhoffs Kleider zum Container, warfen das ganze alte Essen weg, das sie im Kühlschrank fanden.

Anne fuhr am nächsten Tag zurück nach Hamburg, aber Marlene blieb und kochte Suppen, füllte sie in Plastikdosen, fror sie ein. Sie weckte Vera nur zum Essen, die Zimmertür blieb angelehnt, sie passte auf sie auf, drei Tage und drei Nächte lang, wie eine Schwester, bis Vera wieder auf den Beinen war und bissig wie ein Hofhund.

Marlenes Suppen hatten ihren Preis, und Vera wollte ihn nicht zahlen.

Sie wollte der halben Schwester nicht das Wir anbieten, sie nicht durch Ida Eckhoffs Diele gehen sehen und aus den alten Goldrandtassen trinken lassen.

Ihr nicht das kleine schwarze Album zeigen, in dem die Bilder waren, die Marlene fehlten: Hildegard von Kamcke in ihren hellen Kleidern, mit ihren schönen Pferden. Hildegard Eckhoff auf Stelzen unter den Obstbäumen.

Vera wollte diese Bilder nicht mit ihr teilen.

Sie hatte Marlene die Hand gegeben und die Kirschen, an Sonntagen im Juli, wenn sie mit leeren Eimern kam und ernten wollte, sie hatte ihr die Leitern hingestellt, Kaffee und Apfelsaft im Garten auf den Tisch.

Sie hatte sie nicht ins Haus gebeten, und Marlene war trotzdem hineingegangen, als wäre das auch ihr Zuhause, als hätten sie und Vera mehr gemeinsam als die schmalen, geraden Nasen und die braunen Augen.

Vera hatte Karl begraben und allein auf der Familienbank gesessen, acht Monate war das erst her.

Jetzt saß sie hier und hatte Marlenes Enkelkind auf ihrem Schoß, und in Ida Eckhoffs guter Stube schlief Marlenes Tochter.

Sie wusste nicht, wer im Moment das Sagen hatte in ihrem Leben.

13
Elbfrösche

Leons Schneeanzug war dreckig. Seine Fingernägel waren es auch. Auf die Stiefel guckte Anne lieber gar nicht erst, sie wusste, wie die aussahen.

Elbfrösche sahen anders aus. Auf dem Parkplatz vor dem Kindergarten hüpften sie um kurz vor neun an den Händen ihrer Mütter aus ihren großen Familienautos. Auf den Rücksitzen lagen in den Maxi-Cosis schon die kleinen Geschwister, Elbquappen für die kommenden Jahrgänge. Die Minivans und Kombis, in denen die drei- bis sechsjährigen Elbfrösche rechtzeitig zum Morgenkreis in ihren Dorfkindergarten gebracht wurden, waren rollende Demonstrationen für die Mehrkind-Familie. Auf ihren Heckscheiben prangten blaue und rosafarbene Aufkleber: *Lasse & Lena an Bord* oder *Vivienne & Ben & Paul on Tour* – wie TÜV-Plaketten einer funktionierenden Familienplanung.

Anne ließ Leon aus dem Buggy steigen und nahm ihn an die Hand. Er sah ernst und blass aus, als sie durch das Gehopse zur Eingangstür gingen. Die Jacken und Schneehosen der Elbfrösche leuchteten bunt, ihre Mützen, Schals und Handschuhe waren farblich aufeinander abgestimmt, die langen Haare der Mädchen fielen in hübsch geflochtenen Zöpfen über die Schultern, und wenn sie die Mützen abnahmen, konnte man sehen, dass selbst die Haarspangen zueinander passten.

Anne dachte an die Vogelnester in den Haaren der kleinen Mädchen in Leons Hamburger Kita. Wenn sie morgens keine Lust hatten, sich von ihren Eltern die Zausen herausbürsten zu lassen, kamen sie eben ungekämmt. In Ottensen trugen die Kinder oft seltsame Kleider, Röcke und Hosen übereinander, gepunktet, gestreift, kariert, egal, rechts und links verschiedene Socken oder Handschuhe, irgendwelche Schals zu irgendwelchen Mützen irgendwie um Kopf und Hals gestopft. Oft war es das Ergebnis einer *autonomen kindlichen Entscheidung* am Kleiderschrank, die selbstverständlich respektiert wurde, auch wenn das Kind am Ende aussah, als wäre es nach einer Naturkatastrophe aus Spendenmitteln neu eingekleidet worden. *Du, wenn du das schön findest, dann zieh es an, Schätzchen.*

Der leicht verwahrloste Hobo-Look ihrer Kinder, der sich auch mit sehr teuren Klamotten gut herstellen ließ, war für die Akademiker-Eltern in Hamburg-Ottensen ein Ausdruck ihres Erziehungsstils. Unangepasst und kreativ, wild und widerspenstig, so liebten sie ihre Töchter und Söhne. Eine solide Kruste Dreck an Gummistiefeln und Fingernägeln machte den Look erst perfekt. Das Letzte, was sie wollten, war ein adrettes, artiges Kind.

Leon kam in die Hummelgruppe. Die Leiterin des Kindergartens hatte ihn beim Vorgespräch nach seinem Lieblingstier gefragt, und jetzt hatte Leon ein Kaninchenbild an seinem Fach – und seinen Namen in blauen Holzbuchstaben.

Sigrid Pape hatte sich Zeit genommen für das neue Kind und die neue Mutter. Anne konnte ihr ansehen, wie sie die Eckdaten abspeicherte: aus Hamburg hergezogen, Einzelkind, alleinerziehende Mutter (mit eigenartiger Tasche aus Plastikplane), Nichte von Dr. Eckhoff. Musiklehrerin/Tischlerin, das war ja mal eine Kombination. Die rechte Augenbraue ging ein paarmal ganz leicht nach oben, das war die einzige erkennbare Reaktion auf Annes Fragen und Antworten. Lächelnd saß Sigrid Pape den beiden Neuankömmlingen gegenüber, sie trug die blonden Haare kurz und *flott*, die beigefarbene Strickjacke hatte sie mit einem selbst bemalten Seidenschal *aufgepeppt*, die Augen hinter der randlosen Brille dezent geschminkt. Sigrid Pape leitete die *Elbfrösche* seit über zwanzig Jahren, sie hatte viel gesehen, und mit diesem leicht verhuschten Hamburger Gespann hatte sie überhaupt kein Problem.

Der Junge kam wohl ein bisschen wenig an die frische Luft, aber das würde sich jetzt ändern. Ansonsten: unauffälliges Kind, niedlich, etwas ungepflegt. *KPp4W* schrieb sie zur Sicherheit in Leons Mappe, eines der Kürzel, das jede ihrer Erzieherinnen kannte. Sie würden in den ersten vier Wochen mal den Körperpflegezustand des Kindes protokollieren. Vielleicht war der Mutter nur der Umzug über den Kopf gewachsen, das kam vor, meistens spielten sich solche Dinge von selbst wieder ein.

Wenn nicht, setzte Sigrid Pape mal ein kleines Elterngespräch an, das wirkte in der Regel Wunder.

Jetzt musste sie nur noch den Quatsch mit dem

Essen ansprechen. »Frau Hove, Sie hatten gefragt, ob es bei uns ein vegetarisches Mittagessen für die Kinder gibt.«

Das fehlte gerade noch! Sigrid Pape und ihre Kolleginnen hatten schon genug zu tun mit den ganzen Haselnuss-Tomaten-Kuhmilch-Gluten-Allergien, die jetzt auch schon unter den Kindern auf dem Land grassierten. Dazu zwei kleine Diabetiker und das kindergartenübliche Ich-mag-dies-nicht-ich-mag-das-nicht. Einmal in der Woche Fisch, das zogen sie bei den *Elbfröschen* durch, aber sie würden jetzt nicht auch noch mit Dinkelklopsen und Grünkernpampe anfangen.

Sigrid Pape glaubte an die vegetarische Ernährung genauso wenig wie an diesen kumpelhaften Erziehungsstil, der bei den Eltern neuerdings einzureißen drohte.

Tofuwürstchen essen und sich von seinen Kindern mit dem Vornamen ansprechen lassen. Nicht im Ernst! Man musste sich als Mutter oder Vater auch mal ein bisschen im Griff haben. War ihre Meinung.

»Wir können es so machen, dass Leon dann eben nur die Beilagen isst. Wenn Sie das möchten.«

Anne dachte an die aufreibenden und emotionalen Ovo-Lacto-Vollwert-Koscher-Helal-Vegan-Debatten in Leons Hamburger Kita und versuchte, sich die Mütter vom *Fischi* vorzustellen, wie sie den Essensplan der Elbfrösche studierten, ihre Gesichter, wenn sie Wörter wie Bratwurstgulasch oder Hackbraten lasen.

»Kein Problem, alles gut«, sagte sie.

Leon zog seine Stiefel aus und stellte sie in sein Fach, dann hängten sie den Schneeanzug an seinen Haken. Am Fach rechts von Leons Kaninchen klebte ein Hammerhai, am Haken hing ein grüner Overall, darüber stand in blauen Holzbuchstaben der Name *Theis.*

Anne schaute in den Gruppenraum und sah den kleinen Schädlingsbekämpfer auf dem Spielteppich. Er baute mit zwei anderen Jungen an einer komplizierten Straßenkreuzung aus Duplo-Steinen. Theis zum Felde sah aus, als hätte er vor dem Kindergarten schon einen Hektar Obstbäume ausgerissen. Sein Gesicht war rosig, das weißblonde Haar sehr kurz geschnitten, und er trug ein kariertes Hemd mit hochgekrempelten Ärmeln. »Guck mal, Leon, das ist der Junge, der mit seinem Trecker bei uns war, den kennst du doch.«

Leon sah nicht glücklich aus, vielleicht dachte er an den zermalmten Frostspanner, er schaute zu den Straßenbauarbeitern auf dem Teppich, dann zu seiner Mutter. »Anne, du sollst hierbleiben.«

»Klar, ich komm noch ein bisschen mit rein.«

Irritiert sah die Erzieherin Wiebke Quast, wie Anne ihre Schuhe auszog, in den Gruppenraum kam und sich mit Leon auf den Fußboden setzte. Mütter auf dem Spielteppich, es wurde ja immer interessanter.

Ihre Kollegin Elke kam mit dem Frühstücksgeschirr, sah Anne, schaute Wiebke an und hob fragend die Schultern. Wiebke Quast, Leiterin der Hummelgruppe, rollte kurz mit den Augen, dann ging sie zu Anne und versuchte es erst mal mit Humor.

»Oh, guten Morgen, ich wusste gar nicht, dass wir eine neue Kollegin haben!« Sie gab Anne mit festem Druck die Hand.

Anne lachte, stand auf, stellte sich vor – und setzte sich wieder. Leon kletterte auf ihren Schoß, lehnte den Kopf an ihre Brust, schob seinen Zeigefinger in den Mund und sah aus sicherer Entfernung zu, wie die drei Jungen auf ihrer Duplo-Kreuzung Auffahrunfall spielten. Klirrend fuhren die Matchboxautos ineinander, die Zusammenstöße wurden mit dramatischen Kollisionsgeräuschen unterlegt.

Die Frau auf dem Spielteppich machte noch immer keine Anstalten zu gehen. Das wurde hier jetzt langsam merkwürdig. Wiebke Quast baute sich in der Mitte ihres Gruppenraums auf, räusperte sich, klatschte einmal in die Hände und rief: »Guten Morgen, liebe Hummelkinder, wir wollen frühstücken und sagen jetzt mal ALLE tschüss zu unseren Mamas!«

Na, endlich schien es zu klickern. Anne blickte auf, und allmählich dämmerte ihr, dass das Eingewöhnungskonzept bei den *Elbfröschen* offenbar ein bisschen anders war als in Leons Hamburger Kita, wo die Kinder sich *ganz behutsam* und Schritt für Schritt von ihren Eltern lösten. Es hatte zehn Tage gedauert, bis Leon das erste Mal ohne Anne oder Christoph für einen Vormittag allein in seiner Gruppe geblieben war. Allerdings war er da auch erst zwei gewesen und nicht vier.

Bei den *Elbfröschen* schien man von der Methode der schrittweisen Eingewöhnung generell nicht viel zu halten. Vorsichtig versuchte Anne, Leon von ihrem Schoß zu schieben, aber er drehte sich sofort um und klammerte sich an ihr fest. »Leon, ich muss jetzt los. Das ist ja kein Müttergarten, sondern ein Kindergarten, stimmt's?«

Als sie aufstand, schlang Leon beide Arme um ihr rechtes Bein und ließ sich wie ein Klotz durch den Raum ziehen. »NICHT WEGGEHEN!«

Anne schleifte ihren Sohn bis zu der Tür des Gruppenraumes hinter sich her, dann kam Wiebke Quast und löste ihr neues Hummelkind mit geübtem Erzieherinnengriff vom Bein seiner Mutter und nahm es auf den Arm.

»So, Leon, komm du mal mit mir, und Mama, die muss jetzt mal GANZ SCHNELL LOS, dann können wir hier auch GLEICH MAL anfangen mit unserem Morgenkreis, die Hummelkinder freuen sich schon alle auf dich, Leon, sag mal tschüss, Mama! Tschüss, Mama!« Schnell schloss sie die Tür.

Anne stand auf ihren Strümpfen im Flur zwischen den Schneeanzügen und den nassen Stiefeln, eine Putzfrau wischte gerade die Matschwasser-Pfützen vom Fußboden, aber Anne war schon drin. Mit nassen Füßen stand sie hinter der Tür und hörte Leon schreien.

»ANNE, KOMM ZURÜCK! ANNE!! ANNE!!!«

Auch Sigrid Pape in ihrem Büro konnte hören, dass das neue Kind aus der Stadt ein bisschen Theater machte. Tja, aller Anfang ist schwer, dachte sie, als die Mutter des Jungen, schmal wie ein Hemd, an ihrem Fenster vorbeiging, die komische Tasche quer gehängt, alle Klamotten so dunkel, sogar die Mütze schwarz, und die Hose war auch viel zu weit. Trugen die Frauen in Hamburg jetzt so was?

Frau Hove würde es wohl nicht ganz leicht haben mit ihrer Eingewöhnung. Menschen, die sich von ihren Kindern mit dem Vornamen ansprechen ließen, hatten es nie leicht. Sigrid Pape konnte davon nur abraten.

Anne wusste im ersten Moment nicht, wohin mit sich. Sie widerstand der Versuchung, nach dem Fenster des Hummelgruppenraumes zu suchen, und überprüfte noch einmal, ob ihr Handy eingeschaltet war.

»Wenn es Probleme gibt, melden wir uns«, hatte Wiebke Quast gesagt, »Sie müssen sich gar keine Sorgen machen.«

Aber wie definierte man in der Welt von Wiebke Quast denn ein Problem? Ein Vierjähriger, der sich schreiend an das Bein seiner Mutter klammerte, war offensichtlich keines.

Die Bäume in den Vorgärten waren noch kahl. In den sauberen Beeten der alten Reetdachhäuser, die in der Dorfmitte standen, blühten die ersten Krokusse, und Anne wünschte sich ein Kleid aus ihren Farben, gelb und weiß und violett, Flaggenfarben dieses Frühlings, der anders werden sollte als die letzten.

Sie würde für Leon ein paar Gartensachen kaufen, Gießkanne, Spaten, Blumensaat, dann könnte er dem kleinen Theis im grünen Overall mal zeigen, was eine Harke ist. Und früher oder später würde er wohl auch so einen Traktor zum Treten brauchen. Ein Laufrad hatte sie hier noch nicht gesehen.

Das Neubaugebiet, in dem der Kindergarten lag, endete an einem Feldweg, und Anne ging auf der schmalen Schotterstraße weiter.

Rechts und links von ihr waren jetzt nur noch Obstbäume, endlose, kahle Reihen, Apfel oder Kirsche, sie hatte keine Ahnung, es konnten auch Pflaumen- oder Birnbäume sein. Manche waren groß und knorrig und reckten ihre verdrehten Glieder wie Verwunschene in einem Zauberwald, aber die meisten waren zierlich. Zerbrechlich aussehende Bäumchen, von Pflöcken gestützt und mit Drahtseilen verbunden, wie Galeerensklaven, dachte Anne, keine Bäume zum Klettern und Schütteln, anscheinend warfen sie den Menschen ihr Obst nicht freiwillig nach.

Sie sah einen Mann im dicken Parka, der mit einer elektrischen Baumschere die Zweige beschnitt, er musste gerade angefangen haben, fünf, sechs Bäume hatte er hinter sich, endlos viele standen ihm noch bevor. Er hob einmal kurz die Hand, als sie vorbeiging, und Anne grüßte stumm zurück. Erst ein paar Schritte später merkte sie, dass sie ihn kannte.

Sie drehte sich um und ging zurück, aber Dirk zum Felde schien sie gar nicht zu bemerken, stutzte seinen Apfelbäumen routiniert die Zweige, bis sie direkt neben ihm stand. Dann sah er sie an und zog fragend die Augenbrauen hoch. Anne streckte ihre Hand aus, und es dauerte einen Moment, bis er kapierte, was sie wollte. Er hängte die Baumschere an einen Karabinerhaken, den er an seinem Gürtel trug, dann zog er den rechten Arbeitshandschuh aus und nahm ihre Hand.

»Anne Hove.« Sie drückte ziemlich fest zu. »Ich bin bei

Vera Eckhoff eingezogen, wir hatten schon kurz das Vergnügen.«

Dirk zum Felde hätte fast laut aufgelacht. Er hatte das Gefühl, einen schlecht synchronisierten Film zu sehen, die Frau und ihre Stimme passten überhaupt nicht zusammen. Sie war höchstens 1,60 m groß, sah aus wie Bambi und hörte sich an, als hätte sie zwanzig Jahre hinter dem Tresen einer Hafenspelunke gestanden.

»Dirk zum Felde«, sagte er. »Sie haben mir neulich so nett den Finger gezeigt. Haben wir ein Problem?« Er trug wieder die Mütze mit den Ohrenklappen, seine Augen waren so hell, dass sie fast durchsichtig aussahen.

»Ich weiß nicht, was Sie auf Ihre Bäume spritzen«, sagte sie mit ihrer kratzigen Stimme, »ist mir auch egal, aber Sie brauchen mich und vor allem meinen Sohn nicht damit vollzusprühen.« Sie steckte die Hände in ihre Jackentaschen und machte den Rücken gerade. »Wenn Sie das nächste Mal Ihr Revier markieren müssen, pinkeln Sie doch einfach gegen mein Auto. Das kapier ich dann schon.«

Dirk zum Felde zog seinen Handschuh wieder an. Er nahm die Baumschere vom Haken und schnitt den nächsten Zweig ab.

»Mach ich gern.«

Sie drehte sich um und ging mit großen Schritten auf der Schotterstraße weiter. Es dauerte ein paar Minuten, bis sich ihr Herzschlag wieder heruntergeregelt hatte. So mussten sich die Leute in diesen Kursen für Sozialphobiker fühlen, die Klemmis, die von ihren Therapeuten an die

Fleischtheke geschickt wurden, um eine einzelne Scheibe Salami zu kaufen.

Ein paar letzte Schneeinseln lagen rechts und links des Wegs wie Badeschaumreste. Sie hörte einen Traktor und irgendwo weit weg das aggressive Kreischen einer Motorsäge. Sie zog das Handy aus der Tasche, es war kein Anruf eingegangen. Hatte sie eigentlich die richtige Nummer im Kindergarten hinterlassen? Vielleicht schrie Leon immer noch.

»Frau Hove, es ist alles in Ordnung«, sagte Sigrid Pape im Entwarnungs-Duktus aller helfenden Berufe, der sich bei Schwerhörigen, Demenzkranken und Müttern gleichermaßen bewährt hatte, und Anne verstand sehr gut, was Sigrid Pape nicht sagte: Man musste sich als Mutter auch mal ein bisschen im Griff haben.

Sie ging nach Hause, nahm einen Schraubenzieher aus ihrer Werkzeugkiste und fing an, die zweiunddreißig morschen Fenster in Vera Eckhoffs Haus zu inspizieren.

14
Apfeldiplom

Dirk zum Felde musste in die Eisen, als Burkhard Weißwerth mit seinem Rad aus dem Feldweg geschossen kam.

Weißwerth unter dem Trecker, das hätte ihm noch gefehlt, *auf* dem Trecker war er schon schlimm genug, wenn er mit Hut und Hosenträgern Landmaschinen-Posing machte.

Das schien sich aber erledigt zu haben, sie waren nicht wieder angelatscht gekommen mit der Kamera, wahrscheinlich traute sich der Fotograf jetzt nicht mehr auf den Hof bei ihm, der Schisser.

Britta fand, der Arschtritt wäre nicht nötig gewesen, aber sie konnte diese Typen genauso wenig ab wie er. Es dauerte bei ihr nur länger, bis sie wütend wurde.

Ihre Nerven hätte er sowieso gern: die Kinder, die ganzen Viecher, seine Eltern, die langsam klapprig wurden, und all die kleinen Stotterer und Lispler, mit denen sie das Sprechen übte. Britta war die Ruhe selbst.

»Geh Trecker fahren, Dirk«, sagte sie, wenn ihn die Gören auf die Palme brachten, und wenn er wiederkam, war alles gut, die Kinder wussten das auch ganz genau. Wenn es nach Britta ginge, hätten sie schon längst das fünfte.

Gimme five!, hatte sie ihm neulich mit dem Finger in die Schmutzschicht auf der Heckscheibe geschrieben.

»Wasch du erst mal das Auto, Frau zum Felde!«

Sie hatte nur gegrinst und ihm noch eine Fünf auf die Motorhaube gemalt, mit Ausrufezeichen.

Er hatte die Karten jetzt einfach bestellt im Internet, Werder gegen Hannover, VIP-Rang Platin, schweineteuer, aber es war ihr zehnter Hochzeitstag, da schenkten manche Männer noch ganz andere Sachen.

Kerstin Düwer hatte von Kai eine neue Küche bekommen, Bulthaup, Induktionsherd, *wenn schon, denn schon,* der alte Blender, jetzt durfte man bei ihnen nicht mehr kleckern.

»Essen im OP«, sagte Britta, »aber echt schick.«

Ihr war es scheißegal, wie ihre Küche aussah. Sie hatten immer noch die Einbauschränke seiner Mutter, Eiche von SieMatic. Nicht kaputtzukriegen, nicht mal von ihren Kindern.

Er hatte im Fanshop auch noch eine Werder-Pudelmütze bestellt, mit grasgrünem Bommel, *lebenslang grünweiß,* Britta würde sie aufsetzen, das wusste er. Es gab nicht viele Frauen, die mit Pudelmütze gut aussahen. Er kannte keine außer ihr. Lebenslang zum Felde.

Burkhard Weißwerth rief »moin, moin!« und winkte, als er Dirk zum Felde sah, er hatte von dem Bremsmanöver gar nichts mitbekommen und strampelte in Seelenruhe Richtung Deich.

Dirk bog in Vera Eckhoffs Einfahrt ein, überquerte ihren Hof und schaltete den Düngerstreuer an. Die Apfelbäume würde er bis zum Mittag noch schaffen.

Er musste dringend zu Vera wegen der Pachtverträge, sie liefen nächstes Jahr im Februar aus. Noch mal fünfzehn Jahre, hoffentlich.

Aber Karl Eckhoff war jetzt tot, sie musste auf niemanden mehr Rücksicht nehmen. Wenn sie den Hof verkaufen wollte, würde Peter Niebuhr zuschlagen. Dann sah er alt aus.

Aber wenn diese Hamburger Else jetzt das Haus aufmöbeln sollte, so wie Heinrich Lührs ihm das erzählt hatte, dann schien Vera ja nicht gerade auf dem Sprung zu sein.

Vielleicht war das auch bloß so ein therapeutisches Ding, betreutes Arbeiten, bisschen Rumpütschern an Veras Ruine, um *runterzukommen* oder *mit sich ins Reine,* die Sorte mochte er ja am liebsten, mit den Bäumen schmusen und an der Elbe nach *Kraftorten* suchen, am Arsch.

Aber wenn Vera jetzt noch einen Gnadenhof für Tischlerinnen plante, wollte sie wohl noch nicht ihre Zelte abbrechen.

Sein Pachtvertrag mit Heinrich Lührs lief noch fünf Jahre, danach war da auch alles offen. Heinrich hoffte wohl immer noch, dass Georg wiederkommen würde, aber das konnte er vergessen. Sie trafen sich ja hin und wieder, Georg war nur ein Jahr jünger. »Solange der Alte lebt, fass ich da keinen Apfel an.« Die Frage war, wie lange Heinrich es noch machte, er war jetzt auch schon Mitte siebzig.

Wachsen oder weichen, er konnte den Spruch selbst schon nicht mehr hören, es stimmte aber, die Fläche brauchte er. Wenn er von Lührs und Eckhoff nichts mehr pachten konnte, musste er sehen, dass er anderswo was kriegte. Mit seinen zwölf Hektar kam man heute nicht mehr weit, auch wenn sein Vater das noch immer nicht kapieren wollte.

Man hätte es vielleicht wie Georg machen müssen: Frauke Matthes heiraten, das hatte sich gelohnt. *Schönheit vergeiht, Hektar besteiht.*

Nichts gegen Frauke, aber zum Lachen ging sie in den Keller. Und sie war nicht der Typ, der Pudelmützen tragen konnte, definitiv nicht.

Aus dem Graben kam ein Reh hochgeschossen und sprang direkt vor seinem Trecker über den Weg in Richtung Elbe. Irgendwie schienen die Tiere zu merken, wann Schonzeit war, jedenfalls wurden sie im Frühjahr immer ziemlich mutig.

Jetzt bloß keinen Wildschaden mit dem Trecker, die Sauerei mit dem Passat neulich hatte ihm gereicht, und dann lebte das Tier auch noch und schrie.

Er hatte gar nicht gewusst, dass Rehe schreien können, »tun sie nur, wenn's schlimm ist«, hatte Vera gesagt. Sie war sofort gekommen und hatte es erschossen, »soll ich es für euch abziehen?«. Aber ihm war nach der Nummer echt nicht mehr nach Rehbraten gewesen. Vera kannte da nichts, sie hatte es dann mitgenommen und wohl zu Hause auseinandergesäbelt.

Er wendete, um die nächste Reihe zu düngen, und sah Peter Niebuhr, der ihm von seinem Kirschhof mit der

Baumschere zuwinkte. Niebuhr, der neuerdings auf Öko-Bauer machte. Er fuhr jetzt zweimal die Woche nach Ottensen und stellte sich mit seinen Äpfeln und Kirschen auf den Biomarkt am Spritzenplatz, freitags dann auch noch auf den Isemarkt, in Hamburg rissen sie ihm seinen Kram wohl aus den Händen.

Er hatte das mit Britta auch besprochen, ob das für sie ein Weg sein könnte: weniger Fläche, dafür Bio und Direktvermarkten. Aber dann hatten sie sich das mal ausgemalt: Dirk zum Felde auf dem Biowochenmarkt, mit Kunden wie Burkhard Weißwerth und seiner nervtötenden Frau, die ihn in endlose Diskussionen über Gentechnik und alte Apfelsorten verwickelten, »früher oder später bringst du einen um«, sagte Britta. »Vergiss es, Dirk, du bist einfach Bauer.«

Das war wohl das Problem. Er guckte sich an, was die Kollegen machten, wenn ihnen das Obstbauerndasein zu mühsam wurde, ihm wurde schlecht dabei.

Hajo Dührkopp hatte seinen Hof zum *Schlarapfelland* gemacht, er zog jetzt die Touristen mit dem Trecker hinter sich her, in seinen alten Erntekisten, Rentner in Windjacken, Familien vom Campingplatz oder Schulklassen, denen er erzählte, wie ein Apfel wächst. Sie konnten dann hinterher ein Apfeldiplom bei ihm machen und Butterkuchen essen in seinem Hofcafé, und bevor sie wieder in die Busse oder Wohnmobile stiegen, gingen sie noch durch den Hofladen und kauften Obstbrand und Kirschmarmelade und Fliederbeergelee, das machte alles seine Frau.

Schon klar. Susi Dührkopp stellte sich ganz bestimmt an den Entsafter und kochte tonnenweise Fliederbeeren!

Gelee gab es bei Rewe. Etikett ab, Stück Karostoff um den Deckel, handgeschriebener Aufkleber drauf, zack, zwei Euro Gewinn pro Glas.

Die plattdeutschen Etiketten brachten wahrscheinlich noch zwanzig Cent mehr. *Dührkopps Flederbeern.*

Warum regte ihn das eigentlich so auf? Die Touristen schmierten sich zu Hause fröhlich *Dührkopps Flederbeern* auf ihre Brötchen, das schmeckte ihnen wie bei Oma, hundert Pro. Und Hajo Dührkopp fuhr mit seiner Frau zweimal im Jahr in Urlaub, er musste ja schon lange nicht mehr ackern. Anderthalb Hektar hatte er jetzt noch, gleich hinterm Haus, da spielte er noch Apfelbauer mit den Gästen.

Was er in seinem Hofladen verkaufte, ließ er sich von Kollegen liefern, von ihm zum Beispiel, Dirk zum Felde, also sollte er sich mal besser abregen.

Aber es ärgerte ihn die Pest, wenn er sah, wie Hajo Dührkopp seine Äpfel und Kirschen umfüllte, sie von den Zum-Felde-Kisten in die Dührkopp-Kisten packte, bevor sie in den Laden kamen, Hajo, der Zauberer in seinem großen Landzirkus. Er machte Hokuspokus, und Dirk zum Felde war sein dummer Assistent, der das Kaninchen in den Hut bekommen musste, ohne dass es jemand sah.

Der Witz war ja, dass keiner einen Nachteil davon hatte.

Die Touristen fuhren zurück in ihre Mietwohnungen und Reihenhäuser, und ihr hübsches Bild vom Landleben hatte nicht eine Schramme abgekriegt. Ein Leben in

Kalenderbildern, und alles so gesund, sie kamen immer wieder.

Nächstes Jahr wollte Hajo auch mit den Apfelbaumpatenschaften anfangen, das machte Werner Harms schon lange. Vierzig Euro im Jahr, dafür pappte er den Leuten dann ein Namensschild an ihren Baum, sie durften den auch immer mal besuchen und sich im September zwanzig Kilo Äpfel runterholen.

»Wetten, die kleinen Apfelbabys kriegen auch noch alle einen Namen«, sagte Britta, sie hatte ja gedacht, Dirk wollte sie verarschen, als er davon erzählte.

Hajo ging es bestens als Obst-Animateur. Wenn er richtig gut drauf war, ging er auch noch mit dem Akkordeon durchs Hofcafé und spielte Heimatlieder.

Und er, Dirk zum Felde, hatte mit Hajo Dührkopp einen verlässlichen Kunden.

Wo also war dann das Problem?

Er wendete den Trecker und sah Heinrich Lührs, der mit der Kirschenleiter aus der Halle kam, neulich hatte der Sturm ihn fast mal aus dem Baum geholt, Dirk hatte die Leiter schwanken sehen. Aber da musste der Baum schon umfallen, ehe Heinrich Lührs herunterkam.

Heinrich war ganz alte Schule. Er schüttelte ja immer noch den Kopf über die Bauern, die ihre Obststände am Straßenrand aufstellten, um Äpfel, Birnen oder Zwetschgen an die Autofahrer zu verkaufen, dabei machten das mittlerweile fast alle. Heinrich dachte nicht im Traum daran, er fand das unter seiner Würde.

Muss ihn mal fragen, ob seine Apfelbäume auch schon Patentanten haben, dachte Dirk und freute sich auf Hinni Lührs' Gesicht.

In Heinrichs Welt war der Zweifel an Kunstdünger und Pestiziden noch gar nicht angekommen, sein Glaube an Hochleistungsbäume und Premiumobst war ungebrochen. Er hatte früher noch mit Quecksilber und Arsen gespritzt, das waren ganz andere Kaliber als heute, damit hatte er die Maulwürfe und das ganze andere Wühl- und Krabbelzeug gleich miterledigt, und seiner Meinung nach hätte das auch gern so bleiben können, wer brauchte die Viecher denn? Jetzt standen sie unter Naturschutz, aber in Heinrichs Garten nützte ihnen das gar nichts. Er war ja nicht so blöd, sich erwischen zu lassen, wenn er einen Maulwurf fing.

Seine Bäume standen in Reih und Glied, sein Obst war makellos, beim Anblick einer Streuobstwiese packte ihn das Grauen, und Biobauern waren Spinner.

Heinrichs Weltbild war so schier wie seine Rasenflächen.

Dass irgendwelche rauschebärtigen Pomologen neuerdings groß rauskamen als Retter der Welt, weil sie den Finkenwerder Herbstprinz und den alten Pfannkuchenapfel wieder aus der Versenkung holten, das war an Heinrich Lührs vorbeigegangen, und darum war er zu beneiden. Er nahm schlicht nicht zur Kenntnis, dass sich das alles längst umgedreht hatte, und Dirk zum Felde würde ihm das auch nicht sagen.

Dass Bauern wie sie jetzt die profitgeilen Idioten waren, die in ihren pestizidverseuchten Monokulturen bloß noch die Massenware für das abgestumpfte Supermarktvolk produzierten, während Biobauer Niebuhr und seine Pomologenfreunde mit ihrem Obst für Akademiker die Welt verbesserten.

Dass man als Standard-Bauer am besten nur noch nachts durch die Plantagen fuhr, um sich nicht von Touristen und *kritischen Verbrauchern* bei seinem dreckigen Handwerk erwischen zu lassen.

»Wir können vermieten«, sagte Britta, wenn er die Schnauze wieder mal so voll hatte.

Kai und Kerstin Düwer hatten das gemacht. Das Kühlhaus umgebaut zu Ferienwohnungen, das Land verpachtet, und Kai hatte jetzt einen Superjob bei Raiffeisen. Fünf-Tage-Woche, Urlaubsgeld und Krankengeld, und dann blieb sogar noch eine Bulthaup-Küche dabei hängen.

»Könnten wir auch«, sagte Britta, »kein Ding.«

Konnten sie nicht, und sie wusste das natürlich. Weil er ein Bauer war, genau. Das war das Problem.

Aber er war noch nicht der Einzige. Es gab immer noch Kollegen, denen er nicht erklären musste, wie sich das anfühlte, im Herbst die Anhänger mit den vollen Erntekisten auf den Hof fahren zu sehen, und auf jeder Kiste stand sein Name, Dirk zum Felde, auf den alten Kisten noch der Name seines Vaters, bei der Ernte half er auch noch mit.

Sogar das hier, die Kirschbäume düngen an einem Märztag, noch keine Blätter an den Bäumen, aber der Mäusebussard kreiste schon, und die verknallten Feldhasen preschten hintereinander her, die Natur auf dem Sprung, alles neu, jedes Jahr im Frühling wieder.

Wie hielt man das aus, im Raiffeisen-Laden stehen und Gummistiefel verkaufen, wenn draußen der Boden auftaute und alles nach Anfang roch?

Auf der Straße vor Heinrichs Haus stoppte ein Reisebus, es ging auf Ostern zu, so langsam kamen die Touristenkutschen. Sie hielten immer vor dem Lührs-Hof an, aber zum Glück stieg niemand aus, das hätte Heinrich noch gefehlt, fremde Leute auf dem geharkten Sand, sie blieben sitzen und ließen sich von ihren Reiseleitern durchs Mikrofon das imposante Buntmauerwerk der Lührs'schen Fassade erklären, Donnerbesen, Mühle, Giebelschwan, manche knipsten dann durch die getönten Reisebusscheiben, und weiter ging's zur Apfelsaftverkostung.

Bei Eckhoffs gab der Bus dann wieder Gas. Man konnte Vera bloß wünschen, dass ihre Nichte nicht so verpeilt war, wie sie aussah. Das Haus brauchte echt Hilfe.

Aber es machte eigentlich auch keinen großen Unterschied.

Heinrich saß hinter seiner Prachtfassade doch ebenso allein wie Vera hinter ihren undichten Fenstern.

Zwei alte Leute in riesigen leeren Häusern.

Der letzte Bauer auf dem Hof zu sein, wie Heinrich, was für eine Scheiße. Danach kam nur noch *Resthof*, allein bei diesem Wort kam man schon auf den Hund. *Resthof* wie *Resterampe*. Und dann rauschten irgendwelche Stadtleute an und gaben dem armen Hof endgültig den *Rest*. Die meisten hatten nicht mal ihre Kinder im Griff oder ihre Hunde, von ihrem Leben ganz zu schweigen, und dann glaubten sie allen Ernstes, sie könnten es mit einem alten Reetdachhaus aufnehmen und es mal eben *schnuckelig* machen. Was dabei rauskam, sah man ja. Über Weißwerths nassen Keller *(Weinkeller!)* lachte sich das ganze Dorf kaputt, und über die Buckelpiste von Hofpflaster erst recht, da hatten die Jarck-Brüder sich echt mal was geleistet. Weißwerth hatte genau das Pflaster bekommen, das man für zehn Euro in der Stunde kriegte, und dann hatten die Jarcks auch noch halblang gemacht, *immer schön sinnig*, und doppelt so lang gebraucht wie sonst.

So, letzte Reihe. Dirk zum Felde wendete und sah, dass ihm die Zwillinge mit dem Hund entgegenkamen, Erik vorneweg wie immer, Hannes im Schlepptau, der sich nach irgendetwas bückte, Käfer, Wurm, Schnecke, er konnte alles gebrauchen für seinen Kriech- und Krabbelzoo im Maschinenschuppen.

Dirk hielt an und ließ die beiden auf den Trecker steigen. Zwei lachende Zahnlücken-Gesichter, ein halbes Jahr noch, dann würden sie Schulkinder sein.

Pauline wurde schon zehn, Theis war jetzt fünf.

Eins vielleicht noch.

Full house.

15
Nestbautrieb

Die Natur kam langsam wieder zu sich, wie ein Patient aus einem tiefen Koma, sie war noch bleich, das Gras lag ohne Kraft am Boden, strähnig. Die Felder sahen verheult aus, die Bäume tropften, zitterten, aber an ihren kahlen Zweigen schwollen schon die Knospen.

Man konnte jetzt das Wasser rauschen hören, wenn man das Ohr an ihre Stämme legte, »den Saftstrom«, sagte Theis zum Felde. Anne hatte es probiert und nichts gehört. Sie glaubte dem kleinen Schädlingsbekämpfer auch immer nur die Hälfte, Leon glaubte ihm alles.

Die Jungen waren in Veras Garten unterwegs, sie hatten sich das gelbe Plastikstethoskop aus Leons Arztkoffer geholt, jetzt horchten sie damit die Bäume ab. Anne sah sie in ihren Gummistiefeln an der Linde stehen, lauschen, nicken.

Theis zum Felde kam fast jeden Tag mit seinem grünen Traktor auf den Hof gestrampelt, seit er und Leon in der Hummelgruppe zum ersten Mal zusammen Auffahrunfall gespielt hatten.

Plötzlich hatte er in Veras Diele gestanden, in seinem grünen Overall, seine verschlammten Gummistiefel lagen draußen vor der Tür. Er stand, die Hände in die Hüften gestemmt, in seinen Bob-der-Baumeister-Socken und schwieg. Als Anne ihn begrüßte, nickte er. Leon kam, schwieg auch, bis Theis zum Felde einen fast kompletten Satz sagte: »Ich darf bis fünf.«

An diesem Abend, nach dem Zähneputzen, dem Vorlesen, dem Vorsingen, als Leon sich in seinem Bett zum Schlafen eingerollt hatte, die Augen schon zugefallen, hörte Anne ihn durch seinen Schnuller nuscheln. »Theis ist mein allerbester Freund.«

Sie zogen jetzt bei jedem Wetter durch die Obsthöfe und über die Feldwege, Leon und sein allerbester Freund, der ihm in Stichworten die Welt erklärte.

»Zierapfel. Nicht essbar«, warnte er und zeigte auf einen kleinen Baum, der hinter Heinrichs Scheune stand.

»Lenker einschlagen!«, rief er, wenn er Leon auf seinem John-Deere-Traktor das Rückwärtsfahren beibrachte, und als er in Leons Zimmer zum ersten Mal vor dem Kaninchenkäfig stand, die Arme vor der Brust verschränkt, sagte Theis zum Felde: »Einzelhaltung. Nicht artgerecht.«

Leon hatte Willy angeschaut, dann seine Mutter, und nur vorwurfsvoll genickt.

Jetzt stand Theis zum Felde mit dem Stethoskop an Veras Linde wie der Chefarzt und Leon wie sein treuer Assistent daneben.

Anne sah Heinrich Lührs in seinem Garten, er stutzte irgendein wehrloses Gebüsch, das es wagte, in die falsche Richtung zu wachsen.

Sie hatte sich von ihm die längste Kirschenleiter ausgeliehen, um an das kleine Fenster zu gelangen, das ganz oben in Veras Giebel schief in seinen Angeln hing.

Es musste Jahrzehnte her sein, dass jemand durch diese gesprungene Scheibe gesehen hatte. Sie war so dicht von Spinnenweben überwuchert, dass man kaum hindurchsehen konnte. Anne erkannte auf dem Boden nur ein paar Balken. Dort, wo das Reetdach ganz verschlissen war, schimmerte der Himmel durch. Als sich ihre Augen an die Dunkelheit gewöhnt hatten, sah sie ein paar kleine Knochen auf dem Boden liegen, Maus, Ratte, Marder, irgendein Tier musste hier vor einiger Zeit verendet sein. Sie konnte die Treppe sehen, die schmale Stiege, die auf den Boden führte, daneben eine verstaubte Tasche und ein Paar große Stiefel.

Vera ließ schon lange keinen Menschen mehr auf diesen Boden, weil die Treppe und die Dielenbretter brüchig waren.

Anne konnte den Schraubenzieher mühelos in das morsche Holz des Fensterrahmens drücken, an manchen Ecken ließ er sich ganz durchstecken, das Holz war roh bis auf die dunkelgrünen Reste der Farbe, die sich in den Ecken noch gehalten hatte. Der Fensterkitt war krümelig, vergilbt.

Sie zog den schmalen Meißel aus der Tasche und fing an, das kleine Fenster aus der Laibung zu hebeln.

Trug es vorsichtig die Leiter herunter, ging in den Werkzeugschuppen und schnitt mit der Stichsäge ein Stück Holzpappe in der Größe des Fensters zu.

Heinrich Lührs hatte die Jutesäcke abgenommen von den Köpfen seiner Rosenstöcke, Begnadigung nach einem langen, bangen Winter, jetzt harkte er das Beet.

Er hätte ihr die Kirschenleiter gar nicht geben sollen, wenn was passierte, war er dran. Heinrich warf strenge Blicke über seine Buchsbaumhecke, als Anne ihren Hammer nahm, sich ein paar Nägel zwischen die Lippen steckte, die Pappe unter den Arm klemmte und wieder die schwankende Leiter hochkletterte.

Es war nicht mitanzusehen. Noch nie auf einer Kirschenleiter gestanden und fuchtelte jetzt zehn Meter über dem Grund mit Werkzeugen herum. Ohne Sinn und Verstand.

Er ließ die Harke stehen.

Anne sah Heinrich Lührs zum Fuß der Leiter gehen, er hielt sie fest mit beiden Händen, sie nagelte die Holzpappe vor das Fensterloch, dann winkte sie zu ihm hinunter und wartete, bis er wieder bei seinen Rosen war. Sie ließ den Hammer auf den Rasen fallen, stieg ein paar Leiterstufen tiefer und versuchte, die verwitterte Inschrift auf dem großen Querbalken zu entziffern.

»Ach, irgendwas Plattdeutsches«, hatte Vera nur gesagt.

Es war nicht leicht, mit ihr über das Haus zu sprechen.

Das Haus in Ordnung bringen, das war die Abmachung, aber sobald Anne ein Werkzeug nahm, stand Vera hinter ihr und wollte jeden Handschlag diskutieren.

Ob die Fenster wirklich so hinüber seien, dass sie herausgeschlagen werden müssten. Ob man das Dach nicht flicken könnte, statt gleich das ganze Reet herabzureißen und die alten Balken.

Es dauerte, bis Anne merkte, dass es ihr nicht ums Geld ging. Vera hatte Geld wie Heu.

»Ich mach hier nichts kaputt«, sagte Anne, »du kannst mir das ruhig zutrauen.«

Aber auch darum ging es nicht.

Vera Eckhoff wurde weiß, als Leon mit seinem Flummi die Vase traf, die in der Diele auf dem Tisch stand. Ein schöner, schwingender Kristallton, die große Vase schwankte kurz, blieb stehen, aber Vera fing sofort den Ball und schleuderte ihn aus der Dielentür wie eine Handgranate.

Leon heulte, er suchte mit Theis zum Felde den ganzen Hof ab, sie fanden nichts, »im Graben wahrscheinlich«, sagte Theis und zuckte mit den Schultern. »Guter Wurf.«

Leon schrie sich heiser, Anne nahm ihn auf den Schoß und schickte Theis nach Hause. »Ich kauf dir einen neuen, Leon.«

Hinter Veras Küchentür schepperten die Töpfe.

Zwei Frauen, ein Herd, das wird nichts. Vera hatte das gleich klargestellt, als Anne eingezogen war, sie kochten nicht gemeinsam, aßen selten miteinander, aber Leon hatte sich das Pendeln angewöhnt.

Morgens weckte er Anne gar nicht mehr, er zog sich jetzt alleine an und rannte auf seinen Stoppersocken durch die kalte Diele zu Vera in die Küche.

Von Vera wurde man nie zurück ins Bett geschickt, nur weil es draußen noch dunkel war. Sie wollte nicht *endlich mal ausschlafen* oder *verdammtnochmal* ihre Ruhe haben. Vera war immer schon wach.

Sie sortierte ihm frühmorgens die verdrehten Hosenträger und Pulloverärmel, schmierte ihm ein Honigbrot und kaufte ihm schließlich einen Becher. Es machte sie verrückt, wenn er die dünnen alten Goldrandtassen durch die Gegend schwenkte.

Vera fand bei Edeka einen Kinderbecher mit einem Maulwurf, sie zogen Heinrich Lührs dann damit auf, als er das nächste Mal zum Kaffee rüberkam.

»Guck mal, Hinni, dein Freund«, sagte Leon, zeigte auf den Maulwurf, und Heinrich tat, als wollte er die Tasse mit dem *schiet Muulwapp* zum Fenster herauswerfen.

Wenn Anne Leon morgens in Veras Küche lachen hörte, wusste sie, dass wieder der grandiose Maulwurf-Witz dran war.

Nach der Sache mit dem Flummi war Vera morgens in ihren alten Benz gestiegen und hochtourig zum Landhandel gefahren, sie brauchte Sattelfett und Hafer. An der Kasse gab es kleine Tierfiguren, Quengelware für die Bauernkinder, Vera kaufte zwei, Trakehnerstute mit Fohlen. Theis zum Felde hatte Dutzende von diesen Tieren, er fuhr sie in seinem Anhänger durch die Gegend, für Leon waren es die ersten.

»Keine Gummibälle mehr in meinem Haus«, sagte Vera. Leon nickte, nahm die Pferde und schlurfte mit ihr in die Küche, sie machte Frühstück.

In Veras Küche hingen noch Ida Eckhoffs alte Schränke. *Sago, Graupen, Malzkaffee* stand auf den Keramikschütten, und Vera schnitt ihr Brot mit einer Handkurbel aus Gusseisen.

Alles in ihrem Haus war alt und schwer. Vera schien keinen Stuhl, kein Tischtuch, keinen Schrank gekauft zu haben.

Sie hatte jedes Stück geerbt, aber sie lebte mit den Dingen, als gehörten sie ihr nicht.

Sie hütete das Haus, mehr nicht, sie schien es kaum zu wagen, die alten Blumentöpfe zu verrücken, die ihre Mutter vor Jahrzehnten auf die Fensterbänke gestellt hatte.

Als Anne in der Stube die Gardinenstangen abnahm, um an die Fensterrahmen zu gelangen, lief Vera planlos und gereizt um ihre Trittleiter herum, bis sie endlich begann, die Fensterbänke freizuräumen.

Sie nahm die Blumentöpfe einzeln, trug sie mit beiden Händen, als wären es die Urnen der Verwandten. Brachte sie in ihr Schlafzimmer, schloss die Tür ab, weil Kinder, mit Gummibällen oder ohne, neuerdings durch alle Räume stromerten, verschwand dann in der Küche, knallte mit den Schranktüren, donnerte Schubladen zu.

Anne hörte sie poltern und musste an ihre Mutter denken, die es genauso machte: das Gesicht verriegeln, kein Wort sagen, lieber die Dinge schreien lassen.

Marlene konnte Gemüsesuppe kochen und es wie ein Massaker klingen lassen: Kohlköpfe zerhacken, Bohnen brechen, Möhren mit hässlichen Geräuschen die Haut herunterschrappen.

Wie an dem Abend, als ihre Tochter die Flöte auf den Dachboden gebracht hatte und die Noten ins Altpapier.

Anne nahm an, dass es auch anders ging. Dass man, statt mit dem Messer in der Küche einen Kohlkopf zu traktieren, auch hätte ins Wohnzimmer gehen können und sich zu seinem Kind auf den Parkettboden legen. Man hätte es vielleicht auch an sich ziehen können, in den Arm nehmen und ein bisschen halten. Man hätte es schütteln können oder weinen. Man hätte sagen können: »Es tut mir leid.«

Dass man ein angeknicktes Kind nicht um sich haben konnte, dass es nur reichte für ein helles, heiles Kind.

Dass man dieses hier leider auf dem Boden liegen lassen musste.

Marlene weinte nicht, sie wütete, und Vera machte es genauso. Sie fingen Kriege an, wenn sie nicht weiterwussten, Hildegard von Kamckes Töchter in ihren Rüstungen aus Zorn.

Vera schien nie zu schlafen.

Wenn Anne wach wurde um ein Uhr in der Nacht, weil Leon seinen Schnuller suchte oder sein Stofftier, saß Vera mit den Hunden in der Küche.

Um drei Uhr früh oder um vier, wenn Anne hochschreckte aus einem Traum oder von Stürmen wachgerüttelt wurde, saß Vera immer noch auf ihrer Küchenbank.

Anne sah Licht unter der Tür, sie hörte Veras Radio. Streichquartette und Klavierkonzerte bis um sechs Uhr morgens, *Klassik für Nachtschwärmer*, aber Vera schwärmte nicht durch ihre Nächte, sie saß wie festgenagelt in der Küche und wartete, bis wieder eine Nacht vorüber war.

Sie schien ihr Haus nicht zu besitzen, es war wohl eher andersrum. Vera gehörte diesem Haus.

Dit Huus is mien …

Man musste die Buchstaben ertasten am grauen, ausgelaugten Balken, sie brauchte ein Gerüst, es ging nicht mit der wackeligen Leiter. Und Heinrich Lührs sah aus, als wollte er sie gleich mit seiner Harke runterholen, er schüttelte den Kopf und kam schon wieder näher.

Sie konnte von hier oben die Elbe sehen. Ein erster Segler hatte sich herausgewagt, klein wie ein Papierschiff wippte das Boot in der Heckwelle eines Containerriesen. Auf dem Deich standen die ersten Mutterschafe und blökten nach ihren Lämmern, der Schäfer kam jeden Tag, zählte die neuen und sammelte die toten ein. Verrückte den Elektrozaun und trieb die Herde weiter, sobald das Deichgras kurz genug gefressen war.

Struppige Wolken, fellgrau und dicht, schoben über den Himmel, als hätte man die Schafe hochgeblasen und steigen lassen.

Die Wolken zogen ostwärts, als hätten sie Termine.

Über der Elbinsel kreisten die Möwen, Brutplätze besichtigen, Partner suchen, Rivalen weghacken, Nester bauen, alles auf Kommando, alles lief nach Plan.

Dirk zum Felde fuhr mit dem Gabelstapler zwei mannshohe Kunststoffsäcke über den Feldweg, weil er wusste, dass er jetzt den Kalidünger unter seine Apfelbäume streuen musste, wie viel davon, warum. Im Märzen der Bauer.

Selbst Veras verkrüppelter Kirschbaum kapierte noch, dass er jetzt Blüten treiben sollte.

Alles war durchgeprobt bis in die Nebenrollen. Niemand verpasste einen Einsatz, keiner blieb stecken, alle hatten ihren Part gelernt.

Nur Anne Hove stand auf einer Kirschenleiter und konnte nicht den Text.

Sie kannte ja nicht mal das Stück, noch weniger als Willy, der sich im dritten Frühling seines Zwergkaninchenlebens plötzlich das Bauchfell ausrupfte und in der Käfigecke Stroh auftürmte, weil er auf Nachwuchs hoffte.

Heinrich Lührs hatte sich das aufgeregte Kaninchen angesehen und den Kopf geschüttelt.

»Wenn dat een Bock is, denn bin ik een Deern.«

Theis zum Felde räumte dann die letzten Zweifel aus, er holte ein Paar Arbeitshandschuhe aus den Taschen seines Overalls, zog das zappelnde, kratzende Kaninchen aus dem Käfig und untersuchte es, dann nickte er. »Weibchen.«

Leon schaute Willy ratlos an, er musste die Nachricht erst mal verdauen.

»Nestbautrieb«, sagte Theis, und Leon nickte jetzt auch, als hätte er das längst geahnt.

Anne kletterte herunter und brachte die Leiter zurück zu Heinrich Lührs. Ein Blick, der Rücken biegen konnte.

»Die Leiter kippt und dann? Holland in Not und großes Geschrei!«

Noch einer, der beim Sprechen fast hintenüberkippte. Noch einer mit einem Hang zu Platzverweisen.

Runter von der Leiter, weg von der Auffahrt, ein Schädling!

Sie fragte sich, wie man so wurde. Ob es die Landschaft war, die das mit ihnen machte, die Bäume, die Elbe. Ob es daran liegen konnte, dass die Väter ihrer Väter einen Fluss bezwungen hatten, ihn in die Schranken verwiesen, in Deiche gelegt, ihre Gräben und Kanäle in sein weiches Vorland getrieben. Dass sie das Land, auf dem sie lebten, nicht einfach vorgefunden hatten, sie hatten es *gemacht*.

Und dann ihre riesigen Häuser gebaut, Hallenhäuser wie Kathedralen, und damit priesen sie sich selbst, Schöpfer des Marschbodens, keine Götter, keine Bauern, irgendwas dazwischen.

Vielleicht standen Männer wie Heinrich Lührs und Dirk zum Felde deshalb so vor einem, Halbgötter mit Harken und Baumscheren. Und fünfjährige Altländer Jungen stampften mit Gummistiefelgröße 29 Schädlinge in diesen Boden.

Vielleicht bekam man es vererbt, wenn man hineingeboren wurde in eine dieser Marschfamilien, wenn man Teil eines Fachwerks war von Anfang an. Man kannte seinen Platz und seinen Rang in dieser Landschaft, es ging immer nach dem Alter: Erst kam der Fluss, dann kam das Land, dann kamen Backsteine und Eichenbalken und dann die Menschen mit den alten Namen, denen das Land gehörte und die alten Häuser.

Alles, was dann noch kam, die Ausgebombten, Weggejagten, Großstadtmüden, die Landlosen und Heimatsucher, waren nur Flugsand und angespülter Schaum. Fahrendes Volk, das auf den Wegen bleiben musste.

Runter von der Leiter, weg von der Auffahrt, ein Schädling.

Anne fragte sich, wie lange man hierbleiben musste, um nicht mehr fremd zu sein. Ein Leben war wohl nicht genug.

»Danke für die Leiter«, sagte sie, »einfach nicht hingucken beim nächsten Mal!«

16
Treibeis

Vera hatte geschlafen wie ein Kind, drei Nächte lang. Kein Traum, kein Dr. Martin Burger, kein alter Mann, der weinte. Seelenfrieden ohne *Psychopax*. Sie hoffte, dass Karl ihn auch gefunden hatte, er fehlte ihr.

Heimgegangen sei Karl Eckhoff, sagte Pastor Herwig, neben der kleinen Fachwerkkirche lag er jetzt. Vera konnte, wenn es windstill war und ihre Fenster offen standen, die Uhr des Kirchturms schlagen hören. Keine feierlichen Schläge, eher ein Scheppern, als schlüge man mit einem Holzlöffel an einen Topf, sie dachte dann an Karl, der heimgegangen war mit seinem steifen Bein.

Sie hatte seinen Namen in den Stein der Eckhoffs meißeln lassen und gefragt, ob es noch Platz für einen vierten Namen gäbe. »Aber locker«, sagte Otto Suhr. »Machen wir dann gleich mit.« Also hatten sie unter *Karl Eckhoff* noch *Vera Eckhoff* geschrieben. *1940–

»Dann hat man das schon mal.« Otto Suhr dachte praktisch, sonst wurde man nichts im Bestatterwesen.

Es gab kein Wort für das, was Karl gewesen war. Kein Vater, kein Bruder, kein Kind. Ihr Kamerad vielleicht. Ihr Mitmensch.

Vera hatte Marlene zum Bahnhof gefahren, schweigend, sie hatten sich die Häute aneinander dünngescheuert in den drei Tagen und drei Nächten, als sie Schwestern waren. Als sie so taten, als ob.

Hildegard von Kamckes Töchter, ihr Kriegskind und ihr Nachkriegskind, vierzehn Jahre zwischen ihnen – und die Elbe. Vera hatte die kleine Marlene auf ihrer Schaukel angestoßen, im großen Blankeneser Garten, und mit ihr *Fang den Hut* gespielt am runden Tisch in Hildegards Salon, drei-, viermal im Jahr an einem Sonntag, wenn der Hausherr nicht zugegen war, weil Hildegard in ihrem Leben Ordnung hielt.

Vera war Gast bei ihr, zum Mittagessen eingeladen, am Nachmittag gab es noch Tee, Hildegard hieß jetzt Jacobi.

Sie schickte ihren Fahrer, um Vera von der Fähre abzuholen, er brachte sie am späten Nachmittag zum Anleger zurück.

Der Mann, den Vera niemals sah, war reich geworden mit den Wohnblocks und den Reihenhäusern, die er in Hamburg baute. Dünne Wände und kleine Fenster für Menschen, die nach dem Krieg auf keinen grünen Zweig mehr kamen.

Persönlich liebte er den Jugendstil, die Stuckfassaden, die Rundbogenfenster, die Böden aus Eichenholz. Sein Haus hatte von allem reichlich, und Hildegard wusste, wie man in diesen großen Häusern lebte. Die Villa war kein Herrenhaus, Jacobi nicht von Stand, alles nicht ganz *comme il faut,* aber beinahe.

Hildegard hatte Karl Eckhoffs Haus nie mehr betreten, das Dorf am Deich, das Alte Land, sie ließ es hinter sich, als wäre diese Erde auch verwüstet und verbrannt.

Ihr Kriegskind ließ sie dort, als hätte sie es unterwegs verloren.

So wie das andere, das kleine, das in den Windeln festgefroren war. Das sie in seinem Kinderwagen am Straßenrand gelassen hatte.

Sie hatte es noch einmal zugedeckt, die Decke glattgestrichen, die meisten Mütter taten das, bevor sie ihre toten Kinder stehen ließen und weitergingen, vorbei an all den anderen stillen Kinderwagen, die in den Schneewehen standen.

Es war zu kalt in diesem Januar. Die Kleinen starben zuerst.

Manche der Frauen hatten sich lange vor dem Haff schon in den Schnee gesetzt, sich angelehnt an ihre Kinderwagen und auf den Frost vertraut.

Manche waren von Brücken gesprungen, ihre Kinder an den Händen.

Manche waren in die Wälder gegangen, sie hatten die Kinder in die Bäume gehängt und hinterher sich selbst.

Manche hatten, später erst, Rasiermesser genommen, ein Seil oder ein Gift, weil sie sich in den elenden Gestalten, die sie geworden waren, nicht mehr finden konnten.

Die meisten hatten sich das Sterben aber nicht gestattet und blieben heimwehkranke Wanderer ihr Leben lang.

Als Preußen losmarschiert und als Gesindel angekommen, man konnte sich daran gewöhnen. Man konnte die

Klinkerblocks und Siedlungshäuschen trockenwohnen und dankbar sein, dass man nicht mehr in den Baracken und den Nissenhütten hausen musste.

Sie hatten Wachsbohnen angebaut, Kartoffeln gepflanzt und nicht zurückgedacht, nicht nach Osten geschaut, nur in den Träumen und an den Feiertagen, dann weinten sie und sagten ihren Kindern nicht, warum. Und die Söhne und Töchter gewöhnten sich daran, dass ihre Eltern Treibeis waren.

Hildegard von Kamcke hatte ihr großes Kind in Sicherheit gebracht, es war ein Bauernkind geworden, sie aber keine Bäuerin.

Sie dachte nicht daran, sich zu gewöhnen. Sich abzufinden mit ein paar Hektar Kirsch- und Apfelbäumen und einem Angeschossenen auf einer Bank, in einem Haus, wo sie auf Stroh geschlafen hatte und die Milch gestohlen. Mit Löchern in den Strümpfen vor der Prunkpforte gestanden, mit einem Kind, das fror und Rotz am Ärmel hatte, *Flüchtlingspack, Lüüs op'n Nack'.*

Sie wäre die Hergelaufene geblieben in diesem Dorf, ein Niemand für die breitbeinigen Bauern mit den Fachwerkhöfen, die sich für nobel hielten und nie ein ostpreußisches Weizenfeld gesehen hatten oder die prachtvollen Alleen, die zu den Herrenhäusern führten.

Sie wollte wieder werden, was sie gewesen war, sie wollte ihr altes Leben wiederhaben, alles.

Auch ihren kleinen Jungen.

Aber als sie ein Kind bekam von Fritz Jacobi, war es ein Mädchen, und ein Junge kam nicht mehr.

Vera putzte immer ihre Schuhe und schnitt die Fingernägel, bevor sie zu Jacobis fuhr, sie trug die besten Sachen und sah, wie ihre Mutter trotzdem ihre Stirn zusammenzog, jedes Mal bei der Begrüßung. Sie gaben sich die Hand, und Vera knickste nicht. Nahm sich schon auf der Fähre vor, die Knie nicht zu beugen, und schaffte es fast immer.

Marlene war wie ein junger Hund, wenn Vera kam, sprang aufgeregt um sie herum, mit Puppen, mit Bällen, zog Vera in ihr Kinderzimmer, zeigte den Kaufmannsladen, holte Spiele und Bilderbücher aus dem Schrank, bis Hildegard zum Essen rief.

Jede Mahlzeit eine Prüfung, das weiße Tischtuch, die steifen Servietten, die viel zu großen Silberlöffel. Die kleine Marlene bestand, und Vera fiel durch, beim letzten Mal war sie fast zwanzig, Tomatensuppe auf Damast.

»Sag mal, isst du zu Hause im Stall?«

Hildegard sah nicht, wie Vera zuckte, Marlene den Löffel sinken ließ, sie aßen schweigend zu Ende.

Vera fuhr dann nicht wieder zu Jacobis, sie kam nicht mehr, wenn Hildegard sie herbestellte, aber sie las noch ihre Briefe. Die Mutter schrieb ihr, seit sie fortgegangen war von Ida Eckhoffs Hof.

Sie schrieb von Eichenwäldern und von Storchennestern, von Kornblumen, Eisvögeln, Kranichen, vom Schwimmen in den Seen von Masuren, vom Schlittschuhlaufen auf ihrem schwarzen Eis.

Sie schrieb die Namen ihrer Pferde auf, die Namen ihrer Hunde, die Namen ihrer drei Geschwister, die alle nicht mehr lebten. Sie schrieb die Lieder ihrer Heimat auf, *Land der dunklen Wälder,* auch die Noten, und *Ännchen von Tharau,* alle siebzehn Strophen, sie zeichnete Malven, Trollblumen, Seeadler und das Gutshaus derer von Kamcke.

Sie legte Rezepte in die Umschläge, Rote-Bete-Suppe, Sahnekielchen, Plinsen.

Meine liebe Vera, schrieb Hildegard Jacobi an das Bauernkind, das sie in ihrem Blankeneser Haus nicht einen halben Tag ertragen konnte. Dem sie, wenn es vor ihr stand, nur auf die Schuhe und die Fingernägel schaute und am langen Arm die Hand gab.

Hildegard schrieb von dem Kleinkind Vera, das schon gesungen hatte, als es kaum sprechen konnte, das in der Küche schlafen wollte, im großen Korb zwischen den Hundewelpen.

Sie schickte ihr ein Foto von einem Mann mit einem großen Lachen, er saß auf einem Pferd, und vor ihm saß ein Kind. *Friedrich und Vera von Kamcke auf Excelsior.*

Hildegard schrieb, als wollte sie ein preußisches Atlantis vor dem Versinken retten.

Meine liebe Vera. Sie konnte zärtlich sein, solange zwischen ihr und ihrer Tochter die Elbe lag.

Vera hatte die Briefe abgeheftet in einer Dokumentenmappe, sie lagen in der Eichentruhe und gingen keinen Menschen etwas an, auch nicht die halbe Schwester.

Aber sie hatte Karl verloren und allein auf der Familienbank gesessen. Zu viel Einsamkeit, sogar für Vera Eckhoff.

Am zweiten Tag nach dem Begräbnis holte sie die Briefe aus der Truhe, legte sie auf den Küchentisch und ging ins Bett.

Die Briefe lagen noch da am nächsten Morgen, in der zugeklappten Mappe, aber sie waren gelesen worden, Marlenes Augen waren rot und angeschwollen. Sie tranken ihren Kaffee schweigend, die zweite Tasse auch noch, bis Marlene den Brotkorb nahm und an die Wand warf, das Besteck flog hinterher, »WAG ES NICHT!«, rief Vera, als sie nach einer Tasse griff. Marlene stürzte nach draußen, durch den Garten, rannte in die Kirschbäume und schrie. Die letzten Stare, die nach vergessenen Kirschen suchten, flogen aufgeschreckt davon.

Blätter und ganze Zweige wurden abgerissen, Baumstämme angebrüllt, Löwenzahnblüten zermalmt, geköpft von Füßen, die Hildegard von Kamcke nicht mehr treten konnten, weil sie gestorben war ohne ein Wort. Treibeis, immer kalt, niemals zu packen. Marlene kannte kein Kinderlied aus Preußen, kein Bild von einem Herrenhaus, sie hatte nie gehört von einem toten Kind am Straßenrand, sie wusste nichts.

Eine Mutter wie ein unbekannter Kontinent, die Tochter ohne Kompass ausgesetzt, ohne Karte, in einem Land mit tiefen Schluchten, in dem die Erde bebte und wilde Tiere lauerten.

Man kam nicht heil da durch, Marlene war in jede Schlucht gefallen, abgestürzt und abgestürzt von glatten, kalten Wänden. Es war nicht schön gewesen, das Kind zu sein von Hildegard Jacobi.

Sie hatte Marlene die Musik vererbt, die Stimme, das Gehör. Es hatte Gesangsstunden gegeben und Klavierunterricht, Marlene spielte sehr gut.

Nicht gut genug für Hildegard Jacobi, die, wenn man sich bei einem *Impromptu* verspielte, die Augenbrauen ganz nach oben zog, dünn lächelte und einmal kurz die Luft ausstieß durch Nase oder Mund, als habe sie das vorher schon gewusst.

Wenn man sich nicht verspielte, wenn man das schwere Stück gemeistert hatte, fehlerfrei, wenn man dann froh die Hände sinken ließ, zufrieden war für einen kleinen Augenblick, zitierte Hildegard gern Wilhelm Busch.

Wenn einer, der mit Mühe kaum / gekrochen ist auf einen Baum / schon meint, dass er ein Vogel wär'/ so irrt sich der.

Der chronisch aufgekratzte Vater, selten ohne Cognacschwenker, setzte sich dann neben seine Tochter auf die Klavierbank, lachte, zog sie an sich.

»Och, mach dir doch nichts draus, Marlenchen. Komm, spiel mir noch was Schönes …«

Ein Frosch auf einem Baum war sie für Hildegard Jacobi.

Die große, ferne Tochter mit dem Einserabitur, dem Studium, der Zahnarztpraxis und den Trakehnerpferden, *meine liebe Vera,* war ein Vogel.

Und hatte nie etwas gesagt von diesen Briefen, in all den Sommern nicht, wenn sie ins Alte Land gekommen war, Marlene mit den Zöpfen und dem Rucksack, Ferien bei ihrer großen Schwester, sie hatte jedes Jahr darum gebettelt, eine Woche nur. Sie hatte Vera so geliebt, sogar ihr unheimliches Haus, sogar den alten Mann, der humpelte und leise Lieder pfiff auf seiner weißen Bank.

Kein Wort über die Briefe, auch später nicht, an keinem Julisonntag, wenn sie zum Kirschenpflücken auf den Hof gekommen war mit Mann und Kindern, Vera hatte sie am langen Arm verhungern lassen.

Schnecken starben, Maulwurfshügel zerstoben unter Marlenes Tritten, Feldhasen flohen.

Vera stand mit ihrem Jagdfernglas am Küchenfenster und sah sie wüten, den Bäumen eine Szene machen, wie eine Frau, die man betrogen hatte.

Vera bereute es schon. Wünschte, sie hätte die Briefe in der Truhe gelassen und irgendwann verbrannt.

Das kam dabei heraus, wenn man ein *Wir* anbot, nur weil man mürbe war und vor der Einsamkeit klein beigab.

Marlene war nicht mehr zu sehen, sie musste bald am großen Graben sein, Vera rief die Hunde und ging ihr nach.

Sie fand sie auf einer der kleinen Holzbrücken, zusammengesunken, kein Wunder nach der Raserei. »Macht Platz«, sagte Vera. Die Hunde legten sich ins Gras, sie setzte sich zu Marlene auf die Brücke, eine Armlänge Abstand. Aber es ging schon nicht mehr um die Briefe.

Marlene saß in der prallen Sonne und heulte, weil das Eis nicht tauen wollte.

Weil Hildegard Jacobis Tochter, so durchgefroren, jetzt ihre Tochter frieren ließ.

»Ich mach es mit Anne genauso! Es geht alles so weiter.«

Sie hatte kein Taschentuch, sie nahm die Ärmel, ihr Gesicht verschwamm in einem Kinderweinen, Augen zugedrückt, Mund weit offen, »ich wollte das nicht«.

Sie heulte wie ein Mädchen, das seiner Puppe aus Versehen den Arm gebrochen hatte oder den Kopf abgerissen.

Vera verstand von diesen Dingen nichts, aber sie sah Marlenes schweißverklebte Haare, das Gesicht wie ein verwischtes Bild, die Bluse, die wie ein nasser Lappen an ihr hing, fleckig von Erde, Gras und Tränen.

Sie zog sie hoch, dann gingen sie zum Haus zurück, stolpernd, zwei Soldaten, müde vom Gefecht.

Marlene legte sich auf die Bank unter der Linde, Vera ging ins Haus und holte ihr Wasser, aber sie war schon eingeschlafen.

Vera trank es selbst, sie sah Marlene auf der Bank und wusste nicht, wo sie jetzt sitzen sollte.

Am Abend tranken sie zu viel, Marlene wurde mutig von Wein und Apfelbrand, sie stellte Fragen, die man Vera Eckhoff nicht stellte, wenn man nüchtern war.

»Warum hat sie dich hier alleingelassen?«

»Warum hast du keine Kinder? Keinen Mann?«

»Warum hast du niemanden?«

Vera stand auf, räumte die Flaschen und die Gläser weg, »ich hatte Karl«. Dann ging sie schlafen. Am nächsten Morgen brachte sie Marlene zu ihrer Bahn.

Auf dem Rückweg machte sie am Friedhof halt. Es war noch immer heiß, das Gerbera-Gesteck vom Jagdverein hatte schon ziemlich schlappgemacht.

Sie hörte die Pforte quietschen und sah Heinrich Lührs

den Sandweg entlangkommen, er fuhr bei diesem Wetter jeden Tag zum Friedhof, um bei Elisabeth zu gießen. Er sah sie, bog vom Sandweg ab und kam herüber, stellte Gießkanne und Eimer ab. »Na, Vera.«

Sie standen eine Weile in der Sonne.

»He het dat achter sik«, sagte Heinrich, er nahm die Kanne und goss auf Karls Grab die Gerbera. »Ween man nich.«

Er goss den Kornblumenkranz von Vera und das Gesteck mit gelben Rosen von den Nachbarn. Den Rest, nur ein paar Tropfen, goss er über Veras Kopf, dann riss er in gespieltem Entsetzen die Augen auf, klopfte ihr auf die Schulter und ging.

Sie wischte sich das Wasser aus den Haaren und sah Hinni Lührs mit der Gießkanne zurück zum Wasserhahn marschieren, dann zum Grab seiner Frau.

Steifbeinig ging er in die Hocke und begann, die beiden Margeritenbäumchen, die rechts und links vom Grabstein standen, nach vertrockneten Blüten abzusuchen. Knipste sie ab, warf sie in seinen Eimer, dann machte er weiter bei den sechs Rosen, die in zwei Reihen parallel zum akkuraten Steinplattenweg standen. Die Blumen waren exakt auf die Höhe des Grabsteins zugeschnitten, blühende Soldaten beim Appell.

Heinrich neigte auch in der Grabpflege nicht zu Kompromissen.

Warum so früh? Bei plötzlichen Todesfällen riet die Firma Suhr immer gern zu dieser Gravur, meistens empfahl sie dazu noch einen Engel auf dem Stein.

Aber Heinrich Lührs hatte es nicht mit Engeln, und die Frage auf dem Grabstein war nicht gemeint wie frommes Flüstern, am besten las man sie gebrüllt: *WARUM SO FRÜH!*

Vera sah ihn auf dem Friedhof knien und mit strafender Hand die Blumen rupfen, er hatte sie selbst getragen mit den drei Söhnen.

Sie hatten sich den Sarg auf ihre Schultern gewuchtet, Heinrich und sein Ältester vorne, Jochen und Georg hinten, in ihren neuen schwarzen Anzügen den schweren Eichensarg zu viert über den ganzen Friedhof geschleppt. Nass bis auf die Haut, die schwarzen Krawatten und die Bügelfaltenhosen wie Trauerfahnen im Wind, es hatte geregnet und gestürmt, das Wetter passte jedenfalls zu Heinrichs wütendem Gesicht am Grab, als es nichts mehr zu tragen gab, nichts mehr zu tun, als er mit leeren Händen neben seinen Söhnen stand, und keiner traute sich zu weinen.

Von den Trauergästen war niemand so verrückt, zu Heinrich Lührs ans Grab zu gehen und ihm die Hand zu drücken, sie machten alle, dass sie wegkamen.

Karl war dann zu ihm gehumpelt und hatte ihm den Regenschirm über den Kopf gehalten, bis Vera seine nassen Söhne nach Hause gebracht hatte.

Als sie zurückgekommen war zum Friedhof, hatten sie dort immer noch gestanden unter dem geknickten Schirm, beide zitternd vor Nässe und Heinrich immer noch zu stur, um mitzufahren.

Es ging vorbei, sogar für einen Mann wie Heinrich

Lührs, der es in allen Dingen sehr genau nahm, der in seinem Leben nie wieder ein Vaterunser sprechen würde, weil er erfahren hatte, was das heißen konnte: *dein Wille geschehe.* Der so nicht mit sich umspringen ließ und mit den Engeln fertig war.

Vera sah ihn mit seiner Gießkanne sorgfältig die Rosen und die Margeriten wässern. Jedenfalls die Blumen und die Büsche fügten sich. Sie wuchsen so, wie er es wollte. Auf diesem Grab geschah allein der Wille von Heinrich Lührs, auch wenn es zehnmal Gottes Acker war.

17
Landplagen

Die Aufmachergeschichte stand schon mal fest. *Vom Wild zur Wurst,* eine opulente Bildstrecke, aber nichts Liebliches, er wollte es roh, ehrlich, blutig, hart. Er musste Vera Eckhoff nur noch fragen, wann er mit ihr auf die Jagd gehen konnte, von einem Fotografen würde er erst mal noch gar nichts sagen. Er war sich auch noch nicht so sicher, ob Florian der Richtige war für diese Geschichte, nach dem Rausschmiss bei Dirk zum Felde hatte er sich zwei Wochen krankschreiben lassen und gesagt, dass da bei ihm *mit Sicherheit auch seelische Narben zurückbleiben* würden. Der Mann war Mitte dreißig und stellte sich an wie ein Mädchen.

Seine Zeitschrift, *Land & Lecker,* würde aber keines dieser fusselweichen Landkitsch-Blätter werden, nicht noch eins von diesen Magazinen mit Singvögelchen und Schäfchen und Feldblümchen auf dem Cover und Rezepten für Rübensüppchen und Anleitungen für irgendwelche absurden Holzarbeiten, Stövchen oder Nistkästchen oder den ganzen Müll, und vor allem NICHTS mit Filz. Um Gottes willen. Filz hatten sie hinter sich.

Burkhard Weißwerth schaltete einen Gang herunter und bog auf den kleinen Feldweg ab, er nahm die Kurve ein bisschen zu eng, sein Hinterreifen schlingerte kurz, das wäre fast schiefgegangen. Sehr unschön mit einer Flasche Single Malt in der einen Satteltasche und einem Glas von Evas Zucchini-Apfel-Chutney in der anderen, er fuhr ein bisschen langsamer. Die Straßenbeleuchtung endete hier, es war stockdunkel und der Feldweg glitschig und verschlammt.

Er hatte Dirk zum Felde nur ein paarmal gesehen seit der Geschichte mit dem Fußtritt, im Vorbeifahren, sie hatten sich von Weitem zugewunken. Eigentlich hätte Dirk auch mal anhalten und was sagen können, er hatte da eindeutig überreagiert. Gut, Florians Ton war auch nicht immer optimal. Schwamm drüber.

Burkhard Weißwerth war nicht der Mann, der Erbsen zählte, er hatte jetzt mal fünfzig Euro in die Hand genommen und einen achtzehn Jahre alten Glenfiddich gekauft, Dirk zum Felde würde das zu schätzen wissen, er war ein Bauer, aber kein Idiot. Eva hatte ihm für Britta das Chutney mitgegeben – und eine Einladung zum Frühlingsfest in ihrer *Marmeladen-Manufaktur*. Sie machte das jetzt schon zum dritten Mal, immer am Pfingstmontag. Wenn das Wetter mitspielte und die Tagesausflügler aus Hamburg kamen, verkaufte sie ganz gut an diesem Tag.

Am besten liefen ihre sortenreinen Apfelgelees, Eva ließ sich die alten Sorten von einem Pomologen liefern, genialer Typ, ein Quereinsteiger, der früher Orientalistik studiert hatte. Man merkte schon, dass so ein Mann einen anderen Horizont hatte als der normale Altländer Bauer. Es würde noch viel Überzeugungsarbeit nötig sein, bevor jemand wie Dirk zum Felde endlich realisierte, dass der moderne Obstbau mit seinen Überzüchtungen und

Überdüngungen und seinen Monokulturen und der ganzen Gentechnologie ein Irrsinn war. Kompletter Irrsinn!

Da war er als Journalist natürlich auch gefragt, er plante ein Porträt des Pomologen für die Herbstausgabe von *Land & Lecker.* Und Eva hatte sich im letzten Jahr schon ein paar alte Sorten in den Garten gepflanzt, *Ananasrenette, Horneburger Pfannkuchenapfel, Juwel von Kirchwerder,* erst mal nur drei von jeder Sorte, aber ein Anfang.

Als er auf den Hof fuhr, musste er im Slalom um ein Bobbycar, einen Kindertraktor, ein Kettcar und ein Dreirad kurven, sämtliche Fahrzeuge sahen aus, als wären die Kinder in großer Eile von ihnen abgesprungen. Das Bobbycar lag auf der Seite, Kettcar und Dreirad schienen sich nach einer Kollision ineinander verkeilt zu haben, der Traktor stand quer vor der Eingangstür.

Von einer großen Kastanie baumelte eine Strickleiter, in der Krone hatte jemand begonnen, ein Baumhaus zu bauen, ein paar Latten kreuz und quer an den Baum genagelt, und eine John-Deere-Fahne war schon mal gehisst worden.

In einer kleinen Schubkarre lag ein Haufen Bauernhoftiere – Kühe, Schweine, Schafe – aufeinandergeworfen, wie gekeult nach einer Seuche. In einem Blumenkübel steckte ein Holzschwert. Wie viele Kinder hatte Dirk zum Felde eigentlich?

Burkhard Weißwerth suchte sich einen freien Platz, um sein Fahrrad abzustellen, er nahm den Helm ab, holte die Flasche Single Malt und das Chutneyglas aus den Satteltaschen und ging zur Tür.

Er würde mit Dirk zum Felde einen ziemlich guten schottischen Whisky trinken, *no hard feelings*, ein bisschen *klönen*, von Mann zu Mann, sich ruhig mal ein bisschen öffnen, zugehen auf die Menschen, das war nicht unwichtig, wenn man hier draußen klarkommen wollte. Er war sehr froh, dass er ein Händchen dafür hatte, keine Berührungsängste kannte.

Aber man bekam auch immer viel zurück.

Das Klingelschild war selbst getöpfert, ein großes Ei mit gesprungener Schale, auf dem Ei stand *zum Felde*, um das Ei herum kringelten sich schreiend bunte Echsen. Oder Drachen. Oder Saurier? Mit Namen auf den Bäuchen: *Dirk, Britta, Pauline, Hannes, Erik, Theis.*

Burkhard Weißwerth setzte die Flasche ab, zog sein Handy aus der Jackentasche und machte schnell ein Foto von diesem Klingelschild, das musste Eva sehen! Sie hatte ein großes Faible für die Monstrositäten aus Keramik, Salzteig und Terrakotta, mit denen die Leute hier im Dorf ihre Häuser und Vorgärten *dekorierten*.

Schwer zu toppen war Gesine Holsts Betonleuchtturm mit Wechselblinkanlage, aber das Ding hier könnte ein würdiger zweiter Platz werden. Er freute sich auf Evas Gesicht, steckte das Handy wieder ein und klingelte.

Ein genervtes Bellen hinter der Tür, dann das Patschen nackter Füße auf einem Steinfußboden, ein kleiner Junge im Schlafanzug machte auf, schaute kurz auf Burkhards Arbeitsstiefel aus Juchtenleder und sagte: »Schuhe aus!«. Dann verschwand er wieder im Haus.

»Wer ist an der Tür, Theis?«

»Weiß ich nicht!«

Burkhard versuchte, den großen Hund loszuwerden, der um ihn *herum*wuselte, mit seinem langen Schwanz an ihm *herum*wedelte, an seiner Hose *herum*sabberte, am Chutneyglas *herum*schnüffelte, er hasste das, er rief: »Moin, moin!«

Britta zum Felde kam zur Tür. Sie trug ein Simpsons-T-Shirt, das ihr bis zu den Knien reichte, dazu neongrüne Socken und ein Handtuch wie einen Turban auf dem Kopf.

»Ach, hallo Burkhard. Schnuppi, lass ihn mal in Ruhe, komm, ab in die Küche mit dir!« Sie gab dem Hund einen Klaps, und er trottete davon, als hätte er jetzt endlich Feierabend.

»Willst du reinkommen?«

»Ich stör euch hoffentlich nicht«, sagte Burkhard.

»Wir haben gerade gegessen, komm rein. Du kannst die Schuhe da ruhig auf die Matte stellen.«

Auf dem Weg in die Küche trat Burkhard Weißwerth in irgendetwas Nasses, er hoffte sehr, dass es nicht von dem Hund kam, der mittlerweile wie ein Flokati auf dem Fliesenboden lag, neben dem Jungen im Schlafanzug, der Maiskörner in einen kleinen Futterwagen füllte. Er hatte einen Bauernhof mit großem Fuhrpark mitten auf dem Fußboden ausgebreitet, was niemanden zu stören schien, die Küche der zum Feldes war riesig.

Burkhard musste an Jugendherbergen und Schullandheime denken, als er den Tisch sah und die lange Bank. Auf den Tellern lagen die Reste des Abendessens, Eierschalen, Käserinden, Wurstpellen, ein angebissenes Butterbrot. Eine Rolle Küchenpapier stand auf dem Tisch, daneben eine riesige Ketchupflasche und ein Topf mit einem Rest Kakao, auf dem sich Haut gebildet hatte.

Auf der Eckbank saß ein Mädchen mit langen blonden Zöpfen, sie hatte das Kinn in die Hände gestützt und las in einem dicken Buch, hob kurz den Kopf, als sie ihn sah, murmelte »hallo« und las weiter. Neben ihr versuchten zwei vollkommen gleich aussehende Jungen, ihrem Vater einen komplizierten Zaubertrick zu erklären. Sie redeten beide gleichzeitig, schwenkten ein Geschirrtuch und einen Salzstreuer durch die Luft, der weggezaubert werden sollte und offenbar nicht wollte.

»Moin, Burkhard«, sagte Dirk zum Felde, gab ihm die Hand, ohne den Salzstreuer aus den Augen zu lassen, »Moment, ich muss mich mal eben konzentrieren«.

Er saß in einem Thermo-Unterhemd am Tisch und trug, soweit Burkhard das sehen konnte, auch eine lange Thermo-Unterhose. Es war das erste Mal, dass er Dirk zum Felde ohne seinen Overall sah, es war ihm etwas peinlich, er kam sich wie ein Spanner vor.

»Setz dich doch«, sagte Britta, stellte ihm einen Becher hin und goss ihm etwas Rotes ein, das dampfte und nach Fruchtgummi roch.

Der Zaubertrick schien endlich geklappt zu haben, die Zwillinge grinsten jetzt, mehr Lücken als Zähne. »Noch mal! Einmal noch!«

Zwei weißblonde Kinder, Zauberer mit Zahnlücken – Burkhard kam schon wieder eine Idee für *Land & Lecker:* Landväter! Dirk zum Felde mit seinen vier Kindern, auf dem Feld, in der Sortierhalle, auf dem Traktor, beim Baumhausbauen. Und Dirks Vater lebte auch noch, man könnte sogar eine Dreigenerationengeschichte daraus machen. Geschlechterrollen auf dem Land, Männlichkeit und Gender im bäuerlichen Kontext, das war doch mal ein Thema!

Es war erstaunlich. Seit er hier draußen lebte, flogen ihm die Ideen nur so zu, sie verfolgten ihn praktisch! Weil er nicht mehr zugedröhnt war vom Getöse der Stadt, nicht mehr abgelenkt durch die Poser und Schwätzer in den Redaktionskonferenzen, in den Tapas-Bars und Theaterfoyers und Kunstgalerien – allein das Geld, das er jetzt sparte! Und die Zeit! Er hatte alle Zeit der Welt hier draußen, Stress war passé, Stress war Geschichte!

Er war ein Mann, der auf den Punkt gekommen war, zum Wesentlichen durchgedrungen, mit sich selbst im Reinen, geerdet. Er musste das alles nicht mehr haben.

Eva würde da auch noch hinkommen an diesen Ruhepunkt.

Er hatte sie dabei überrascht, wie sie bei *Immobilienscout* Wohnungen in Hamburg anschaute. Sie hatte die Seite schnell weggeklickt, als er ins Zimmer kam, aber er konnte es ja später sehen, sie hatte den Suchverlauf nicht gelöscht: *3-Zi-Jugendstil ETW in HH-Eppendorf.*

Er war dann erst mal eine Runde mit dem Rad gefahren, an die Elbe, bis nach Stade und zurück, mit einem Schnitt von 35, das brachte ihn wieder einigermaßen runter.

Immerhin hatte sie nicht nach Mietwohnungen gesucht, es war keine *1-Zi-Whg für Singles* dabei gewesen, an Trennung schien sie demnach nicht zu denken. Das wäre auch … Das hätte er gemerkt.

Andere Leute googelten im Internet Rezepte, schöne Hotels oder alte Schulfreunde, Eva googelte eben Stadtwohnungen mit Stuck, ein Zeitvertreib an Winterabenden, mehr war das nicht.

Dieser Winter war in der Tat nicht leicht gewesen hier draußen, das gab er gerne zu: kaum Schnee, wenig Frost, nur der ewige Westwind, der den ewigen Regen vor sich herpeitschte. Eisregen, Schneeregen, Starkregen, Nieselregen, Schauerregen. Ein Himmel wie eine Grabplatte, von November bis März kaum ein blauer Tag. Das konnte einem schon aufs Gemüt schlagen, wenn man ein bisschen die Veranlagung hatte.

Und Evas sogenannte Freundinnen waren da keine große Hilfe. Im Winter kamen sie ja nicht, im Winter kam kein Schwein.

Am Anfang schon, da kamen alle, wollten mal gucken, was die beiden Pioniere so trieben, ganz allein da draußen in ihrer *Gummistiefelwelt*.

Im ersten Winter war die Bude voll gewesen abends und an den Wochenenden, sie waren spazieren gegangen, endlos, in atmungsaktiven Jacken, an der Elbe, in den Obstplantagen, sie hatten Evas *sensationellen* Apfelkuchen gegessen, stundenlang am prasselnden Ofen gesessen, während der Regen an die Fensterscheiben rauschte, *einfach wunderbar.* Sie hatten von der Ruhe geschwärmt, von den pittoresken Häusern, von der verträumten Flusslandschaft. Sie hatten vom Bücherschreiben gesprochen, vom *abgeschminkten* Leben, vom Aussteigen fantasiert, von kleinen Bio-Cafés unter Reet, die garantiert laufen würden, vom *Spirit* dieser alten Bauernkaten.

Im ersten Winter wollten sie alle noch ihre *verkopften* Jobs hinschmeißen, sie wollten etwas mit den Händen tun! »Du, ich könnte hier leben. Wirklich«, hatte Sabine gesagt, Evas beste Freundin, »guckt euch doch mal um für mich. Muss nichts Großes sein. So wie euer Haus, das würde mir schon reichen.«

Nichts als heiße Luft. Im zweiten Winter war Sabine ein einziges Mal gekommen, zu Evas Geburtstag Ende Januar, der gleiche Regen, der gleiche Kuchen, das gleiche Holzfeuer im Ofen. »Du, ganz ehrlich, Eva, ich würd hier auf den Hund kommen. Wie hältst du das bloß aus?« Der optimale Text, um eine Freundin aus ihrer saisonalen Depression zu reißen, besten Dank.

Die Freunde kamen immer noch im Frühling, wenn die Bäume blühten, oder im Sommer, wenn die Johannisbeeren, Stachelbeeren, Himbeeren reif waren und Eva von morgens bis abends pflücken, entsaften, einkochen musste, dann standen sie pötzlich mit ihren Fahrrädern am Gartenzaun, klingelingeling, kleine Landpartie. »Gibt's keinen Kaffee bei euch Bauersleuten?«

Wenn man Glück hatte, kündigten sie sich schon vorher per Handy an, auf der Fähre nach Finkenwerder, dann konnte Eva noch schnell ein paar Waffeln backen und Kirschen aus der Tiefkühltruhe holen.

Sie hasste es, wenn sie nur eine Packung Butterkekse liegen hatte, sie fühlte sich dann bloßgestellt,

Supermarktkekse in der Gummistiefelwelt, es war ihr peinlich.

Mit einer kleinen Vorwarnung konnte sie zumindest ins Badezimmer rennen, ihre Kontaktlinsen einsetzen, sich die Wimpern tuschen, den gröbsten Gartendreck unter den Fingernägeln wegschrubben und Burkhard noch schnell zu Nodorps Hofladen schicken, um ein paar Kilo Spargel zu besorgen.

Denn wenn sie erst mal da waren, fühlten sich die Freunde wohl. Sie hatten Zeit, sie waren auf dem Land, sie streiften durch den Garten, pflückten hier eine Erdbeere, naschten dort ein paar Kirschen, »ihr lebt hier wie im Paradies«.

Sie saßen unter den Apfelbäumen, zogen ihre Schuhe aus, erzählten von unmöglichen Kollegen und unfassbar schlechten Texten, von den Profilneurotikern in ihren Morgenkonferenzen, »sei froh, dass du das alles nicht mehr machen musst, Burkhard, du Glücklicher!«.

Sie sagten niemals nein zu einem Gläschen Weißwein, Eva ging dann ins Haus und kochte für alle Spargel. »Aber dann müssen wir auch!« Klingelingeling, zurück nach Hamburg, sie hatten Karten für die Oper. Wollten noch zu einer Lesung im Literaturhaus. Zu einer Vernissage im Kaispeicher. Zu einer Gartenparty an der Alster.

Manchmal heulte Eva an solchen Abenden, wenn sie die Teller und die Gläser in die Spülmaschine stellte, wenn sie dann wieder in den Garten hetzte, um im letzten Tageslicht noch schnell die reifen Beeren abzupflücken, wenn der Entsafter noch am späten Abend blubberte und sie bis gegen Mitternacht in den Gelee- und Marmeladentöpfen rührte.

Wenn dann um ein Uhr morgens alles klebte in der Küche, der Herd, der Fußboden, die Fliesen, und wenn das Zeug dann wieder mal nicht fest wurde, *verdammte Scheiße!*

Sie kochte mit Agar-Agar, das war eben nicht so idiotensicher wie Gelierzucker. In Evas *Marmeladen-Manufaktur* gab es ausschließlich vegane Aufstriche, Gelees und Konfitüren.

Die Trampel vom Landfrauenverein hatten noch nicht einmal gewusst, dass es das gab! Hauten immer schön den Gelierzucker in ihre Marmeladen – und rümpften ihre Nasen über Evas Zucchini- und Kürbismarmelade. *Was der Bauer nicht kennt!*

Nein, Eva war noch nicht ganz angekommen auf dem Land, Burkhard sah das mittlerweile ganz deutlich, sie brauchte ein bisschen Unterstützung, ein bisschen Ablenkung, vor allem in der dunklen Jahreszeit. Es mussten ja nicht unbedingt die Zwölf Tenöre im Stader Kulturzentrum sein, auch nicht der Marinechor der Schwarzmeerflotte. Aber mal zum Jazzfrühschoppen nach Agathenburg fahren oder sich ein plattdeutsches Theaterstück in Ladekop ansehen – warum denn nicht? Das hatte doch was!

Ihr Abend gestern war kein Erfolg gewesen. Zum Italiener, einfach so, mitten in der Woche, raus aus der Bude, aber die Leute gingen sehr früh schlafen im Alten Land.

Um halb zehn waren sie die letzten Gäste, die Kellnerin hatte die Stühle hochgestellt und sie gefragt, ob sie vielleicht schon abkassieren dürfte, ein Grappa ginge dann aufs Haus. Evas Antwort war nicht okay gewesen.

»Wenn Ihr Grappa genauso beschissen schmeckt wie Ihr Chianti, können Sie damit gern das Klo putzen.«

Das ließ sich mit einem dicken Trinkgeld dann auch nicht wieder einrenken.

Burkhard hoffte auf einen Pfingstmontag mit Sonnenschein, auf zahlreiche Besucher bei Evas Frühlingsfest.

Er sah sonst gerade ziemlich schwarz.

»Ürgs, was ist DAS?« Einer der Zwillinge hatte Evas Chutneyglas entdeckt und hielt es mit beiden Händen hoch.

»Sieht aus, als wenn Schnuppi da reingekotzt hat«, krähte der andere. »Ach ja?« Britta nahm ihnen das Glas weg. »Und wie sieht dann Nutella aus?« Sie kreischten: »Uäääh! Iiiihhh! Würg!«, und rannten kichernd die Treppe hoch.

Burkhard Weißwerth war sehr betrunken, als er zwei Stunden später sein Liegerad nach Hause schob. Er war auch sehr ernüchtert. Man konnte tatsächlich beides gleichzeitig sein. Ein betrunkener Ernüchterter, ein ernüchterter Betrunkener, was war man denn dann? Egal. Die Mischung war nicht gut.

Erst Eiswürfel, dann Cola. Dirk und Britta zum Felde hatten sich eine *schöne Mischung* gemacht aus einem achtzehn Jahre alten Glenfiddich. Als sie keine Cola mehr hatten, waren sie umgestiegen auf Sprite. Glenfiddich-Sprite on the rocks.

Wie abgestumpft konnte man sein.

Auf dem Feldweg war es dunkel genug, um gegen einen Apfelbaum zu pinkeln, jedenfalls das.

18
Weggucken

Im Winter machte er immer nur die Kragen und Manschetten. Er trug Pullover über seinen Hemden, da sah kein Mensch, ob man den Rest gebügelt hatte oder nicht.

Das Brett stellte er in die Küche, nah genug ans Fenster, um rausgucken zu können, aber nicht so nah, dass man ihn von draußen sehen konnte. Heinrich Lührs war beim Plätten lieber unbeobachtet.

Es wurde jetzt wärmer draußen, bald brauchte er keine Pullover mehr, dann trug er über dem Hemd nur noch die Arbeitsjacke. Also musste er wieder die ganze Vorderseite bügeln, es konnte schon mal sein, dass man die Jacke ein Stück aufmachte, wenn man im Frühjahr draußen war. Hinten ließ er aber weg, das machte er erst wieder im Sommer.

In der Küche stehen und knittelige Hemden glattkriegen. Als hätte er nichts Besseres zu tun.

Leni Cohrs würde auch bügeln, das hatte sie ihm angeboten, sie kam einmal die Woche, putzte die Fenster, saugte Staub und wischte die Böden, aber Leni Cohrs blieb ihm weg von seiner Wäsche. Die Vorstellung, dass eine fremde Frau mit seinen Hemden oder Hosen herumhantierte! Am besten noch mit seinem Bettzeug und seinen Unterhosen, *so wiet kummt dat.*

Es gab jetzt Hemden, die man gar nicht mehr zu bügeln brauchte, die Verkäuferin bei Holst hatte ihm letzten Sommer eins gezeigt, sie hatte ja gesehen, dass er alleine war. Ein Mann, der sich bei Holst alleine Hemden kaufte, konnte nur Witwer oder Junggeselle sein.

Er hatte eins genommen, mehr der Verkäuferin zuliebe, es sah ganz anders aus als seine grau und blau karierten Hemden, es war gestreift.

Und Vera hatte es natürlich gleich gesehen, ihm hinterhergepfiffen, auf den Fingern, er dachte erst, dass sie die Hunde meinte, bis er ihr Grinsen sah und ihren hochgereckten Daumen.

Vera war schon immer so gewesen, sie machte Sachen.

Mit einem Kopfsprung von der Lühebrücke, einfach die Kleider ausgezogen und in der Unterwäsche kopfüber in den Fluss. Da war sie höchstens zwölf gewesen. Und dann, ohne sich abzutrocknen, wieder in die Kleider gestiegen und nach Hause gefahren auf Karl Eckhoffs altem Melkerfahrrad.

Kein Mensch sprang mit dem Kopf zuerst von einer Lühebrücke. Fußsprung, allerhöchstens Arschbombe, und Mädchen sowieso nicht. Kopfsprünge machten nur Irre. Und Vera Eckhoff.

Später hatte sie ihm dann gezeigt, woher sie Kopfsprung konnte: Auf Eckhoffs Heuboden geübt. Vom Kornboden aus auf die kleine Rampe und dann kopfüber in den großen Heuhaufen gesprungen. Die Rampe war ziemlich hoch, aber das war nicht so schlimm.

Heinrich musste nur die ganze Zeit an Ida Eckhoff denken.

Er fragte sich, wie das wohl aussehen mochte, wenn sich ein Mensch erhängte, er hatte so etwas noch nie gesehen.

»Wie jemand, der beim Tanzen eingeschlafen ist«, sagte Vera und machte es ihm vor. Ließ den Kopf auf eine Seite sacken und drehte sich mit hängenden Armen hin und her. Dann kletterte sie wieder auf den Balken und sprang ins Heu.

Heinrich sprang dann auch, aber er fragte sich manchmal, ob Vera Eckhoff eigentlich normal war.

Die Flächen gingen immer schnell. Er nahm den Wäschesprenger, machte Kissen- und Bettbezug ein bisschen feucht, mit den großen Teilen hatte man weniger Getüdel als mit den Oberhemden.

Aus dem Fenster konnte er Vera von der Elbe nach Hause reiten sehen. Jawoll, immer schön über seinen geharkten Sand! Er lief zum Fenster, klopfte gegen die Scheibe und drohte ihr mit dem Zeigefinger, sie hob kurz ihre Gerte. Sie schien sich endlich zu berappeln, es hatte auch gedauert.

Als hätte sie ein Kind verloren, nicht einen lebensmüden Mann von über neunzig.

Sie hatten den steifen Karl Eckhoff in sein Bett geschleppt an diesem Julimorgen, da war Vera noch ganz normal gewesen, bisschen blass natürlich, das konnte man verstehen.

Aber als die Schwester weg war nach der Beerdigung: im Haus verkrochen, die Praxis *vorübergehend geschlossen*. Und als es Winter wurde, sah sie aus wie ein Gespenst.

Die Pferde hatte sie gefüttert, immerhin.

Heinrich hatte irgendwann mal nachgesehen, da kam sie dann gerade angeschlufft. Im Bademantel, nachmittags um fünf.

»Na, Hinni, wullst mol kieken, ob ik mi opbummelt hebb?«

Sie konnte biestig sein. Und wie!

Er hatte sie dann einfach stehen lassen, im Pferdestall, in ihrem Bademantel und ihren Gummistiefeln. Alles musste er sich von Vera Eckhoff nicht gefallen lassen.

»Denn bliev man doot, du ole Gewitterzeeg.«

Später sah er wieder Licht bei ihr, die ganze Nacht.

Man musste erst mal reinwachsen in so ein leeres Haus, am Anfang war man viel zu klein.

Nach Elisabeths Beerdigung waren die Frauen aus der Nachbarschaft gekommen mit Gulaschtöpfen und Kuchentellern, jeden Tag, sie wechselten sich ab, sie meinten es nur gut.

Sie gaben ihm den Rest.

Witwersmahlzeiten, aufgewärmt und stumm gegessen, es war so still, dass er sich kauen hörte, schlucken.

Manche Dinge schmeckten ganz anders als bei Elisabeth, das war dann nicht so schlimm.

Wenn es genauso schmeckte wie bei ihr, dann wurde ihm beim Essen elend. Es war dann so wie mit dem Traum, den er am Anfang immer hatte. Dass sie noch lebte.

Und dann wach werden.

Im ersten Winter seines Witwerlebens hatte das Land

hinter dem Haus gelegen, als wäre es auch gestorben. Lautlos, lichtlos, und es roch nach nichts.

Im Dezember dachte er, die Bäume müssten jetzt so bleiben, Gerippe, ihre Äste abgenagte Knochen, diesmal für immer.

Aber sie regten sich im März, sie schlugen wirklich wieder aus.

Dann kamen harte Fröste, im April noch, die meisten Knospen hielten trotzdem durch.

Im Juli hingen schwarze Kirschen an den Zweigen.

Viele platzten, als der starke Regen und der Hagel kamen.

Dann trugen im August die Apfelbäume gut, viele knickten zwar in den Septemberstürmen.

Aber alles in allem war seine Ernte nicht mal schlecht gewesen im ersten Jahr ohne Elisabeth.

Er fragte sich, wie andere das machten, Stadtleute, Menschen ohne Land, Büroarbeiter, die nicht von der Natur durch dieses erste Jahr geschoben wurden. Oder geprügelt. Die ohne Zuchtmeister da durchmarschieren mussten.

Vera war nicht mit Suppen oder Kuchen angekommen, sie kochte auch keine Marmeladen. Vera legte einem nicht die Hand auf den Arm.

Sie guckte weg, wenn er mit roten Augen in den Blumenbeeten kniete, sie hörte gar nicht hin, wenn er im Kirschbaum mit sich selber sprach.

Vera donnerte um sechs Uhr früh mit ihrer Faust an seine Fensterscheibe, wenn er nicht aufstehen konnte, nicht in den totenstillen Morgen steigen wollte. Wenn er im Bett lag wie ein Stein, weil ihm so vor der einen Tasse graute, die in der Küche auf dem Tisch stand wie eine Hinterbliebene.

Hinni, kumm hoch! Jeden Morgen, fast ein halbes Jahr lang, hatte Vera Eckhoff an sein Schlafzimmerfenster geschlagen und gewartet, bis sie Licht sah.

Sie schrieb ihm einen Zettel, den er an die Waschmaschine klebte:

Hemden, Hosen, Pullover, Strümpfe 40°C

Bettzeug, Unterwäsche, Handtücher 60°C

Wollsachen mit der Hand, lauwarm (nicht auswringen)!

Sie fuhr mit ihm zu Edeka, sie zeigte ihm, was abgewogen wurde und was nicht, wo das Leergut hinkam, wo die Haferflocken standen und die Dosen mit den Würstchen.

Sie merkte schnell, dass es nicht ging. Er schämte sich für seinen Einkaufswagen, für die paar kümmerlichen Dinge, die er da vor sich herschob, ein alter Mann, der keine Frau mehr hatte. Jeder, der in seine Karre schaute, konnte sehen, dass er allein war. Er war ein Mann mit einem Makel, wie ein Einbeiniger kam er sich vor, einer mit Narben im Gesicht.

Heinrich Lührs wollte nicht an der Kasse vorgelassen werden von jungen Müttern mit riesigen Familieneinkäufen, es ging sie gar nichts an, womit er seine Zähne putzte, seine Haare wusch, was er zu Mittag aß und dass er Weinbrandbohnen mochte.

»Schriev mi een Zeddel«, sagte Vera schließlich, seitdem brachte sie ihm zweimal in der Woche seine Sachen mit.

Er protestierte nie, wenn sie das Falsche kaufte, es kam auch selten vor. Manchmal fand er etwas in den Tüten, was er gar nicht aufgeschrieben hatte, weiße Mäuse aus Schaumgummi, Portwein oder Käsestangen, das stellte er dann auf den Tisch, wenn Vera zum Rommé kam.

Er zog den Stecker des Bügeleisens aus der Dose und legte den Bettbezug zusammen, eine Falte hatte er vergessen, ziemlich in der Mitte, *schietegool.*

Zuerst hatte er noch beide Betten neu bezogen, auch das Bettzeug von Elisabeth gewaschen und gebügelt jedes Mal, das machte er nicht mehr, es war ja Unsinn. Ihr Kopfkissen und ihre Decke lagen jetzt im Kleiderschrank, seit vielen Jahren schon, was nützte es.

Aber ins Bett zu gehen am Abend, das Licht anzuschalten und die leergeräumte Seite zu sehen, daran gewöhnte man sich nicht. *Mein rechter, rechter Platz ist leer.* Es blieb ein Angang, jede Nacht. Ein bitteres Erwachen, jeden Morgen.

Der kleine zum Felde kam mit seinem Traktor um die Ecke gestrampelt, er machte einen großen Bogen um den geharkten Sandstreifen, Buurnjung, dachte Heinrich Lührs.

Drei Söhne hatte Dirk zum Felde, und alle wollten Bauer werden. Was sonst? Er sah sie oft mit ihrem Vater in den Obsthof fahren, er hatte auch mal drei gehabt von dieser Sorte.

Vadder, ik ook nich, und dann stand man hier allein.

Man harkte seinen Sand, beschnitt die Bäume, düngte,

spritzte, erntete, machte im Winter alles schier, und im Frühjahr ging es von vorne los, und dann strich man die Fenster und holte den Dachdecker, weil das Reet in einer Ecke ausgebessert werden musste, und dann strich man seinen Zaun für nichts und wieder nichts, weil niemand nachkam.

Aber das Haus war nicht gemacht dafür, dass irgendwann ein Einzelner, ein Letzter, in ihm lebte.

Häuser wie diese bauten Väter für ihre Söhne, und die Söhne pflegten und bewahrten sie für ihre Söhne, und niemals hatte sich ein Sohn gefragt, ob er das wollte. Wann hatte es denn angefangen mit dem Wollen? Wann hatte sich der Fehler eingeschlichen? Wann war das Missverständnis aufgekommen, dass Bauernsöhne sich ihr Leben auszusuchen hatten. Einfach eins nehmen, weil es schön bunt war und bequem? Nach Japan gehen und Fischkoch werden, nach Hannover ziehen, um im Büro zu sitzen. Und Georg, der ein Bauer war, der Beste von den dreien, ließ alles liegen und suchte sich woanders einen Hof, nur weil sein Alter ihm nicht passte. Als hätte irgendwann einmal ein Vater seinem Sohn gepasst!

Dies war nicht mehr die Welt, wie Heinrich Lührs sie kannte. Drei Söhne großgezogen, gelebt wie befohlen, *was du geerbt von deinen Vätern,* und dann stand man hier doch allein.

Nicht besser als Vera nebenan, die nie das Richtige getan hatte, immer nur gegenan gewesen war. Verschiedener konnten zwei Menschen gar nicht sein als er und Vera.

Und jetzt auf einmal waren sie fast gleich. Zwei alte Leute in zwei alten Häusern.

Einfach hinschmeißen, *de ganze Schiet verkopen* und sich ein Wohnmobil zulegen, andere machten das. Aber was war man denn, als Mensch ohne ein Haus? Die Häuser blieben stehen, auch wenn die Menschen gingen – oder sich um gar nichts kümmerten, wie Vera Eckhoff. Ein Fachwerk fiel nicht um. Es stand.

Heinrich Lührs würde nicht lange stehen ohne sein Fachwerkhaus, das wusste er.

An Veras Haus war noch nicht viel passiert, soweit er sehen konnte. Immer noch die alte Rummelbude.

Nur, dass diese Nichte halsbrecherisch an der Fassade herumgefuchtelt hatte auf seiner 40-Fuß-Obstbaumleiter.

Einfach nicht hingucken!

Der Satz musste wohl in der Familie liegen.

Wenn er eines gelernt hatte in sechs Jahrzehnten Nachbarschaft mit Vera Eckhoff, dann war es das.

Kiek man nich hen.

Heinrich Lührs hatte nicht hingeguckt, als die Stader Polizei bei Eckhoffs auf den Hof gefahren war, weil Ida in ihrer Tracht auf dem Kornboden hing. Und später, als der Leichenwagen kam, guckte er wieder nicht.

Vera auch nicht, sie spielten *Mensch-ärgere-dich-nicht,* seine Mutter heizte für sie extra noch den Ofen an, so spät am Abend. »Speel mit ehr«, hatte sie ihm in der Küche zugeflüstert, »speel man, Heinrich«, seine Brüder machten auch mit.

Vera liebte es, einen rauszuschmeißen, am besten ganz kurz vor dem Ziel, wenn man drei Hütchen schon im Haus hatte und nur noch die allerletzte Eins würfeln musste. Zack! Sie gewann fast jedes Spiel an diesem Abend. »Mein Glückstag!«

Damals hatte er sich noch nicht gewundert über Vera, das fing erst an, als sie ihm zeigte, wie die aufgehängten Menschen aussahen. Beim Tanzen eingeschlafen, wie Oma Ida.

Aber andere gab es auch, erklärte sie, die sahen aus wie große schwarze Vogelscheuchen, die hingen in den Bäumen, an den Straßenrändern.

Aber nur da, wo sie herkam, nicht hier im Alten Land. Hier hängte man die Toten nicht nach draußen.

»Kiek dor nich so hen, Heinrich!« Zwei oder drei Sommer nach Veras Kopfsprung von der Lühebrücke hatte seine Mutter ihn vom Küchenfenster weggezogen, als auf den Hof der Eckhoffs ein dunkelblauer Opel Kapitän gefahren kam, nagelneu, sechs Zylinder, 60 PS, wenn nicht noch mehr. Als Veras Mutter auf hohen Hacken aus der Tür kam, nur einen kleinen Koffer in der Hand. »Nu kiek dor nich so hen!«

Heinrich war dann aber doch noch hinterhergerannt, als der Wagen vom Hof fuhr, einmal schnell einen Blick auf das Heck werfen, von so einem Auto konnte man bloß träumen.

Und Vera stand drüben bei Karl Eckhoffs Schuppen, ein bisschen krumm, mit ihrer Faust im Mund. Nicht hingucken.

Es sprach sich schnell herum, dass Hildegard von Kamcke über alle Berge war mit ihrem Kavalier im Opel Kapitän. Dass sie Karl ihre Tochter dagelassen hatte wie einen Trostpreis.

Aber wenn man nicht so genau hinguckte, sah das Leben bei den Eckhoffs ganz normal aus. Vera schrieb in der Schule Einsen und fuhr freihändig die Hauptstraße entlang auf Karl Eckhoffs altem Melkerrad. Wenn Heinrich neben ihr auch freihändig fuhr, verschränkte sie die Hände hinter ihrem Kopf oder steckte sie ganz tief in ihre Jackentaschen. Sie hätte auch noch ihre Augen zugemacht beim Fahren, wenn er sich auf den Wettstreit eingelassen hätte.

»Wat mookt de Deern denn bloß?«, fragte Minna Lührs, als es Februar wurde und Hildegard ihr Kind noch immer nicht geholt hatte, im März war Konfirmation, der jüngste Lührs und Vera Eckhoff waren ein Jahrgang. Woher bekam ein Mädchen denn ein Kleid, wenn keine Mutter da war?

»Ik hebb allens«, sagte Vera, als Minna Lührs zu Eckhoffs ging und fragte.

Vier Wochen später konnten alle in der Kirche sehen, dass niemand ein Kleid genäht hatte für Vera Eckhoff, auch keins gekauft. Sie trug eines, das ihr viel zu groß war, die Ärmel schlackerten, sie waren unten irgendwie zusammengezurrt, damit sie nicht über die Handgelenke rutschen konnten.

Man sah es, als sie später das Gesangsbuch hochnahm. Sie hatte sie mit Weckringen an den Armen festgemacht.

»Meine Güte«, flüsterte Minna Lührs.

Heinrich konnte sehen, dass Vera ihre braunen Halbstiefel mit Schuhcreme schwarz gepinselt hatte, und sah schnell weg.

Aber sein Vater, Heinrich Lührs, der Ältere, sah nicht weg, als nach dem Gottesdienst alle nach Hause strömten. Er drehte sich zu Karl und Vera um, die hinter ihnen gingen, sie hatten ja denselben Weg.

»Dor kummt Hinkeputt mit sien Zigeuner!« Er hatte schon getrunken vor der Kirche, er sagte es sehr laut.

Heinrichs Brüder kicherten, die Mutter ging plötzlich schneller, sie rannte fast nach Hause, und Heinrich blieb an ihrer Seite.

Als die Gäste schon in der besten Stube saßen am weiß gedeckten Tisch, schickte sie ihn zu Eckhoffs mit Eierstichsuppe und einem großen Teller Kuchen. Sie hatte tagelang gebacken und gekocht.

Er hätte es schon damals wissen müssen, und dann wollte er versinken oder sterben, als er vor Karl und Vera stand mit seinen milden Gaben.

Sie saßen in der Küche vor einer Sahnetorte von Bäcker Gerdes, das Papier lag auf dem Tisch, sie aßen sie mit großen Löffeln und tranken rote Brause.

Karl, der fast verschwand in seinem viel zu weiten Anzug, Vera, die ihr Kleid in irgendeinem Schrank gefunden haben musste, in dem von Ida oder von Hildegard, sie saßen wie zwei Kinder, die sich verkleidet hatten. Zwei Waisenkinder, die Vater-Mutter-Kind spielten.

»Von Mudder«, sagte Heinrich, Vera war aufgestanden, sie sah erschrocken aus, sah ihn nicht an, schaute nur ratlos auf den großen Kuchenteller, Heinrich stellte ihn auf den Tisch, den Suppentopf daneben, dann ging er schnell.

»Segg Mudder veelen Dank«, sagte Karl.

Heinrich Lührs hatte seine Lektion gelernt an diesem Tag.

Man konnte ohne Mutter sein, ohne Gäste, ohne weiß gedeckten Tisch, man konnte allein in einer Küche sitzen mit einem schiefen kleinen Mann und Torte mit Suppenlöffeln essen, es war nicht schlimm.

Es war nur schlimm, wenn man dabei gesehen wurde. Dann war es sehr schlimm.

Kiek man nich hen.

Heinrich hatte sich daran gehalten, als Eckhoffs Haus und Hof verkamen, als sie den Garten verkrauten ließen, den Zaun nicht strichen und auch die Fenster nicht.

Er hatte nur später mal geguckt, als Vera längst erwachsen war und er Familienvater, wenn sie mit fremden Männern an die Elbe ging und er sich manchmal fragte, was wohl gewesen wäre, wenn.

Wenn er nicht bei Vera Eckhoff in den Scherben gelegen hätte, blutend und heulend wie ein Kleinkind, weil sein Vater ihn gestoßen hatte. Und Vera seinen Alten nicht mit der Flinte aus ihrem Haus gejagt hätte.

Sie hatte all die Scherben noch weggefegt in dieser Nacht, er hatte es gehört, die Brüder schliefen schon und auch die Stader Mädchen. Er hätte zu ihr in die Diele gehen können.

Aber darauf hatte sie wohl gerade noch gewartet, auf Hinni Lührs, den Flenner.

»Dat geiht uns gor nix an, Heinrich«, hatte Elisabeth gesagt, wenn Vera Eckhoff mal wieder Hand in Hand mit irgendeinem Hamburger vorbeigeschlendert war. »Kiek dor man nich so hen.«

19
Klappkisten

Christoph nahm Anne die Klappkiste mit Leons Sachen ab, Schlafanzug und Gummistiefel, Klamotten für zwei Tage und das Kuscheltier, er schien ganz kurz zu überlegen, ob er sie auf die Wange küssen sollte.

Er ließ es bleiben. Stellte die Kiste in den Flur, nahm Leon hoch und küsste ihn und drückte Anne nur den Arm wie einer Tante.

Es war die zweite *Übergabe* nach einem Monat Trennung, sie übten noch. Geteiltes Sorgerecht, natürlich, kein Paar mehr, aber Eltern, die das Beste wollten.

Sie würden einen Kaffee miteinander trinken, jeden zweiten Freitag, und besprechen, was geregelt werden musste, neue Schuhe, Kinderarzttermine. Zivilisierter Umgang miteinander, schon dem Kind zuliebe. So war es üblich in den abgewickelten Beziehungen von Hamburg-Ottensen. Mit Hingabe fingen sie an, mit Übergaben hörten sie auf. Küsse zu Klappkisten, Vernunft bis zum Erstickungstod.

Anne war nur noch ein Gast in dieser Wohnung, noch weniger als das, ein Lieferant, mehr nicht. Sie hoffte, dass sie sich daran gewöhnen würde, irgendwann.

Leon rannte in sein Zimmer. Anne hörte ihn in seiner Spielzeugkiste wühlen, in seinen Schätzen, die er fast vergessen hatte. Jeden zweiten Freitag entdeckte er sein altes Zimmer neu.

Aus dem Hausflur hörte man ein lautes Hämmern, als würden alte Fliesen von der Wand geschlagen. »Udes sind letzte Woche ausgezogen«, sagte Christoph, »da wird jetzt alles neu gemacht.« Er schloss die Tür, nahm ihr die Jacke ab.

»Ich hab mir die Wohnung gestern mal angeguckt. Ein Zimmer mehr als unsere, größeres Bad.«

»Wozu das, willst du umziehen?«

Ein kleines Räuspern. Sie begriff es dann, sobald sie in die Küche kam.

Das Foto an der Pinnwand hatte ihr scheinbar aufgelauert, es sprang sie wie ein Raubtier an. Schwarz-weißes Gestöber, man erkannte noch nicht viel, etwas Bohnenförmiges in einer Blase.

Ein Zimmer mehr, größeres Bad.

»Tja«, sagte Christoph und zuckte mit den Schultern, »zehnte Woche.« Er grinste sie an. »Geht manchmal schnell. Du solltest es zuerst erfahren, das war mir wichtig, Anne. Kaffee?«

Christoph nackt am Küchentisch, Carolas rote Zehennägel. Wie lange war das her? Keine zehn Wochen.

Es hatte schon viel früher angefangen.

Etwas schlug leck in ihr, sie spürte, wie ihre ganze Kraft entwich, wie alles ihr entglitt, sie löste sich an ihren Rändern auf. Alles, was sie gewesen war, was an ihr fest und heil gewesen war, strömte heraus, um sie herum stieg eine kalte Flut, sehr schnell, zog ihr die Füße weg, schien

Stühle, Tisch und Schränke mitzureißen, die Küche, dieses Haus, die Welt versank, nur dieser Mann schwamm oben, unversehrt, sein Kopf, sein Blick, sein Glück.

Sie hörte Leon in seinen Kinderlieder-CDs kramen, wahrscheinlich suchte er Fredrik Vahle, Christoph schloss die Küchentür. Er schenkte Kaffee ein, schob ihr einen Becher zu, »setz dich doch«, er lehnte sich im Stuhl zurück, sah sie nicht an, schaute aus dem Balkonfenster in den Hof, an ihr vorbei, er schüttelte den Kopf, er lächelte, »das ist schon irre irgendwie«.

Ein Messer nehmen, es in sein Grinsen stechen, bis er versinken würde, endlich auch er, in seinem Blut.

Ihr wurde schwarz vor Augen, in ihrem Mund ein bitterer Geschmack wie Gift.

Sie schaffte es noch bis ins Bad, sie würgte wie ein Mensch, der fast ertrunken war, zuletzt kam nur noch Galle, dann saß sie auf dem Rand der Badewanne und lehnte heulend an den Fliesen. Machte nicht auf, als Christoph an die Tür kam. »Anne, Mensch, alles gut bei dir?«

Sein Glück war wie ein dickes Fell, er war verliebt und unverwundbar, warm und wasserdicht verpackt, es konnte nichts Verflossenes an seine Haut. Ein Klappkistenleiden drang gar nicht durch.

Das Telefon klingelte, sie hörte, dass Christoph in die Küche ging. Sie wusch ihr Gesicht mit kaltem Wasser und ging in Leons Zimmer, er hatte sich die Autos aus seiner Kiste geholt und auf dem Teppich aufgereiht, »guck mal Anne, was für ein Stau!«.

Sie setzte sich neben ihn, wollte ihn an sich reißen, mit-

nichts gesagt, es war ja zwecklos. Es wollte immer keiner hören.

Sie hatte auch von Anfang an gewusst, dass Urte nichts für Carsten war. *Ich denke, ich denke* von morgens bis abends, und grundsätzlich das letzte Wort. Und ein Gehühner immer mit dem Essen: Fleisch wollte sie nicht, und Milch durfte sie nicht, und Kaffee mochte sie nicht, nur immer Ingwertee, den brachte sie sich von zu Hause mit, wenn sie mal kam. Als wollte Hertha sie vergiften. Und wenn man ehrlich war: Fürs Auge war sie auch nichts, das hatte Karl-Heinz sogar mal zugegeben, und er hielt sich sonst sehr zurück: »Nicht viel Schmuckes an ihr.« Flusige, muffige Wollsachen immer, die Röcke fast bis zu den Hacken, nie mal was halbwegs Flottes.

So langsam schien Carsten das ja nun auch zu merken, man hörte gar nichts mehr von Urte. Hertha fragte nicht. Nichts, gar nichts fragte sie!

Aber sie konnten das vergessen mit den Enkelkindern.

Jetzt hatten sie Rudi, besser als nichts.

Sie war erst gar nicht dafür gewesen, ein Hund war schließlich kein Ersatz. Aber ein Trost war er doch, der kleine Fresssack, und Karl-Heinz lachte mal, wenn Rudi mit seiner Gummiente angedackelt kam oder zu ihm aufs Sofa sprang.

Er war nicht mehr der Alte seit dem Schlaganfall, in der Werkstatt stand er nur im Weg, die linke Seite war ja nicht mehr zu gebrauchen. Carsten sagte ihm das nicht, er hatte viel Geduld mit seinem alten Vater. Aber das merkte Karl-Heinz doch selbst, im Kopf war er noch ziemlich klar.

Es ging jetzt wieder besser mit dem Sprechen, obwohl er manchmal lange in den Wörtern kramen musste und dann doch oft das falsche nahm. »Ist wie beim Puzzeln, Vadder«, sagte Carsten, »wie lange sucht man manchmal nach dem Teil, das passt.«

Das Gute war, dass sie sich kaum noch stritten, worüber auch. Karl-Heinz konnte keine Spanplatten mehr sägen, und Carsten hatte aufgehört mit Laminat und Kunststofffenstern, auch keine Lehrlinge mehr, er baute nur noch Möbel.

Und jeden Mittwoch kam eine Horde Dreizehn-, Vierzehnjähriger in ihre Werkstatt, von irgendeinem Jugendhilfe-Verein, Carsten zeigte ihnen, wie man Regale baute oder kleine Hocker. Karl-Heinz war anfangs auf der Zinne, *Bagaluten* im Betrieb, aber die sahen viel wilder aus, als sie waren, das hatte er auch schnell gemerkt.

Jetzt nannten sie ihn *Opa Drewe,* und zu ihr sagten sie *Oma Bienenstich.* Zum Kaffee kamen sie ja immer alle rüber.

Man durfte sich nicht immer Sorgen machen ein Leben lang. Carsten kam mit wenig aus, das war schon immer so gewesen, jetzt wohnte er eben wieder über der Werkstatt, in seinem vollgestellten Zimmer, zum Essen und zum Duschen kam er rüber und zum Puzzeln.

Wenn er nicht abends noch an einer seiner Nussbaum-Kommoden herumhobelte, alles Unikate, er machte die Entwürfe selbst, »die Stunden darf man gar nicht rechnen!«. Karl-Heinz würde das nie begreifen, kein bisschen Ehrgeiz in dem Jungen, kein Funken Geschäftssinn.

Früher konnten sie drei Tage streiten über so was, es war viel friedlicher geworden bei Firma Drewe, es war nicht alles schlecht am Älterwerden. Man gab das Hoffen auf, das Bangen aber auch.

»Na, Lehrling, haben wir's denn so langsam?« Carsten kam in die Küche und nahm sich eine Frikadelle aus der Pfanne. »Ich soll von Vadder sagen, wenn das hier noch lange dauert, essen wir Rudi schon mal vorweg.«

»Gesellin immer noch«, sagte Anne, ging zur Spüle und wusch sich das Gesicht. Hertha machte den Herd wieder an.

Später holte Anne das Fenster aus dem Kofferraum, das sie aus Vera Eckhoffs Mauer gehebelt hatte, und brachte es zu Carsten in die Werkstatt.

»Von dieser Sorte zweiunddreißig Stück«, sagte sie, »das hier ist das kleinste. Die Maße kann ich dir mailen, aber für die Türen und die Balken brauch ich noch mal dein Meister-Auge.«

Carsten zog die Augenbrauen hoch und grinste, er holte den Tabak aus der Tasche seiner Cordweste und drehte sich eine Zigarette.

Am liebsten hätte sie ihn jetzt gleich mitgenommen in Veras altem Mercedes, Hertha und Karl-Heinz dazu, notfalls auch den Dackel, ihr graute vor der Fahrt alleine, vor dem Ankommen in diesem großen, leeren Haus, vor der Nacht allein mit Vera, die genauso fror wie sie, die immer blaue Hände hatte.

Vor dem Anblick des Kaninchens, das in Leons Zimmer hockte, einsam in seinem Käfig. *Einzelhaltung, nicht artgerecht.*

Carsten legte ihr drei Selbstgedrehte und ein Feuerzeug auf den Beifahrersitz. Er klopfte zweimal aufs Autodach, dann ging er in die Werkstatt. Hertha stand im Hof und winkte ihr mit beiden Händen nach.

Hinter dem Elbtunnel schaltete Anne das Radio ein, sie blieb bei einem Oldiesender hängen, Kate Bush sang *Don't give up,* sie machte aus.

Am Fähranleger an der Elbe hielt sie an, holte sich Kaffee und rauchte Carstens Zigaretten auf einer Bank am Wasser. *Freu dich, du bist im Landkreis Stade.* Die Fahnen hingen wie nasse Lappen an den Masten.

Eine Möwe dümpelte stur im Heckwasser der Fähre, weit und breit die Einzige, es sah nach einer Mutprobe aus. Vielleicht hatte sie auch einfach nicht kapiert, dass das kein guter Platz für eine Möwe war.

Anne wurde schlecht bei ihrer dritten Zigarette, sie rauchte trotzdem weiter.

Marlene hatte es von Anfang an gewusst, natürlich.

»Ein Mann ohne jedes Potenzial!«

Immerhin war sie so klug gewesen, es nach der Trennung erst zu sagen.

»Ich weiß, das willst du jetzt nicht hören, Anne …«

»Nein, will ich nicht.«

»… aber Christoph wird sein Leben lang nur halbgare Krimis schreiben und Frauen verschleißen, mehr kommt da nicht bei dieser Sorte Mann. Das ist ein Blender. Du solltest froh sein, dass …«

»Bin ich, Mama. Ich bin unheimlich froh. Ich krieg mich gar nicht wieder ein.«

»Mein Gott, Anne. Wenn ich einmal was sage.«

Das Schlimmste war, dass sie nicht einmal unrecht hatte.

Marlenes sicheres Gespür für einen Mann mit *Potential* hatte sie dazu gebracht, Enno Hove zu heiraten, einen Jungen vom Bauernhof, der mit Stipendium Physik studierte, die Stiftung hatte später auch noch seine Promotion gefördert.

Studienstiftung des Deutschen Volkes, das reichte, um selbst Hildegard Jacobi zu überzeugen von seinem Potenzial. Und Enno Hove hatte niemanden enttäuscht. Kein feudales Leben, aber ein gediegenes. C4-Professor, Flügel im Wohnzimmer, zwei begabte Kinder, eine schöne Frau.

Das Haus war abbezahlt, als Enno Hove starb, der Flügel auch, man konnte sich auf ihn verlassen.

Ein Herzinfarkt mit Mitte fünfzig, im vollen Hörsaal, war der einzige dramatische Moment, den dieser stille Mann sich je erlaubt hatte.

Anne bekam ihr Kind zu spät, drei Monate nach seinem Tod. Sie hätte ihm Leon sehr gern gezeigt, das Einzige in ihrem Leben, das geglückt war.

Marlene trauerte um Enno Hove, heftig und tränenreich, nicht allzu lange, ihr Weinen machte ihn auch nicht wieder lebendig. Jetzt war sie oft auf Reisen mit Thomas, seiner Frau und seinen Kindern, kümmerte sich um die beiden Kleinen, wenn die Eltern Orchesterproben hatten oder Konzerte abends, Thomas am Dirigentenpult, Svetlana am Klavier. Ein bisschen Glanz blieb übrig für Marlene.

Es gab wohl neuerdings einen Hornisten, Anne wusste es von Thomas. *Mama hat eine Romanze,* hatte er in seiner letzten Mail geschrieben, *aber von mir weißt du es nicht :)*

Ein Hornist mit Potenzial, jede Wette.

Marlene, Meisterin der Telefonkunstpause, hatte hörbar geschluckt, als sie erfuhr, dass Anne zu Vera gezogen war.

»Du hättest auch nach Hause kommen können, Anne.« Pause. »Hier gibt es viele leere Zimmer.« Sie klang, als meinte sie es ernst.

»Wir beide unter einem Dach, Mama.« Anne hatte versucht zu lachen, Marlene hatte aufgelegt.

Anne kippte den Rest Kaffee in die Elbe. Dann stieg sie ins Auto und fuhr zu Vera in das kalte, sture Haus.

20
Kein Geräusch

Das Haus war ruhig gewesen, wie ein Wal, tief abgetaucht, es hatte seinen Atem angehalten, drei Tage und drei Nächte, bis Marlene weg war.

Vera hatte die Küche aufgeräumt, Marlenes Bettzeug abgezogen, die Briefe ihrer Mutter wieder in die Eichentruhe gelegt.

Dann saß sie draußen auf der Bank, bis die Mückenschwärme aus den Gräben kamen, sie trank den Wein, der von der letzten Nacht noch übrig war. Es war noch hell, als sie sich in die Küche setzte. Sie aß Marlenes Suppe, sie sah den Mond aufgehen vor ihrem Küchenfenster.

Traute dem Frieden fast.

Wollte das Knacken erst nicht hören. Sie rief die Hunde zu sich.

Ein alter Balken oder ein Knochen, der brach oder gebrochen wurde.

Ein Huschen über ihrem Kopf.

Ein Tier oder ein Wind und müde Tänzer, die über den Boden schlurften mit ihren schweren Füßen.

Und eine Stille, die bis hundert zählte.

Ein Flattern vor der Küchentür, ein Flüstern aus den Mauern. Oder ein Atmen.

Schwere Stühle, die geschoben wurden über rohe Böden.

Ein Chor aus alten Stimmen sang sich leise ein.

Man durfte nicht alleine sein in diesen Häusern, sie waren dafür nicht gebaut.

De no mi kummt, es kam niemand nach ihr, sie fiel.

Unter den alten Stimmen lag eine Stille, die noch älter war, alt und dunkel wie das Meer oder das All, das Fallen hörte nicht mehr auf, ein Fallen aus der Welt, wie losgelassen, es hielt sie keiner mehr. Unmöglich, Karl zu finden in dem tiefen Schwarz, er war hinabgesunken auf den Grund, wenn es ihn gab, den Grund, wenn nicht das Sinken einfach weiterging.

Etwas rollte, etwas Kleines, eine Kugel, eine Spule.

Oder ein Silberknopf von einer alten Tracht.

Oder sie selbst, die nur ein Spielzeug war, ein kleiner Kreisel, den das Haus in seinen dicken Wänden drehte.

Ein Kind, das weinte. Oder Katzen, die draußen wimmerten, Nachtvögel, die schrien, Vera konnte nicht mehr aus der Küche gehen, nicht in die Diele, wo ein Spalier aus bösen Stimmen stand.

Wo die Soldaten gingen, mit denen Karl marschiert war, jahrzehntelang in seinen Nächten, er hatte sie ihr alle dagelassen. Und Ida tanzte schlafend über ihr, und all die anderen, die sie nicht kannte, die hier geatmet hatten und gestorben waren.

Dit Huus is mien un doch nich mien … sie konnte hier nicht weg. Sie war ein Moos, das nur an diesen Mauern hielt. Das hier nicht wachsen konnte oder blühen, aber doch bleiben.

Sie war ein Flüchtling, einmal fast erfroren, nie wieder

warmgeworden. Ein Haus gefunden, irgendeins, und dort geblieben, um nur nicht wieder in den Schnee zu müssen.

Die Elbe war gefroren in ihrem zweiten Winter hier im Alten Land, die Kinder gingen auf das Eis, Hinni Lührs mit seinen Brüdern, Hans zum Felde und die dicken Pape-Schwestern. »Vera, komm mit.«

Sie war auch mitgegangen, bis zum Deich, nur nicht aufs Eis. Auch später nicht, als Karl ihr Schlittschuhe schenkte zu Weihnachten und all die anderen Kinder auf den blanken Gräben um die Wette liefen. Vera zog die Schlittschuhe nicht an.

Dem Eis war nicht zu trauen, sie hatte es zerbrechen sehen und Menschen, die versanken.

Manche waren stumm unter das Eis geglitten, sie hatten kein Geräusch gemacht, als hätte man den Menschen das Schreien unterwegs schon abgewöhnt, am schlimmsten schrien die Pferde.

Alles konnte man vergessen, wenn man es wirklich wollte, auch Vera Eckhoff konnte das.

Vergaß das Knirschen der Schuhe im tiefen Schnee, das Dröhnen der Flieger, die Köpfe der Piloten, die man sehen konnte, wenn sie über das Eis geflogen kamen. Vergaß, wie rot und hell die Dörfer brannten, vergaß die Vogelscheuchen mit den schiefen Hälsen, die in den Bäumen hingen, all die verdrehten, stillen Körper in den Straßengräben.

Vergaß den kleinen Bruder in seinem kalten Kinderwagen, sogar die Puppe, *ihre* Puppe, die bei ihm lag auf seinem weißen Kissen, die Vera nicht mehr holen durfte, als sie den Kinderwagen stehen ließen, weil Hildegard sie einfach weiterzog. Einfach weg von ihrer weichen Puppe mit den echten Haaren, das Christkind hatte sie gerade erst gebracht.

Alles konnte man vergessen, nur wie die Pferde schrien, das vergaß man nicht.

Vera saß in der Küche und versuchte, unsichtbar zu sein, sie machte kein Geräusch. Es konnte sein, dass man dann nicht gefunden wurde.

Dass sie dann weiterzogen, Karls Soldaten und all die abgerissenen, verfrorenen Gestalten mit ihren knirschenden Schritten und ihren Kinderwagen. Die Vergessenen, was wollten sie von ihr nach all den Jahren.

Die Vögel erlösten sie am frühen Morgen, das lärmende Erwachen eines Sommertages. Als die Sonne aufging, kochte sie Kaffee und ließ die Hunde raus, sie musste eingeschlafen sein auf ihrem Küchenstuhl. Nur geträumt, nur Angst gehabt vorm schwarzen Mann, wie ein Kind, das sich im Dunkeln fürchtet. Bei Licht besehen waren die Dramen ihrer Nacht nur Seifenopern, die Dämonen nicht mehr als Geisterbahngespenster.

Am nächsten Abend machte sie in allen Zimmern Licht, bevor es dunkel wurde. Sie schaltete in der Küche das Radio ein. Dann nahm sie einen Stapel *Merian*-Hefte aus dem Regal, kochte sich Tee und setzte sich an den großen Tisch in der Diele, die Türen zu allen Zimmern ließ sie offen, aus der Küche hörte sie Musik. Die Hunde pendelten erst ratlos hin und her, dann legten sie sich neben ihre Füße.

Sie las von Eisfeldern in Patagonien, von Antilopen in Namibia, von Klöstern im Engadin, um kurz vor Mitternacht ging sie ins Bett. Sie ließ die Lichter an, das Radio, sie tat, als hörte sie es diesmal gar nicht, das Flüstern, Wimmern, Tanzen, die Schritte der Vergessenen in ihrer Diele.

Sie hörte nur auf die Musik, versuchte an Namibia zu denken, an Patagonien, schlief ein für eine halbe Stunde. Schreckte hoch und dachte an preußische Dörfer, die brannten.

Sie zog die Decke über ihren Kopf und machte kein Geräusch.

Schlief ein, als sie die Amseln hörte. Erwachte, als die Mittagssonne durch ihr Fenster fiel, wollte lachen über die Seifenopern und die Geisterbahngespenster und konnte nicht.

Sie schlief die dritte Nacht in ihrer Praxis, auf der alten Couch, die sie für Karl gekauft hatte. Erlaubte sich die Flucht, dies eine Mal, und träumte, dass ihr Haus in Flammen aufging, sie schreckte hoch im Morgengrauen und fuhr zurück. Es brannte nicht, sie ging mit ihren Hunden an die Elbe, bis die Sonne aufgegangen war, und dachte an Hildegard von Kamcke: *Hoch den Kopf, wenn der Hals auch dreckig ist.*

Die preußischen Lektionen ihrer Mutter saßen, Vera hatte sie früh genug gelernt.

Dass man Jäger werden musste, wenn man nicht Hase bleiben wollte. Dass man hoch zu Ross durch diese Dorfstraßen galoppieren musste, den Marschbauern von oben auf die scharfen Scheitel schauen, wenn man nicht Fußvolk bleiben wollte.

Sie würde sich nicht vertreiben lassen aus diesem Haus, nicht von den Geisterbahngespenstern, nicht von den kalten Wänden, *dit Huus is mien.*

Sie machte es wie Karl, sie ließ sich helfen von *Psychopax* und Dr. Martin Burger. Ihre Nächte wurden ruhiger, die Tage trüb. Sie nahm nur noch Patienten an den Nachmittagen, es waren ohnehin so wenige geworden. Sie schaffte es mit Not, die Pferde zu versorgen und die Hunde, es wäre an der Zeit, die Tiere abzugeben, aber wer wollte zwei steinalte Trakehnerstuten und die müden, sabbernden Jagdhunde?

Die junge Vera Eckhoff hätte sie erschossen, sie hatte das getan mit ihren ersten beiden Hunden, sobald sie sah, dass es zu Ende ging. Der eine wurde zwölf, der andere sechzehn Jahre alt, es war ihr schwergefallen, sie hatte es trotzdem getan.

Die alte Vera Eckhoff, die Karl begraben hatte, mochte kein Tier mehr töten. Sie ging noch auf die Jagd, aber sie schoss nicht mehr, sie machte es wie Karl. Die Hunde schliefen nachts vor ihrem Bett.

Die Pferde gingen noch durch mit ihr an guten Tagen, fast dreißig Jahre alt. Ostpreußisches Warmblut, sie waren zäh und blieben störrisch.

Im ersten Winter ohne Karl dachte sie an die kleine Flasche Narcoren, sie hatte noch genug davon. Es war nicht allzu schwer, sie hatte es im Juli auf der Bank gesehen.

Eine Hand war gut, die einen hielt, wenn man das Zeug getrunken hatte. Es ging auch ohne. Wen hätte sie denn fragen sollen, Hinni Lührs doch nicht, er hätte niemals ihre Hand gehalten und ihr beim Sterben zugesehen, man konnte ihn um so etwas nicht bitten.

Sie hatte ihn auch nicht gebeten, ihr jeden Morgen sein Tageblatt zu bringen, wenn er es durchgelesen hatte, auf einmal fing er damit an. Punkt zehn Uhr morgens stand er in der Küche, dann war für ihn der halbe Tag schon rum.

»Gift dat nich mol een Tass Kaffe bi di?« Und abends immer Rommé. Wenn sie nicht rüberging, kam er.

Bis zehn, dann musste er ins Bett, um halb sechs klingelte sein Wecker. Heinrich Lührs, das Uhrwerk, gab ihr den Takt in diesem ersten Winter.

Wahrscheinlich glaubte er, dass sie es gar nicht merkte. Sie spielten Rommé bis Januar.

Dann kamen ihre Flüchtlinge.

»Hier ist Anne.« Vera hatte einen Moment gebraucht, bis sie verstand, wer da am Telefon war, an einem Abend Mitte Februar. Auf Karls Beerdigung hatte sie Anne nur erkannt, weil sie neben Marlene stand, sie wären auf der Straße vorbeigegangen aneinander.

Jetzt teilten sie ein Haus, und Anne Hove ging durch Veras Räume und machte Bestandsaufnahmen, notierte Risse in den Balken, feuchte Stellen im Mauerwerk, brüchige Treppenstufen, morsche Fensterrahmen, Sprünge in den Fensterscheiben am alten Rinderstall.

Vera sah sie das Haus nach Schäden untersuchen, es abklopfen, ausmessen, den Verfall dokumentieren. Auch meinen, dachte Vera. Ihr Leben eine Mängelliste, sie konnte es nur schwer ertragen. Anne wusste nichts von diesem Haus, sie hatte keine Ahnung, was einem hier passieren konnte.

Es gab so viele andere Häuser, heil und gut geheizt, in die man fliehen konnte, doch ausgerechnet dieses schien Mütter anzuziehen, die ihren Mund zu einem Strich zusammendrückten, mit dick verpackten Kindern an der Hand. Anne musste geahnt haben, dass Vera Eckhoff zwei Unbehauste nicht stehen lassen würde vor ihrer grünen Dielentür.

Flüchtlinge suchte man nicht aus, man lud sie auch nicht ein, sie kamen einfach angeschneit mit leeren Händen und wirren Plänen, sie brachten alles durcheinander.

Die Frage war, ob sie auch Dinge in Ordnung bringen konnten. Ein paar Fenster oder Balken oder einen Menschen, der einsam war bis auf die Knochen. Der keine Ahnung hatte, wie er den zweiten Winter, all die langen Nächte, ohne Mitmensch überstehen sollte.

Es gab etwas an Anne, das Vera gleich erkannte. Es war ein Wischen, mit beiden Händen, einmal kurz über die Augen, die Nase, die Wangen, sie machte es, als sie den Karton absetzte, um Vera zu begrüßen.

Als sie am Tisch saßen, später, machte sie es wieder. Wenn man ihr zuhörte, wenn sie ausgeredet hatte und man sie ansah, kam diese Wischbewegung, als wollte sie sich etwas wegradieren, einen Gedanken oder einen Gesichtsausdruck. Vera kannte dieses Wischen, sie hatte es an diesem Küchentisch gesehen, vor vielen Jahren, bei Hildegard von Kamcke, mit den gleichen schmalen Händen.

Aber Anne schrie nicht ihre Wut durchs Haus, sie warf nicht mit den Goldrandtassen, sie war sehr still. Wenn ihr Junge bei seinem Vater war, schien sie ganz zu verstummen. Blieb in Ida Eckhoffs Altenteilerwohnung, saß über irgendwelchen Bauzeichnungen oder las ihre blutrünstigen Krimis. Gestörte Serienmörder am laufenden Band, schon bei den Klappentexten wurde Vera ganz anders. Manchmal sah sie Anne durch die Kirschbaumreihen gehen, rauchend, sie hörte immer Musik, Kopfhörer im Ohr, meistens ging sie im Takt, man konnte es sehen. Einmal tanzte sie, nicht sehr elegant, Vera guckte schnell weg. Es war nicht die Art Tanz, die jemand sehen sollte, so tanzte man, wenn man sich ganz und gar vergessen hatte.

Sie waren froh, wenn Leon sonntags wiederkam, alle beide.

Ostern beim Vater, Pfingsten bei der Mutter, Gerechtigkeit bis in die Feiertage, es war wohl üblich heute, sich ein Kind gerecht zu teilen, sobald die Liebe sich erledigt hatte.

Geschiedene Leute, ein sauberer Schnitt, scheinbar gab es das nicht mehr, sie hingen jetzt für immer aneinander, all die Paare, die sich geirrt hatten und sich entzweien wollten, sie wollten weg und konnten nicht, sie waren mit den Köpfen festgewachsen aneinander durch die Kinder.

Früher hatte man es anders gemacht. Schuldfrage geklärt und Scheidung durchgezogen, der eine hatte es vermasselt, der andere behielt das Kind, es war viel einfacher.

Allein die Vorstellung, dass Karl und Hildegard sich jedes zweite Wochenende hätten sehen müssen!

Sie hatten sich nie mehr gesehen. Wenn man die Scheidung wollte, dann zog man auch die Konsequenzen, dann heulte man doch seinem Kind nicht nach. Hildegard Jacobi, geschiedene Eckhoff, hatte das jedenfalls nicht getan. Sauberer Schnitt. Besser für alle.

Es war wohl nicht so leicht, als Paar zu leben, wie selten wurden Menschen miteinander froh. Vera hatte gar nicht damit angefangen. Hin und wieder einen Ehemann geborgt für ein paar Monate, einmal sogar für ein paar Jahre, ein Bild von einem Mann.

Aber nicht gut genug im Lügen, fast hatte seine Frau ihn nicht zurückgewollt, als es herauskam.

Sauberer Schnitt, er riss sich dann zusammen, es war in Ordnung. Vera wollte ihn ja nicht geschenkt.

Aber ein Kind hätte sie haben können, ein vaterloses, warum denn nicht. Es hätte niemanden im Dorf gewundert. Manchmal tat es ihr leid, dass sie zu spät daran gedacht hatte.

Wie konnte man vergessen, dass man ein Kind bekommen wollte.

21
Bofrost

Es war ganz wichtig, die Emotionen rauszunehmen, man musste sachlich bleiben, jeden Hauch von Anklage vermeiden. Sigrid Pape griff lieber selbst zum Hörer. Sie hatte diese Telefongespräche oft genug geführt, auf ihre *soft skills* war Verlass.

Sie wählte die Nummer, sie saß aufrecht in ihrem Schreibtischstuhl, sie lächelte.

»Frau Hove, guten Morgen.« (Weiterlächeln). »Sigrid Pape am Apparat, von den Elbfröschen.« (Weiterlächeln).

Was sie persönlich dachte über die widerlichen Biester, wie schwer sie nachvollziehen konnte, dass eine Mutter das nicht SAH, wenn es auf dem Kopf ihres Kindes nur so WIMMELTE, das tat hier nichts zur Sache, gar nichts.

Kopfläuse waren kein Zeichen mangelnder Hygiene, um Gottes willen. Kopfläuse konnten jede Familie treffen, sie waren keine Schande. Das war fachlicher Konsens, die anerkannte Lehrmeinung. Es war die Theorie.

In der Praxis erkannten Erzieherinnen ihre Kopflauskandidaten immer. Natürlich sagte man das nicht, man wusste es.

Dass der kleine Neuzugang aus Hamburg-Ottensen den ganzen Kopf voll hatte, kam für Sigrid Pape jedenfalls nicht überraschend. Vielleicht würde ihm seine Mutter jetzt endlich mal die langen Haare schneiden, manchmal hatte die Sache auch ihr Gutes.

Von den Läusen abgesehen, machte er sich in der Hummelgruppe gut. Er war noch immer etwas weinerlich, Einzelkind eben, aber das wurde auch schon besser. Und immer Nachschlag, wenn es Gulasch gab, so viel zum Thema Vegetarier.

»Genau, das kriegen Sie hier in der Apotheke. Dann bis gleich, Frau Hove.« Sigrid Pape legte auf und ließ ihr Lächeln langsam wieder sinken.

Annes Kopf begann zu jucken. Sie lief ins Badezimmer, hielt den Kopf über das Waschbecken, fuhr sich mit allen Fingern durch die Haare, rubbelte die Kopfhaut, aber es fiel nichts Verdächtiges ins Becken.

Die Apothekerin hatte sehr langes Haar, zu einem dicken Zopf geflochten, Anne verstand sie schlecht, sie sprach sehr leise. »Ich pack Ihnen das mal in eine Tragetasche.« Um diese Zeit war immer sehr viel Kundschaft in der Apotheke. Sie schob die Tüte schnell über den Tresen und schien das Geld aus Annes Hand mit spitzen Fingern anzunehmen.

Leon stand schon in Jacke und Gummistiefeln vor der Tür der Hummelgruppe. Mütze, Schal und Stofftier trug er in einer Plastiktüte, fest verknotet. Er kratzte sich am Kopf und konnte es kaum erwarten, Vera die Neuigkeit zu überbringen.

»Du hast sie vielleicht auch«, sagte Anne, aber sie fanden bei Vera keine. In Leons Haaren musste man nicht lange suchen, das war kein Sand und auch kein Schorf auf seinem Kopf, es krabbelte. Anne holte Läusekamm und *Nyda Pumplösung* aus der Apothekentüte und fing an, den Beipackzettel zu lesen.

»Gib mal her«, sagte Vera, »wir machen das hier schon mit der Entlausung.«

Dann sprühte sie Leon das ölige Zeug auf den Kopf, massierte es in seine blonden Locken.

»Ich hatte auch mal Läuse, als ich in deinem Alter war.«

Anne zog Leons Bettzeug ab, dann auch ihr eigenes, man wusste nie, sie sammelte die Schlafanzüge, Mützen, Schals zusammen und stopfte alles in die Waschmaschine, ließ heißes Wasser in das Becken, warf die Bürste und den Kamm hinein, steckte alle Kuscheltiere in einen großen Plastiksack, knotete ihn zu und stellte ihn in Veras Abstellkammer. Drei Tage, hatte Sigrid Pape gesagt, und sie bräuchte dann eine Bestätigung vom Arzt, dass Leon läusefrei sei.

»Und sagen Sie zum Feldes kurz Bescheid, sind Sie so nett? Theis war heute nicht im Kindergarten. Wenn Leon Läuse hat, hat Theis sie vielleicht auch.«

Vera setzte Leon auf den Küchentisch, legte ihm ein Handtuch um die Schultern und kämmte ihm die Läuse aus den Haaren, Strähne für Strähne.

Flüchtlingspack! Lüüs op'n Nack'!

Sie hatten die Köpfe voll gehabt, sie waren Wochen unterwegs gewesen, hatten auf wimmelnden Matratzen gelegen, in verlassenen Häusern auf alten Kissen, fremde Decken über den Kopf gezogen, fremde Mäntel, manchmal hatten sie den Toten ihre Mützen abgenommen, es war so kalt. Das Jucken hörte nicht mehr auf, man kratzte bis aufs Blut.

Die Haare kamen später ab, ganz kurz. Man sah wie ein Verbrecher aus, man fühlte sich auch so, wie Pack, wie *Flüchtlingspack*, wie *stinkende Polacken*, auch später noch, da waren ihre Haare wieder lang.

Was hätten sie denn sagen sollen, die Polackenkinder, wenn sie gepiesackt wurden von den anderen.

Dass sie nichts verbrochen hatten?

Dass sie Kinder waren, die über Leichen gehen mussten? Und dass das besser war, als über Sterbende zu steigen, weil Tote kein Geräusch mehr machten?

Dass sie gesehen hatten, wie die Dörfer brannten?

Dass sie sich übergeben mussten beim Hühnersengen, weil die verbrannten Federn wie verbrannte Haare rochen?

Dass man Kindern wie ihnen keine Schlittschuhe zu schenken brauchte?

Dass es nicht gut war, Ida Eckhoff auf dem Kornboden zu finden, weil man danach dann wieder von den anderen träumte, die man schon vergessen hatte, die mit den schiefen Hälsen in den Bäumen hingen wie viel zu große Vögel?

Was konnten Menschen, die ihre Fachwerkdörfer nie verlassen mussten, denn wissen von den verlausten Fremden? Die ihnen in die Häuser und Ställe getrieben wurden, mehr und immer mehr von ihnen, endlose Herden, wie räudiges Vieh.

Flüchtlingspack, Lüüs op'n Nack'.

Man konnte es den Kindern mit den Apfelbacken nicht verdenken.

»Erzählst du mir was«, fragte Leon.

Sie hatten damals kleine Welpen, sie waren kurz vor Weihnachten geboren, Vera steckte sie heimlich in die Manteltaschen, um sie mitzunehmen. Hildegard fand sie gleich, sie fiepten leise, sie zerrte sie heraus und nahm sie Vera weg.

Die alte Hündin hatte sie erschossen, bevor sie aufgebrochen waren, das wusste Vera noch. Aber die Welpen auch? Was machte man mit jungen Hunden, so klein, dass sie in Kinderhände passten?

»Wie klein«, fragte Leon, »zeig mal.«

Anne wusste, wo zum Feldes wohnten, sie kam vorbei an ihrem Hof, wenn sie zum Kindergarten fuhr. Manchmal sah sie Britta auf dem Parkplatz bei den *Elbfröschen* und fragte sich, wie das zusammenpassen konnte, der schlecht gelaunte Dirk zum Felde und diese Frau im ungewaschenen VW-Bus, die immer lachte und alle Sitze voller Kinder hatte. Theis und die Zwillinge, es musste auch noch eine Schwester geben, Pauline, Leon hatte ehrfürchtig von ihr erzählt, sie wusste über Zwergkaninchen offenbar noch mehr als Theis.

»Sie hat ganz viele«, sagte Leon. »Nicht bloß ein Einziges.«

Zum Feldes Haus war groß und alt, es musste früher schön gewesen sein. Jetzt sah es aus, als wäre es erschrocken, die Panoramafenster klafften in den Wänden wie aufgesperrte Münder. Dirk zum Feldes Vater hatte wohl die Nase voll gehabt von Sprossenfenstern, Reet und Fachwerk, *weg mit den olen Schiet,* irgendwann in den Siebzigern, als die Denkmalschützer noch nichts zu sagen hatten und nur die Alten und die Rückständigen noch in den engen, dunklen Kammern hausen wollten.

Er hatte das Haus auf Vordermann gebracht, eine breite Tür mit Glasbausteinen eingesetzt, das Dach mit Ziegeln neu gedeckt und ausgebaut mit großen Gauben, es gab sehr viele solcher Häuser in den Dörfern an der Elbe.

»Kaputtsaniert«, stöhnten die Immobilienmakler, wenn sie für diese *Bausünden* Käufer finden sollten, der Fortschritt sah im Nachhinein sehr hässlich aus, die meisten alten Bauern bereuten es schon längst.

Am liebsten wären sie die glatten Klinkerwände, die sie vor das Fachwerk gemauert hatten, wieder losgeworden, und den Beton, den sie über das Kopfsteinpflaster gegossen hatten. Sie trauerten den alten Kachelöfen nach und den geschnitzten Türen, die sie vor dreißig, vierzig Jahren in die Gräben geworfen hatten wie Abfall. Und sie vermissten ihre alte Sprache, die sie mit ihren Kindern nicht gesprochen hatten, weil sie zu sehr nach Stall und Land geklungen hatte und nach Dummheit.

Manche versuchten es jetzt wiedergutzumachen, sie brachten ihren Enkelkindern ein paar Brocken Plattdeutsch bei. Als könnten sie die Sprache, die sie sterben lassen wollten, jetzt doch noch retten mit ein paar Wörtern, ein paar Sätzen, ein paar Liedern, als wäre es nicht längst zu spät.

Manchmal bauten ihre Kinder die Häuser wieder zurück, mit sehr viel Geld, sie sahen dann fast wieder aus wie alt.

Wenn sie das Geld nicht hatten, fanden sie sich ab mit ihren Häusern, mit ihren ausdruckslosen, schlecht geliften Fassaden. Irgendwann sah man es gar nicht mehr.

Ein großer Hund riss Anne fast vom Fahrrad, er bellte, sprang an ihr hoch, lief ihr vor den Reifen, bis sie ins Schlingern kam und kippte.

Britta zum Felde kam aus dem Stall gerannt, in einem grünen Overall, mit einer Stoppuhr in der Hand, sie zog den Hund an seinem Halsband weg. »Hat er dir was getan?«

»Geht schon«, sagte Anne. Britta half ihr auf. Die Lampe hing ein bisschen schief am Lenker, der Rest schien heil zu sein. »Du bist echt ein bekloppter Hund«, sagte Britta und gab ihm einen Klaps. »Bin gleich zurück.« Sie verschwand wieder im Stall, den Hund im Schlepptau, Anne lehnte das Fahrrad an die Wand und ging ihr nach.

Ein braunes Zwergkaninchen saß in einer Stallbox, es war mit einer Leine angeschirrt, als wäre es im Dienst, als müsste es Lawinenopfer bergen oder Blinden über die Straße helfen.

Oder wie ein Turnierpferd über Hindernisse springen. Im Sand der Box war ein Parcours aufgebaut, kleine

Hürden mit rot-weißen Balken. »Kaninhop«, sagte Britta, »ziemlich neue Sportart, das ist unser Champion.« Sie nahm die Leine, »komm, Rocky, letzte Runde jetzt«, setzte das Kaninchen vor der ersten Hürde in den Sand und drückte auf die Stoppuhr. Mit wehenden Ohren nahm es die erste Hürde, vor der zweiten blieb es sitzen, stemmte die Pfoten in den Sand. Dann fing es an zu buddeln, als hätte es etwas sehr Wichtiges vergraben.

»Schade«, sagte Britta, »er kann es eigentlich.« Sie steckte die Stoppuhr in die Tasche und befreite das Kaninchen von der Leine. »Mit Pauline springt er besser.«

Sie sammelte die Hürden ein, packte sie in eine alte Penny-Tüte, dann nahm sie ihren Champion und brachte ihn zu einem großen Freigehege. Anne verstand sofort, was Leon mit *ganz viele Kaninchen* meinte. »Ich weiß«, lachte Britta, »ich muss immer von allem die Bude voll haben, Kinder und Kaninchen, ganz egal. Hühner hab ich auch noch. Die Katzen zähl ich gar nicht mehr, die laufen hier so mit.«

Sie lachte auch, als sie von Leons Läusen hörte. »Wenn Theis sie hat, dann freuen sich meine Schwiegereltern, die sind mit ihm bei Hagenbeck.«

Sie gingen ins Haus, zogen im Flur die Schuhe aus, auf einem alten Handtuch, wo sich schon viele Schuhe türmten, der Hund nahm einen blauen Kinderstiefel und schleppte ihn zu seinem Korb unter der Treppe.

Aus der Küche kam ein Fauchen, ein Bügeleisen röchelte den letzten Dampf heraus, »oh, Scheiße«, sagte Britta und zog den Stecker.

»Cappuccino?«

Anne sah die Dose mit dem Instantpulver erst, als es zu spät war, sie hatte ja gesagt, und Britta griff zum Wasserkocher. Sie rührte in den Cappuccinobechern, bis es schäumte, dann leckte sie den Löffel ab, warf ihn in die Spüle und setzte sich zu Anne auf die Bank.

Zwei Frauen und zwei Kaffeetassen, so fing es immer an.

Das große Auspacken und Anvertrauen an Küchentischen, das Reden über alles, über gar nichts, über Kinder, Job und Mann, mein Leben, dein Leben, Anne hatte es schon auf dem *Fischi* nicht gekonnt, in Hamburg-Ottensen mit all den anderen Müttern auf den Spielplatzbänken. Gespräche, die wie Tauschgeschäfte funktionierten, gibst du mir ein Geheimnis, geb ich dir eine Beichte, gibst du mir einen Trost, kriegst du von mir ein Lob.

Die Mütter saßen auf der Bank, vertrieben sich die Zeit mit Seelenpingpong, spielten ein bisschen Therapie, während ihre Kinder in der Sandkiste baggerten oder sich gegenseitig von der Schaukel schubsten, die *willensstarken* kleinen Racker.

Mütter mit Kaffeebechern wollten *warmwerden miteinander*, sie *tauten auf*, sie gingen mal *aus sich heraus* – und Anne klappte zu wie eine Muschel, sie fremdelte, wie manche Menschen stotterten und humpelten.

Sie hatte kein Talent für dieses Reden, verfranste sich, stockte und stammelte und hing dann fest in ihren Sätzen wie ein Insekt in einem Spinnennetz, sie hatte wohl auch keine Übung.

Immer nur Tonleitern geübt, seit sie ein kleines Mädchen war, Klaviersonaten, Flötenstücke, man brauchte nicht zu sprechen, wenn man spielen konnte, man musste nur die Noten kennen und die Finger machen lassen. Man brauchte dann auch keinem zuzuhören, man hörte nur Musik, man musste nicht heraus aus sich, man hatte es dann warm genug.

»Du magst das gar nicht.« Britta grinste und zeigte auf Annes Becher. »Ich hol uns mal ein Bier.« Sie stießen mit den Flaschen an, Britta holte Kartoffelchips, sie riss die Tüte auf und kippte alles auf den Küchentisch, sie war wohl nicht der Typ, der Seelenpingpong spielte.

Sie stellte Fragen, die nicht wie Fragen klangen. Sie sagte, »deine Flöte möchte ich mal hören, Leon sagt, sie ist aus Silber«.

Britta sagte: »Man muss echt mutig sein, um bei Vera Eckhoff einzuziehen. Oder wahnsinnig.« Dann grinste sie und ließ einem die Wahl. Lachen oder ernst bleiben, erzählen, schweigen, trinken.

Alles ging in Brittas Küche, die groß wie eine Ankunftshalle war.

Das zweite Bier tranken sie in Brittas Werkstatt, sie machte Dinosaurier aus Ton. »Der Brachiosaurus macht mich fertig«, sagte sie, »der lange Hals bricht immer ab.«

Ein weißer Lieferwagen hielt vor der Haustür, Britta sah ihn aus dem Fenster, sie ging zur Tür und kam zurück mit einer großen Kiste *Bofrost*. Öffnete die Tiefkühltruhe, versenkte riesige Beutel Hähnchenkeulen und Pommes frites, Pizzakartons und Lasagneschachteln, dann kickte sie die leere Kiste in den Flur.

Jemand kickte sie zurück.

Eine drahtige Frau stand plötzlich in der Küche, weiße Haare, dunkelblaue Steppjacke, Theis an der Hand, »hier kommt dein Sohn, der braucht nicht in den Zoo, der hat schon Tiere auf dem Kopf!« Theis hatte angefangen, Süßigkeiten aus seinem Proviantrucksack zu essen, er hielt einen Schokoriegel in der einen Hand und kratzte sich mit der anderen auf dem Kopf.

»Vadder ist vielleicht bedient, das will ich dir mal sagen.«

Helga zum Felde stand in der Küche wie die Zeugin an einem Tatort. Bierflaschen und Chips um elf Uhr vormittags, Wäsche nicht gebügelt, Fenster nicht geputzt, Staubflusen in den Ecken und Bofrost in der Tiefkühltruhe.

Ein Kind mit Ungeziefer. Und eine fremde Frau am Tisch, die offenbar nichts Besseres zu tun hatte, als sich am helllichten Vormittag zu betrinken.

So etwas hatte es hier früher nicht gegeben, nicht in diesem Haus, in dieser Küche, die dreißig Jahre lang auf Zack gewesen war, als sie noch ihr gehörte.

»Komm, setz dich, Helga«, sagte Britta, »ich mach dir einen Kaffee.«

»Das lass man. Mahlzeit.« Sie verschwand so schnell, wie sie gekommen war

Anne kippte vor Lachen von der Eckbank.

»Meine arme Schwiegermutter«, sagte Britta, »sie hat es echt nicht leicht mit mir.« Sie nahm den letzten Schluck aus ihrer Bierflasche, dann lachte sie auch.

»Das will ich dir mal sagen!«

»Und Leon?«, fragte Theis.

»Der hat sie auch, mein Süßer«, sagte Britta, »Vera macht ihm die gerade weg.«

»Kleiner als Willy«, murmelte Leon, »winzige Babyhunde.« Er legte die Hände zusammen, als wollte er Wasser schöpfen. »Da passten die rein.«

Eine Weile blieb er stumm, während Vera seine Haare Strähne für Strähne durch den feinen Kamm zog. Dann drehte er sich pötzlich um, strich mit seiner Hand einmal über ihre Wange und sagte: »Mein armes kleines Kind.«

Anne machte das immer, wenn er hingefallen war, Knie aufgeschlagen, Hände aufgeschürft, wenn es nicht mehr blutete, nur immer noch sehr wehtat, sie streichelte ihn dann, *mein armes kleines Kind.*

Vera war so perplex, sie lachte.

Viel später, als es Nacht war, zog sie sich die Decke über ihren Kopf, als wieder die Vergessenen durch ihre Diele gingen. Sie legte sich die Hand an ihre Wange, einmal nur und auch nur kurz, und sagte, »armes kleines Kind«. Einmal nur und auch nur kurz und dann nie wieder, sie schämte sich noch lange Zeit dafür. Vera Eckhoff, du weinerliches altes Weib.

22

Auferstehung

Sie saß unter dem Segelschiff, das in der Fachwerkkirche von der Decke hing, in ihrem schwarzen Mantel, die alte Orgel klang ein bisschen heiser, sie hatte sie zuletzt bei Karls Beerdigung gehört.

Vera Eckhoff ging Karfreitag in die Kirche, jedes Jahr, nicht weil sie fromm gewesen wäre, sie liebte die Passions-Choräle.

Altländer Orgeln konnten harmlos klingen wie Leierkästen auf Straßenfesten. Und ein paar Takte später die Menschen in die Kirchenbänke hämmern. Toben, donnern, sie konnten einen das Fürchten lehren, wahrscheinlich auch das Glauben, Vera beruhigten sie. Man hörte das Atmen von dreihundert Jahren und atmete mit, als gäbe es kein Ende.

Anne saß neben ihr, ein kinderloses Osterwochenende vor sich, sie machte ein Gesicht, das zu Karfreitag passte.

Fließt ihr Augen, fließt von Tränen …

Die Sopranstimmen der Chordamen tasteten sich vorsichtig in die Höhe, nicht alle kamen sicher oben an, Bauern und Handwerkermeister grollten im Bass, und Vera sah diesen Hamburger zwei Reihen vor sich sitzen, den Fahrradhelm auf seinem Schoß. Er schnitt Grimassen, wenn wackelige Töne kamen, stieß mit dem Ellenbogen die Frau an seiner Seite an, dann grinsten sie. Zwei Menschen, die keine Ahnung hatten.

Die nicht verstanden, dass diese Lieder genau so klingen mussten, wie der bange kleine Kirchenchor sie sang.

Brich, mein Herz, von Seufzen, Sehnen …

Anne löste sich fast auf in ihrer Kirchenbank, sie schien vom ersten bis zum letzten Ton zu heulen, Vera sah nicht hin, sie tat, als spürte sie das Beben gar nicht neben sich. Ein paarmal nickte sie kurz ein, ihr Rücken kerzengerade, der Kopf blieb oben, es fielen nur die Augen zu, nie lange.

Vera Eckhoff schlief wie ein Fluchttier, auch Karfreitag in der Kirche, wenn die Orgel sie beruhigen sollte.

Auf dem Rückweg gingen sie bei Karl vorbei, Otto Suhr hielt das Grab in Schuss, Narzissen hatte er gepflanzt und kleine blaue Hyazinthen, er wusste, was die Kundschaft in der Osterzeit erwartete. Es gab sehr viele Gräber auf dem Friedhof mit Narzissen und kleinen blauen Hyazinthen.

»Macht dich das nicht fertig«, fragte Anne, »dein Name auf dem Grabstein?«

Vera verstand die Frage nicht. »Da werde ich liegen, und das hab ich schriftlich. Gut zu wissen, wo man hingehört.«

Ostern war spät in diesem Jahr, die Kirschen blühten schon und zwischen den Bäumen der Löwenzahn, anarchisches Gelb unter den braven Zweigen. In den Vorgärten baumelten die Plastik-Ostereier in den Zierkirschen und Magnolien, Hasen aus Holz lehnten an Zäunen und Blumenkübeln und grinsten mit großen Zähnen.

Anne wollte erst nicht aufs Pferd, es war so lange her, seit sie zuletzt geritten war. »Nur Schritt und Trab«, sagte Vera und sattelte ihr Hela, die ruhigere der beiden, sogar Trakehner wurden mit den Jahren milder.

Auf der Hauptstraße schoben sich Touristenbusse Richtung Marktplatz, die Spaziergänge durchs Dorf begannen immer an der Kirche und endeten im einzigen Café.

Sie fanden eine Lücke zwischen Bussen und Familienautos, die Pferde kannten den Weg zur Elbe, Anne musste nicht viel machen. »Rücken gerade«, sagte Vera, »Hacken runter.«

Anne ließ sie überholen, sah Veras tadellose Haltung, sie strengte sich nicht einmal an dabei, so saß sie auch auf einem Stuhl, auf einer Gartenbank.

Sie blieben auf dem Gras, es ging kein Wind, der Fluss war zahm. »Er kann auch anders«, sagte Vera, »jetzt tut er bloß so harmlos.«

Nur Menschen, die vom Wasser keine Ahnung hatten, trauten ihm – und junge Leute, die nicht mehr wussten, wie es war, die liebe Elbe plötzlich in der guten Stube zu haben, in einer Sturmnacht, aufgepeitscht und gierig.

Aber selbst Vera, die dem Strom nicht traute, konnte sehen, wie schön er war, wenn er sich in die Frühlingssonne legte.

Anne folgte ihr auf den Deich, sie trabten Richtung Stade, endlose Obstbaumreihen zogen sich vom Deich bis an die Geest, kleine Bäume, die keine Kronen hatten, Spindelbäume, sie brauchten wenig Platz und trugen viel. Dazwischen Gräben und Kanäle wie mit der Axt gehauen.

Fluss und Land an der Kandare, eine Landschaft wie am Zügel, Vera schien perfekt in dieses Land zu passen. Anne sah die großen Bauernhäuser, Schmuckgiebel mit makellosem Fachwerk, die blühenden Vorgärten, jedes Beet durchdacht und durchgejätet, alle Rasenkanten sauber abgestochen, jeder Hof gefegt, und fragte sich, warum das Haus von Vera Eckhoff nicht so aussah. Warum ein Mensch, der seine Welt am kurzen Zügel hielt, sein Haus und seinen Hof dem Chaos überließ.

Es gab noch ein Stück Sandstrand an der Elbe, das letzte, das dem Fluss geblieben war, der Rest lag schon im Streckbett, dichtgeschottert und begradigt.

Annes Pferd lief plötzlich schneller, sie konnte es nicht halten, Vera vor ihr galoppierte los, und Annes Pferd fiel ein in einen weichen, schaukelnden Galopp.

Sie ließ die Zügel fallen, krallte sich am Sattel fest, die Füße rutschten ihr aus den Steigbügeln, sie schrie kurz auf, dann fluchte sie auf Vera, aber das Pferd schien diesen Strand zu lieben, es schnaubte, schaukelte, es tat ihr nichts. Es wurde langsamer, trabte ein paar Meter, fiel dann in einen ruhigen Schritt. Anne konnte nach ihren Bügeln angeln und nahm die Zügel wieder auf.

»An der Haltung könnte man noch arbeiten«, sagte Vera.

Heinrich Lührs sah Veras Nichte lachen, als sie auf dem Rückweg an seinem Haus vorbeigeritten kamen, ohne Helm natürlich, alle beide, sie grüßten ihn wie Ritterinnen und machten einen Bogen um den gelben Sand. Ganz neue Sitten.

Anne schlief wie ein Stein in dieser Nacht, nicht mal die Klappkisten hielten sie wach, nicht mal das Haus mit seinem Knacken, seinem seltsamen Geraune.

Die Vögel weckten sie am Morgen, sie hörten sich hysterisch an, sie drehten durch, es war der Frühling.

Sie kam vor Muskelkater kaum aus ihrem Bett, ging ins Bad und hörte Vera mit den Hunden kommen, sie drehte ihre Runde immer schon im Morgengrauen.

Dirk zum Felde fuhr vorbei, Theis saß bei ihm auf dem Traktor, sie brachten einen Anhänger mit Holz zum Deich, alte Apfelkisten, Äste und Paletten, eine Fuhre für das Osterfeuer, sie waren nicht die Einzigen, das halbe Dorf schien Brennholz zu kutschieren.

Vera hielt nichts von dem Spektakel, in jedem kleinen Kaff wurden jetzt Holzstapel abgefackelt, es war genauso sinnlos wie dieser Kürbisquatsch im Herbst, Kinder in scheußlichen Kostümen, die einen zu Tode erschreckten und dafür dann noch Süßigkeiten wollten. Aber zum Neujahrssingen kam keiner mehr. Man war die alten Traditionen leid und lieh sich einfach neue.

Sie verstand nicht, dass große Feuer überhaupt erlaubt waren in einer Reetdachgegend, sie hatte schon den Bürgermeister angerufen, Helmut Junge, alter Jagdkollege.

»Vera, mien Deern, die Feuerwehr ist doch dabei! Komm vorbei, ich geb 'ne Bratwurst aus, das ganze Dorf ist da, und Sicherheit geht vor, da kannst dich drauf verlassen.«

Sie ging nicht hin. Was wusste Helmut Junge denn von Funkenflut und Reet, sein Bungalow war Brandschutzklasse A, den konnte man wahrscheinlich mit Benzin übergießen, dann brannte er noch immer nicht.

Sie würde wieder die halbe Nacht mit ihren Hunden um das Haus gehen, Brandwache halten, bis die Flammen und die Funken nicht mehr über dem Deich zu sehen waren, bis die Freiwillige Feuerwehr ihre Musikanlage ausgemacht und ihre Schwenkgrills und Bierstände abgebaut hatte, bis die letzten Osterfeuerfreunde lattenstramm zu ihren Autos wankten oder sich zum Pinkeln an ihre Ligusterhecke stellten, allerdings machten sie das immer nur einmal, weil es für Veras Hunde noch immer kein schöneres Kommando gab als *Fass!*

Heinrich Lührs hielt auch nicht viel vom Osterfeuer. Das war was für die jungen Leute; er selbst ging da nicht hin, er hatte auch genug zu tun.

Jochen kam mit Steffi und den Kindern am Ostersonntag, jedes Jahr, weil sie in Hannover keinen Garten hatten, und Heinrich musste Osterhase spielen.

Früher hatte Steffi die Eier und Schokoladenhasen mitgebracht, und Jochen hatte sie versteckt, aber die Kinder durften es nicht sehen, sie mussten erst ins Haus und da beschäftigt werden, bis Jochen endlich fertig war, sie hatten alles umgeschmissen in dieser Viertelstunde.

Jetzt waren sie so groß, dass Ostereier sie nicht mehr interessierten, sie wollten nur noch Süßigkeiten suchen, die konnte Heinrich Lührs auch selbst verstecken, das machte er ganz früh am Morgen, lang bevor sie kamen.

Den Tisch deckte er jetzt schon mal. Brötchen brachten sie aus Hannover mit und auch das meiste andere, sie mochten seine Sachen nicht. Der Schinken durfte nicht geräuchert sein, sein Butterkäse war zu fett, und irgendwas war letztes Jahr auch mit dem Saft verkehrt gewesen, »mach dir keinen Stress mehr, Vater, wir bringen alles mit!«.

Seine Servietten waren lächerlich, Hasen auf Rollschuhen, sie jonglierten mit bunten Eiern, er hatte manchmal den Verdacht, dass Vera das mit Absicht machte, immer die schlimmsten Osterservietten kaufte, die sie bei Edeka nur finden konnte. »Keen annern mehr dor, Hinni.«

Das hatte sie schon letztes Jahr gesagt, da waren sie genauso schlimm gewesen, Schafe in Röcken, die einen Ostereier-Wagen zogen.

Er überlegte, ob er sie weglassen sollte, Steffi würde sich wieder lustig machen, *was Opa für tolle Servietten hat,* aber dann dachte er an das schöne weiße Ostertischtuch von Elisabeth. Er wollte nicht, dass Jochens Kinder es noch schlimmer zurichteten als letztes Mal, darum legte er die lächerlichen Servietten schließlich doch neben die Teller. Am besten, man guckte gar nicht hin.

Letztes Jahr hatte Anne die Eierfarbe im Bio-Supermarkt gekauft und braune Eier, weil es weiße in ganz Ottensen schon nicht mehr gab. Als sie mit dem Färben fertig waren, sahen die Ostereier wie verwaschene Klamotten aus, rötlich, grünlich, gelblich. Hässlich. »Mann«, sagte Christoph, »so was will ein Kind nicht finden in seinem Osternest«, sie hatten leise Leons Tuschkasten geholt aus seinem Zimmer und die missglückten Eier angemalt, die ganze Nacht, Wein dabei getrunken, sich so gefreut auf diesen Ostertag mit ihrem Jungen.

Anne ging durch die Kirschbaumreihen, so schnell sie konnte mit ihrem Muskelkater, sie rauchte viel zu viel an ihren kinderlosen Wochenenden, es tat so weh, es wurde gar nicht besser.

Sie würden wieder auf den *Fischi* gehen zum Ostereiersuchen. Ohne Anne, mit Carola, kein Problem. Genau wie mit dem Vaterwerden, ohne Anne, mit Carola, kein Problem.

Das einzige Problem war sie, die Bittere, die Spielverderberin, die sich am Glück der anderen nicht freuen konnte, »du meine Güte, Anne, Carola tut doch wirklich alles«.

Ging auf Anne zu, rief Anne an, wollte sich aussprechen mit ihr, ins Reine kommen.

Sie hatten schon fast alles, jetzt wollten sie den Rest. Absolution, Versöhnung, den Segen der Verlassenen, der ihrem Glück die letzte kleine Trübung nehmen sollte.

Anne dachte nicht daran, sie freizusprechen.

Sie ging noch schneller, sie versuchte, vor dem Selbstmitleid davonzulaufen, was wieder nicht gelang.

Es gab bei Edeka nur eine Rotweinsorte, die sie mochte, sie würde sich zwei Flaschen kaufen und sie trinken heute Abend, bis sie schlafen konnte.

Und morgen kotzen, allein bei dem Gedanken an ein Osterei.

»Osterfeuer«, sagte Britta am Telefon, »es geht um sieben los.« Sie fragte wieder nicht, sie legte einfach auf.

Dirk zum Felde verkaufte Bier in einer dunkelblauen Rettungsjacke der Freiwilligen Feuerwehr, sie trugen alle ihre Einsatzkleidung bei ihrem Dienst am Osterfeuer, er tippte mit dem Finger gegen seine unfassbare Mütze und schob ihr eine Flasche Jever über den Tresen.

»Das erste geb ich aus. Britta ist irgendwo da drüben.«

Außer Vera und Heinrich war offenbar das ganze Dorf am Deich. Die Feuerwehr war vollzählig angetreten, sie hatte ihr Löschgruppenfahrzeug in Sichtweite geparkt und schon am Morgen ihre Buden aufgebaut.

Anne fand Britta an einem der kleinen Lagerfeuer, die die Feuerwehr noch extra für die Kinder angezündet hatte. Sie stand in ihrem Rudel, mit einer Pudelmütze auf dem Kopf, sie hatte eine große Plastikschüssel auf dem Arm. Anne erkannte die Schwiegermutter neben ihr, sie lachten miteinander, der Mann daneben musste Dirk zum Feldes Vater sein.

Theis war der Erste, der Anne sah, er rannte auf sie zu. »Und Leon?«

Als er begriff, dass Leon gar nicht kommen würde, fing seine Unterlippe an zu beben. »Wir haben extra mehr Stockbrotteig gemacht«, erklärte seine Schwester und zeigte auf die Plastikschüssel.

Britta drückte der Schwiegermutter die Schüssel in die Hand, nahm Theis auf den Arm, küsste ihn einmal schallend auf die Wange und fuhr mit einem Taschentuch kurz über sein Gesicht, dann kam sie zu Anne und machte bei ihr dasselbe. Brittas Schwiegervater ging mit Theis zum Bratwurststand, sie holten eine Runde Thüringer. Anne wurde nicht gefragt und stellte keine Fragen, sie ging dann später los und holte eine Runde Bier. »Helmut heiß ich«, murmelte der Schwiegervater, er trug eine Prinz-Heinrich-Mütze und sagte dann den Rest des Abends nur noch »prost«.

Es wurde kalt, die Leute drängten sich ans Feuer, »und nachher stinkt man wieder wie ein Räucheraal«, seufzte Brittas Schwiegermutter, es schien sie nicht zu stören.

Kinder marodierten in großen Banden hin und her, sie stocherten mit langen Stöcken in der Glut, drückten den Eltern das verkohlte Stockbrot in die Hand und wollten Geld für Pommes.

Die Erwachsenen verloren die Übersicht ein bisschen, sie tranken kaltes Bier und heißen Apfelpunsch im Wechsel. Alle kannten alle und redeten mit allen, Anne lernte Namen und Gesichter und vergaß sie alle wieder.

Bergen-Löschen-Retten-Schützen stand auf den Rettungsjacken der Feuerwehrmänner. Die meisten waren blond, es gab nur einen, der ein Grübchen in der Wange hatte.

»Frau mit Locken«, sagte er, es war schon spät, »ich geb dir mal ein Bier. Und kann ich sonst noch etwas für dich tun?«

Sie hätte ihn auch ohne Grübchen mitgenommen, er konnte eine Menge tun.

Vera Eckhoff hörte ungewohnte Töne aus Idas Altenteilerwohnung, sie schloss die Küchentür und traf am nächsten Morgen, bevor es richtig hell geworden war, in ihrer Diele einen Mann mit Rettungsjacke, der seine Stiefel in den Händen hatte und ihr frohe Ostern wünschte.

»Tatütata«, sagte Vera und verschwand in ihrer Küche.

Heinrich Lührs stand auf dem Rasen. Man konnte aus Veras Küchenfenster sehen, wie er die Fäuste hinter seinem Rücken ballte, während die Enkelkinder durch seine Beete trampelten, unter der Hecke wühlten, die Zweige der Forsythiensträucher auseinanderbogen.

Jochen stand neben seinem Vater, zwei Osterkörbchen in der Hand, in die die Jungen ihre Beute warfen, Hasen, Küken, Eier, Käfer.

»Ben und Noah, bleibt mal stehen!«, rief Steffi, sie machte mit dem Handy Fotos. »Guckt mal hierher! Noah, jetzt halt den Hasen doch mal hoch, verdammt noch mal!«

Der Junge knickte dem Osterhasen den Kopf ab, dann hielt er grinsend beide Teile in die Kamera. Sein Bruder fand ein Schokoladenküken hinter einem Blumenkübel, er war genervt von diesen *babyleichten Scheißverstecken*, er nahm das Küken und warf es seinem Opa an den Kopf.

»Immer wieder schön«, sagte Vera. Anne rührte in ihrem Kaffeebecher und verfolgte das Spektakel schweigend. Die Eltern knöpften sich die Söhne vor. Heinrich ließ die Bande auf dem Rasen stehen und ging ins Haus.

»Heute Abend päppeln wir ihn wieder auf«, sagte Vera.

Heinrich Lührs kam Punkt halb acht im weißen Hemd, er brachte eine Flasche Mosel-Spätburgunder mit, sie aßen ausgerechnet Hasenbraten. »Lamm mögen wir nicht.«

Sie stießen an mit schönen alten Gläsern, die geschliffen waren, das Tischtuch war ein bisschen dünn an manchen Stellen, aber weiß.

Anne fragte sich plötzlich, ob sie störte.

Als Vera sie am nächsten Morgen weckte, war die Sonne gerade aufgegangen. »Komm mal«, sagte sie, »ich zeig dir was.«

Sie gingen nach draußen, an den Kirschbäumen vorbei, über den Graben zu den Apfelbäumen, die Dirk zum Felde vor ein paar Jahren neu gepflanzt hatte, sie waren noch sehr klein, die Blüte hatte schon begonnen.

Jetzt waren sie vereist. Zweige, Blätter, Blüten sahen aus, als wären sie in Glas gegossen, Bäume wie Kronleuchter, sie blendeten im frühen Sonnenlicht, man ging durch einen Spiegelsaal. Sie gingen schweigend, hörten nichts als ihre Schritte auf dem vereisten Gras und über sich die Möwen. In dicken Tropfen fiel das Wasser von den Bäumen, weil das Eis jetzt in der Sonne schmolz.

»Man kriegt das nicht so oft zu sehen«, sagte Vera. Sie blieben stehen, die Hände in den Taschen, es war sehr schön.

»Alles hinüber«, sagte Anne.

Vera schüttelte den Kopf.

Sie nannten es Frostberegnung, die Bauern machten es in kalten Frühjahrsnächten, besprühten ihre Blüten mit feinen Wassertröpfchen, die im Nachtfrost dann zu einer dünnen Eisschicht wurden. Eismäntel für die Blüten. Frostschutz durch Vereisung.

»Was erzählst du mir da eigentlich?« Anne war zu müde für Physik, es war noch nicht mal sieben, sie gingen ins Haus zurück und kochten Kaffee.

Sie fragte Dirk zum Felde dann, als sie ihn ein paar Tage später auf dem Feldweg traf. »Erstarrungswärme heißt das«, sagte er, »noch nie gehört?« Er schmiss den Traktor wieder an. »Kannst noch was lernen bei uns.«

Finger an die Mütze, Abfahrt. Bloß kein Wort zu viel. Als hätte man nur einen kleinen Vorrat, der bis zum Lebensende reichen müsste.

23

Mann, Mann, Mann

Carsten hatte das Fenster schon im Kofferraum verstaut, Rahmen und Sprossen aus Eichenholz, weiß und dunkelgrün lackiert, mit Doppelglas. Für das kleinste Fassadenfenster, ganz oben unter Vera Eckhoffs First, hätte auch einfaches Glas gereicht, aber mit halben Sachen gab sich Tischlermeister Drewe gar nicht ab.

»Dann bete mal, dass dein Aufmaß stimmt, Geselle«, sagte er, schmiss seine alte Adidastasche auf die Rückbank des Mercedes und stieg auf der Beifahrerseite ein.

Er holte seinen Tabak aus der Jackentasche und drehte Zigaretten, bis Finkenwerder fuhren sie schweigend, dann sagte er: »Lechtaler Alpen, 1000 Teile. Ich hoffe, die kommen zwei Abende klar ohne mich.«

Sie hatten schon lange keine neuen Puzzles mehr gekauft, sie nahmen jetzt die alten, immer wieder, es machte ihnen gar nichts aus. Karl-Heinz fing immer mit den Rändern an, das war das Einfachste, selbst dafür brauchte er inzwischen eine Ewigkeit.

Hertha hatte noch mehr abgebaut, sie schob es auf die *dusseligen Energiesparlampen,* schimpfte über schlechtes Licht und ihre neue Lesebrille, es war aber der Kopf, sie wurde tüdelig. Sie drückte manchmal mit Gewalt zwei Puzzleteile ineinander, die gar nicht passen *konn-*

ten, das sah ein Blinder, Carsten tat es in der Seele weh, es nervte aber auch wie Sau, er ging dann raus und rauchte eine.

Hertha bekam die Wochentage durcheinander, sie las die Zeitung einmal morgens und dann am Nachmittag noch mal wie neu. »Ganz praktisch«, sagte Anne, »so hat man was von seinem Abo.«

Carsten grinste, sie schwiegen bis Borstel.

»Basenfasten hat sich auch erledigt, oder?«, fragte Anne.

Er nickte, kurbelte das Fenster runter und aschte auf die Straße.

Willy musste für das Wochenende umziehen in Ida Eckhoffs Wohnzimmer. »Der oder ich«, sagte Carsten und zeigte auf den Käfig. »Ich schlaf nicht mit der Ratte in einem Zimmer.«

Er stellte seine Tasche neben Leons Bett und ging zu Vera in die Diele. »Ich muss bloß dieses Nagen hören«, sagte er, »schrapp, schrapp, dann krieg ich schon zu viel.«

Anne hörte Vera lachen, schallend, es kam so überraschend, dass sie fast das Kaninchen fallen ließ.

Sie zeigten ihm das Haus, fast eine Stunde lang.

»Mann, Mann, Mann«, sagte Carsten. Klopfte das Fachwerk ab, sah sich die Schnitzereien an der Brauttür an, das mürbe Holz der großen Dielentür, die Fensterrahmen. Er stand sehr lange vor der Prunkpforte und dann vor der Fassade. »Mann, Mann, Mann.« Als er nach der Inschrift fragte, las Vera sie ihm vor. Wenn Carsten Drewe fragte, ging es also. »Und was heißt das auf Deutsch?« Er zog aus seiner Tasche eine Zigarette, Vera nahm sie ihm weg und zeigte auf ihr Reetdach.

»Das Haus ist meins und doch nicht meins, der nach mir kommt, nennt's auch noch seins.«

Er nickte langsam, dann sah er Vera an und grinste. »Auf ›ihrs‹ reimt sich da gar nichts, oder?« Er schüttelte den Kopf. »Das waren ein paar Macker früher, echt.«

Sie zeigten ihm das Haus von innen, Carsten ging durch die Räume wie ein Geburtstagskind, Überraschungen an jeder Ecke. Die Schränke! Die Kommoden! Die Deckentäfelung! *Mann.*

»Massivholz satt«, sagte Anne. »Meister Drewe ist im Himmel.«

Sie setzten sich zum Planen in die Küche, Carsten saß in seiner Cordweste am Tisch und spitzte mit dem Taschenmesser seinen Tischlerbleistift an.

»So, das Gerüst kommt wann?«

Sie schafften es, mit Vera *geradeaus zu schnacken,* sie sprachen über Geld und Zeit und Denkmalschutz, über Maurer, Zimmerleute, Tischler, über Reet und Stein und Holz, und Vera sprang die ganze Zeit nicht einmal auf, sie strich nur hin und wieder mit den Händen über ihren Tisch, als wollte sie ein Tier beruhigen oder ein Kind.

Sie machten Listen, rechneten. Vera blieb sitzen, verzog nicht das Gesicht, sie machte später Brote und holte Birnenschnaps.

Sie tranken auf das Haus, dann legte Carsten sich in Leons Bett, und Anne saß noch lange auf dem Teppich in Ida Eckhoffs Zimmer und streichelte das einsame Kaninchen.

Vera strich über den Küchentisch.

Anfang Mai kamen sie mit dem Gerüst, Männer in Unterhemden, die jetzt schon Sonnenbrände hatten, sie warfen den ganzen Tag mit schweren Teilen und brüllten sich Kommandos zu. Dann verschwanden sie, und Veras Haus stand wie ein alter Mann an Krücken.

Anne fuhr nach Hamburg und kam zurück mit jungen Männern in Gesellenkluft, sie trugen Ohrringe und schwarze Hüte, »ehrbare Gesellen«, sagte Anne, aber Heinrich Lührs war sich da nicht so sicher, sie sahen aus wie Tippelbrüder, fahrendes Volk, er hätte sie nicht in sein Haus gelassen, aber Vera musste wissen, was sie tat, es ging ihn gar nichts an.

Sie rollten ihre Schlafsäcke in den Gesindekammern aus, und als es wärmer wurde, hängten sie sich Hängematten in die Bäume. Sie kamen, wie es ihnen passte, manche blieben nur zwei Tage, manche ein paar Wochen, sie zogen weiter, es kamen andere. Anne stand mit ihnen auf dem Gerüst, schrieb ihre Stunden auf, bezahlte sie.

Vera behielt das Haus im Auge, Tag und Nacht, manchmal konnte sie das Hämmern an den Mauern nicht ertragen, das Brechen und das Knirschen der alten Fensterrahmen, das Kratzen in den Fugen auf der Wetterseite. Es war, als wäre es ihr Kopf, der da geschlagen wurde, ihr Knochen, den man brach, ihr Zahn, in dem man kratzte, tief und tiefer, bis zum Nerv.

Sie begann dann wieder, auf ihre Töpfe einzuschlagen, in der Küche mit den Schubladen zu donnern, sie wurde weiß und ungerecht, schimpfte auf Leon, wenn er morgens mit seinen Honigbroten kleckerte, kaufte ihm kleine Tiere zur Entschuldigung und schimpfte dann am nächsten Morgen weiter.

Anne wusste, was Veras Küchenschlachten sagen sollten, man musste ein paar Tage lang die Hände von den Wänden nehmen, das Haus in Ruhe lassen, die Gesellen ziehen lassen.

Es musste still sein eine Weile, Vera schien ihr Haus dann abzuhorchen, als wäre es ein herzkranker Patient, sie suchte seinen Puls, sie musste hören, wie sein Atem klang.

Sie musste schlafen, aber sie konnte nicht, mit den Gesellen war es viel zu laut, und ohne sie war es zu still.

Es ging am besten, wenn Carsten da war, jeden zweiten Freitag brachte Anne ihn aus Hamburg mit, wenn sie Leon zu seinem Vater fuhr. Carsten kam mit neuen Fenstern, er baute sie in Ruhe, Stück für Stück in seiner Werkstatt, Karl-Heinz Drewe drehte durch, wenn er das sah.

Jeden zweiten Freitag machte Carsten seine Runde, ging mit Vera um das Haus und durch die Zimmer, er sah, was sich verändert hatte, und holte dann sein Werkzeug, »weil ich den Plünnenkram nicht haben kann«. Immer fand er Dinge, die er nacharbeiten musste, weil kein Geselle so pedantisch war wie Meister Drewe.

Er war der Einzige, der kein Problem sah, wenn er Veras Haus anschaute, keine Ruine, keine Katastrophe. Er sah nur einen alten Helden, der sich berappeln musste, »büschen ramponiert, aber das wird«.

Sie saßen abends in der Küche und versuchten, Skat zu spielen, aber mit Anne ging es nicht, sie hatte kein Talent und keine Lust. »Geselle«, stöhnte Carsten und warf die Karten auf den Tisch, »ich sag's nicht gern, aber mein Hund spielt besser.«

Sie holten Heinrich Lührs, und er vergaß, um zehn ins Bett zu gehen, sie spielten Skat bis ein Uhr morgens.

Heinrichs Lieblingsstück auf dem Klavier war *Für Elise,* wenn es nach ihm gegangen wäre, hätte Anne es in einer Endlosschleife spielen können, jeden Abend.

Das Klavier in Veras Diele war nicht leicht zu übersehen, Anne war ihm trotzdem aus dem Weg gegangen, fast drei Monate.

An einem Regentag im Juni, als Vera mit den Hunden draußen war, nahm sie die alten Bücher weg, die auf dem Nussbaumdeckel lagen, und die verstaubten Stapel Reisemagazine, zwanzig, dreißig Jahre alt.

Das Haus war still, es war gesellenfreie Zeit, die Tasten sahen aus wie schlechte Zähne. Vergilbtes Elfenbein, ein bisschen wackelig, sie fühlten sich sehr gut an unter Annes Fingern.

Das Klavier war so verstimmt, dass es nach Hafenkneipe klang, es war ein Klimperkasten, es machte jedes Stück zu einem Kinderlied, harmlos und schief, es war perfekt für jemanden, der vor den großen Tönen eines Bechsteinflügels weggelaufen war.

Chopins Préludes hörten sich wie Gassenhauer an auf dem Klavier in Vera Eckhoffs Diele, sie machten Anne keine Angst, es war egal, wie oft man sich verspielte, es konnte gar nicht schlimmer werden.

Vera stand in der Tür in ihrer regennassen Jacke, einer der Hunde jaulte kurz, als er die schrägen Töne hörte, Anne nahm die Finger von den Tasten. »Lange her, dass jemand auf dem Ding gespielt hat«, sagte sie.

Vera sah sie an, sie dachte nach. »Deine Mutter war die Letzte.«

Marlene hatte üben müssen, jeden Tag, auch in den Ferien, wenn sie bei Vera war, drei Stunden, Hildegard Jacobi kannte kein Pardon. Abends rief sie an und fragte nach, sie kannte ihre Tochter schlecht, man brauchte ihr das nicht zu sagen, sie spielte, bis die Finger krampften. Einmal hatte Vera sie gefragt, »Macht dir das Spaß, Marlene?«, sie hatte dann selbst gemerkt, wie dumm die Frage war.

Vera hatte Marlene das Reiten beigebracht, erst an der Longe, bis sie fest im Sattel saß und keine Angst mehr hatte, später an der Elbe, zuletzt war sie im Jagdgalopp über den Strand geprescht, Vera war manchmal kaum noch hinterhergekommen.

»Passt gar nicht zu ihr«, sagte Anne. Vera zog ihre Regenjacke aus, die nassen Gummistiefel. »Du kennst Marlene gar nicht«, sagte sie. »Du kennst nur deine Mutter.«

Was wussten Töchter denn von ihren Müttern, sie wussten nichts.

Hildegard von Kamcke hatte nie etwas gesagt von einem Mann mit einem großen Lachen. Und hatte nie erzählt, was sie für einen Mann mit einem steifen Bein empfunden hatte. Oder beim Anblick ihrer Schwiegermutter, die sie vertrieben hatte mit Musik, bis sie am Eichenbalken hing.

Oder ob sie manchmal, wenn sie nachts nicht schlafen konnte, an ihre Kinder dachte, an das kleine, das kalt im Straßengraben stand. An das große, das unter einem Reetdach lag.

Ob sie eine von den Heimwehkranken war, die nachts in ihren Betten von Alleen und Weizenfeldern träumten.

Vera hatte keine Ahnung, ob Hildegard von Kamcke schon immer Eis getragen hatte, wie andere Frauen Fuchspelz oder Nerz, geerbt von ihren Müttern. Ob dieser Mantel auch ein Erbstück war, oder ob sie ihn erst trug, seit man sie durch den Schnee getrieben hatte mit ihren Kindern.

Alle Töchter wussten, dass ihre Mütter auch nur Töchter waren, und alle vergaßen es. Vera hätte Fragen stellen können, man konnte Mütter alles fragen.

Man musste dann nur leben mit den Antworten.

Sie hatten Hildegard Jacobi nicht erzählt, dass ihre jüngste Tochter reiten konnte, wild wie ein Husar. »Sie glaubt es sowieso nicht«, sagte Marlene.

Dann stürzte sie vom Pferd, am letzten Ferientag, brach sich das Handgelenk.

Sechs Wochen Gips, acht Wochen kein Klavier, nie wieder Ferien im Alten Land. Und keine Briefe mehr für *meine liebe Vera.*

24
Lichte Wunder

Marlene musste sich seit Wochen vorbereitet haben, sie hatte Landkarten dabei und Reiseführer, die sie von vorn bis hinten durchgelesen hatte, man sah es an den gelben Zetteln, die zwischen den Seiten klebten. In ihrer Tasche war eine Mappe mit Papieren, sie hatte sich von Vera die Briefe ihrer Mutter ausgeliehen und kopiert. Anne sah sie darin blättern, in der Lobby ihres Danziger Hotels, und hatte Fluchtgedanken, jetzt schon, ihre Reise hatte noch nicht richtig angefangen.

»Mein großer Wunsch, mein einziger.« Es war Marlenes sechzigster Geburtstag. Thomas hatte gute Gründe, nicht zu kommen, Konzertreise nach Melbourne, nichts zu machen. Anne hatte keine Gründe, sie fluchte und fuhr mit.

Einzelzimmer, immerhin. Zehn Tage Doppelzimmer und sie hätten einander massakriert.

Sie hatte fast vergessen, wie es war, mit ihrer Mutter unterwegs zu sein, Marlenes Gangart war der Arbeitsgalopp, sie reiste nicht wie andere Leute, sie ackerte, sie pflügte Landschaften und Städte durch, so lange, bis sie alles wusste und alles gesehen hatte.

Jetzt also Ostpreußen, Masuren im Minibus, schon Marlene war eigentlich zu jung für diese Reise, nach dem

Krieg geboren, sie konnte gar kein Heimweh haben nach dem *Land der dunklen Wälder,* Anne hatte keine Ahnung, was sie suchte.

Vera hätte diese Reise machen müssen, Marlene hatte sie fast angefleht, sie zu begleiten, aber Vera verreiste nicht, sie hätte ja ihr Haus verlassen müssen, es kam gar nicht in Frage. »Und dahin schon gar nicht!« Vera war froh, wenn sie vergessen konnte, das Letzte, was sie wollte, war Erinnerung.

Marlene machte eine Liste mit Dörfern und Städten, die ihre Mutter beschrieben hatte in ihren Briefen an *meine liebe Vera,* sie wollte suchen nach dem Gutshaus der von Kamckes und mit dem Minibus durch die Alleen fahren, die Hildegard mit ihren Kindern im hohen Schnee gegangen war, bei minus zwanzig Grad, im Januar. Und dann ans Haff, natürlich, alle wollten das, wenn sie in deutschen Bussen durch Masuren reisten. Sie wollten dann am Wasser stehen in ihren sandfarbenen Windjacken, Flüchtlinge mit weißen Haaren, die hier schon mal gestanden hatten, verfroren und verjagt, mit ihren Müttern.

Der Reiseleiter kannte seine Kundschaft, die betagten Herrschaften mit ihren wunden Seelen, die auf ein bisschen Heilung hofften. Er fuhr sie zu den Seen und den Störchen und den Bernsteinstränden, nach *Nikolaiken,* nach *Heiligelinde* und nach *Steinort.* Er wusste, dass irgendwann in den zehn Tagen, an irgendeinem See, vor einem alten Haus, in einer Kirche, eine wackelige Stimme singen würde. *Land der dunklen Wälder,* auf jeder Fahrt fing einer damit an. Er teilte dann die Zettel aus, fünf

Strophen, sang auch immer mit, *über weite Felder lichte Wunder gehen*, dann sang der ganze Bus, dann weinten alle.

Er fuhr sie zu den Häusern, in denen sie geboren waren, manche waren zu erschüttert, um aus dem Minibus zu steigen, andere fassten sich ein Herz und klopften, der Übersetzer ging dann mit. Die polnischen Familien waren meistens freundlich, baten sie hinein, zeigten ihnen alles, stellten sich lächelnd in die Haustür für ein Foto, schüttelten die Hände und winkten den Fremden nach, wenn sie zurück in ihre Busse stiegen.

Die alten Menschen sanken dann in ihre Sitze und sahen nicht so aus, als wären sie geheilt. Sie kamen Anne vor wie Operierte, noch mal aufgemacht und dann zu früh entlassen, auf eigene Verantwortung.

Marlene saß im Bus am Fenster, sie kommentierte jede Mohnblume und jedes Straßenschild, machte Notizen in ihrem Reisetagebuch wie eine Musterschülerin. Bei jedem Schlagloch seufzte sie, bei jedem Überholmanöver hörte man sie stöhnen. Ständig holte sie die Wasserflasche aus dem Rucksack, alle paar Minuten tupfte sie sich ihre Stirn mit einem Tuch ab, fächelte sich Luft zu mit einem Blatt Papier, sie machte immer zu viel Wind. Als wäre sie die Einzige, die schwitzte und durchgeschüttelt wurde auf dieser Reise. Anne schloss die Augen und wischte ihren iPod lauter.

Und Marlene sah ihre Tochter stumm durch diese Landschaft fahren, vollkommen abgestumpft kam sie ihr vor, vernagelt und verriegelt, fest entschlossen, kein Gefühl zu zeigen, nur nichts mit ihr zu teilen. Es machte sie verrückt.

Sie konnten es nur schwer ertragen.

Alles, was sie taten, taten sie einander an.

Dann kam Marlenes Tag, ein heißer Julitag, der Reiseleiter hatte ihnen ein Taxi zum Hotel bestellt, Anne stieg hinten ein, Marlene vorn mit ihrer Karte in der Hand.

Sie mussten lange suchen, irrten auf holprigen Wegen durch kleine Dörfer zwischen Rastenburg und Lötzen, die heute alle anders hießen als auf Marlenes alter Preußenkarte, sie hatte sich die polnischen Namen mit rotem Stift dazugeschrieben, aber sie stieg bald nicht mehr durch.

Die kleinen Orte lagen in der Sonne wie betäubt, nur die Störche schienen wach zu sein, ein träger Wind blätterte zerstreut in alten Bäumen. Wenn man durch die Alleen fuhr, glaubte man, in einer anderen Zeit zu sein, in einer anderen Welt. Sie fanden irgendwann ein Tor aus Stein und Schmiedeeisen, es sah so aus, wie Hildegard von Kamcke es gezeichnet hatte, mit einer Jahreszahl im Giebel, 1898.

Das Tor schien nirgendwo hinzuführen, nur grünes Dickicht war zu sehen, sie schoben sich vorbei am rostigen Eisen.

Der Taxifahrer blieb bei seinem Wagen und rauchte in der Sonne.

Anne kämpfte sich mit Marlene durch die Sträucher, sie stiegen über umgekippte Bäume. Von der Allee, die Hildegard beschrieben hatte, war nichts mehr übrig, der Blick fiel jetzt direkt auf die Ruine.

Dem großen Herrenhaus wuchs eine Birke aus dem Dach. Seine Wände sahen aus, als hätte man die Haut von ihnen abgezogen, vom hellen Putz war kaum noch etwas übrig, das rohe Mauerwerk lag frei. Die hohen Fenster waren mit Brettern vernagelt.

Marlene stand vor dem geschwungenen Giebel, sie wollte Fotos machen und vergaß es, Anne nahm die Kamera. Sie ließ Marlene stehen, sah sich das Haus von hinten an, es gab noch große, lange Stallgebäude, es war sehr still. Ein Wald, ein Fluss. Ein Himmel, ein See. Nichts Böses war hier vorstellbar, kein Schießen und kein Bluten. Es konnte gar nicht hier gewesen sein, in dieser Landschaft, die einen wiegte wie ein Kind.

Unverwundbar musste man gewesen sein in diesem Haus, *hoch den Kopf*, und dann stand man im Schnee und rannte um sein Leben.

Anne fotografierte den Park, die Ställe, das Haus, dann ging sie zu der bröckelnden Freitreppe zurück, wo immer noch Marlene stand, sie hatte nichts gesagt, seit sie hier angekommen waren.

Anne sah, wie ihre Mutter eine Tüte aus dem Rucksack zog und einen Plastiklöffel, sie kratzte etwas Erde in den Beutel und ein paar Kieselsteine, dann ging sie an die Mauer, brach ein paar kleine Stücke ab vom Putz und nahm sie mit.

Anne drehte sich schnell weg, sie wollte das nicht sehen, Marlene mit ihrem Plastiklöffel vor dem zerstörten

Herrenhaus, ein Kind von sechzig Jahren, das seine Mutter suchte.

Hildegard von Kamcke war hier nicht zu finden, sie wollte nicht gefunden werden von Marlene, auch das Haus gab keine Auskunft über sie, es würde nichts verraten. Es stand hier nur mit seiner Birke auf dem Dach, wie ein verwundeter Soldat, dem jemand spöttisch eine Blume an den Helm gesteckt hatte. Es würde auch bald fallen.

Anne fragte Marlene, ob sie ein Foto von ihr machen sollte vor dem Haus, sie schüttelte den Kopf und ging zum Taxi, ohne sich umzusehen, noch eine Operierte.

Sie fuhren trotzdem noch die Straßen ab, die Hildegard beschrieben hatte, und suchten nach der Stelle auf der Karte, wo sie ein kleines Kreuz gezeichnet hatte, *Gregor von Kamcke (11.10.1944–29.1.1945)*.

Sie hielten irgendwo an einer Straße, die nach Heilsberg führte, »Lidzbark Warmiński!«, sagte der Taxifahrer geduldig, er wusste, dass die Deutschen sich nie die polnischen Namen merken konnten, aber sie sollten sie zumindest hören.

Er stieg nicht aus mit ihnen.

Es gab sehr viele Mücken hier und Fliegen, Marlene schlug mit der Karte um sich. Anne suchte Schatten unter einer Eiche.

Was hatte man gemacht mit all den toten Kindern, die an den Straßen lagen? Wer hatte sie begraben, als die Erde endlich nicht mehr hartgefroren war? Die vielen Kinderwagen, die Schlummerpuppen, wo waren sie geblieben?

Man konnte den masurischen Alleen ihre Schönheit

nicht mehr glauben, wenn man anfing, das zu fragen. Wenn man dachte, dass unter jeder Eiche und in jedem grünen Graben noch die Knochen lagen, unter den Mohnblumen Knöpfe und kleine Schuhe.

Sie fuhren mit dem Minibus nach Frauenburg, es war der letzte Tag der Reise. Vom Turm des Doms blickten sie über das Frische Haff. Die Heimwehtouristen standen dort sehr lange und nestelten mit ihren Taschentüchern, dann stiegen sie auf eine Fähre, die sie zur Nehrung bringen sollte.

Der Kapitän sah finster aus, man konnte es ihm nicht verdenken, die aufgelösten alten Menschen immer. Er fühlte sich vielleicht wie der antike Fährmann, der immer Tote in den Hades schippern musste. Es reicht jetzt, dachte Anne und wollte am Anleger bleiben.

Aber Marlene war schon an Bord gegangen. Sie schien geschrumpft zu sein auf dieser Reise.

Anne stellte sich neben ihre Mutter an die Reling, Marlene trug Sonnenbrille und selbst auf dem Schiff den Reiseführer in der Hand, die Karte aufgeklappt, sie flatterte im Wind, sie war zu gar nichts zu gebrauchen.

Nichts war zu finden in Masuren, keine Antwort und kein Trost, keine Spur von Hildegard von Kamcke. Eine Mutter wie ein fremder Kontinent, es blieb dabei, es gab für diesen Teil der Erde keine Karten.

Anne stand neben ihr und schaute auf das kabbelige Wasser, sie zog sich ihre Jacke an.

Dann erzählte sie Marlene, was die Bauern mit den Blüten machten, wenn der Nachtfrost kam. »Frostschutz durch Vereisung«, sagte sie, »das funktioniert tatsächlich. Verstehst du?«

Marlenes Sonnenbrille war sehr groß, Anne konnte nicht erkennen, was sie dachte.

Die Frauen hatten Helden oder Tiere werden müssen, anders war man mit den Kindern nicht über dieses Eis gekommen.

Wie hätten sie danach noch Lieder für sie singen sollen und mit ihnen lachen?

Solche Mütter waren sie nicht mehr. Ließen nicht mehr mit sich reden, erzählten nichts, erklärten nichts, sie suchten gar nicht erst nach einer Sprache für das Unsagbare, sie übten das Vergessen und wurden gut darin. Wanderten weiter in Mänteln aus Eis, man musste ihnen nicht erklären, was Erstarrungswärme war.

Marlene sagte nichts, in Kahlberg gingen sie von Bord, drei Stunden Aufenthalt, sie zogen ihre Schuhe aus und wanderten den Strand entlang. Sie schauten sich die Läden an, sie aßen Eis und spürten beide, dass es wehtat.

Undenkbar, jemals wieder Arm in Arm zu gehen, sich gegenseitig froh zu machen. Aber zehn Tage miteinander, ohne Blut und ohne Tränen, waren fast ein Wunder.

Keine Heilung in Masuren, aber Anne hatte Marlene mit ihrem Plastiklöffel vor dem Herrenhaus gesehen. Eine Tochter, die nichts hatte, die sich Sand und Putz und Steine zusammenkratzen musste, als könnte sie sich daraus eine Mutter bauen. Nicht geizig, sondern arm. Das, was Anne von ihr wollte, besaß Marlene gar nicht. Anne konnte an ihr zerren, in ihren Taschen wühlen, sie filzen wie einen Drogendealer, sie würde doch nichts bei ihr finden von dem Stoff, nach dem sie sich noch immer sehnte. Woher denn nehmen.

Sie konnte aufhören zu suchen, es musste ohne gehen, es ging auch ohne.

Vera holte sie mit dem Mercedes ab am Hauptbahnhof in Hamburg, sie fuhren zu Marlenes Haus, es gab Kaffee, ein bisschen Staub lag auf dem schwarzen Bechstein und ein Stapel Noten. »Ich fange gerade wieder an«, sagte Marlene, »es hört ja keiner, wenn ich mich verspiele.«

Sie standen schon im Flur, sie schafften eine Art Umarmung, Marlene drückte Anne etwas Kühles in die Hand und schob die Haustür hinter ihr und Vera zu.

Ein kleines Bernsteinherz an einer Silberkette. Ein Schmuckstück für ein Kind aus einem Laden auf der Nehrung.

Vera nahm es aus ihrer Hand und sah es lange an, das Herz, bis Anne mit den Taschentüchern fertig war, dann half sie ihr mit dem Verschluss. »Ich hatte auch mal so eins«, sagte sie, »irgendwo muss es noch sein.«

Sie fuhren nach Ottensen und holten Leon ab, Vera blieb im Wagen, Christoph war in der neuen Wohnung nebenan, sie musste noch gestrichen werden.

Carola gab Anne die Klappkiste mit den Klamotten. »Da ist mein kleiner Bruder drin«, sagte Leon und zeigte auf Carolas Bauch.

Anne nickte und nahm ihn in den Arm. »Komm«, sagte sie, »wir fahren nach Hause.«

Vera war im Auto eingenickt, als sie nach unten kamen, neun Nächte lang allein im Haus, sie hatte nicht viel Schlaf bekommen.

Anne schickte sie zu Leon auf den Rücksitz, kurz nach dem Tunnel schliefen beide, Leons pummelige Hand in Veras blauen Händen.

25
Brain drain

Man konnte nicht mehr barfuß in den Garten gehen, die Nacktschnecken hatten das Terrain erobert, die braunen, fetten. Burkhard war mal reingetreten in so ein Ding, danach behielt man seine Schuhe an.

Bei Eva war der Hass auf Schnecken größer als der Ekel, sie schnitt sie in der Mitte durch mit ihrer Schneckenschere. Burkhard sah ihr ungern dabei zu, sie verzog nicht einmal das Gesicht dabei.

Eva trug auch keine Spinnen mehr ins Freie, wie sie es früher mal getan hatte. Sie drehte jetzt das Wasser heiß und hielt den Duschkopf wie einen Flammenwerfer auf die dicken Spinnen, die sie in der Badewanne fand, spülte sie weg und drückte noch den Stöpsel in den Abfluss, damit der Fluchtweg abgeschnitten war.

Reetdächer waren immer voller Spinnen, die sich durch angelehnte Fenster in die Zimmer hangelten, und manche krochen dann ins Bett. Man fand sie, wenn man abends seine Decke aufschlug, groß wie Kinderhände, oft entwischten sie sehr schnell. Dann konnte man nicht schlafen, weil man nicht wusste, wo sie lauerten.

Der Sommer auf dem Land war wie ein Krieg. Die Natur blies zur Attacke, und sie kannte keine Gnade. Man konnte mit ihr nicht verhandeln.

Im Keller stand noch das *Fliegen- und Wespenfangglas* von Manufactum, mundgeblasen in der Lausitz, sie hatten es im ersten Sommer auf die Fensterbank gestellt. Ein bisschen Zuckerwasser gegen die Insekten, nur eine kleine Schutzhaft, bis der Erdbeerkuchen aufgegessen war, dann ließ man alle wieder frei. Leben und leben lassen, Ehrfurcht vor der Kreatur, friedliches Miteinander von Mensch und Tier. Sie hatten das geglaubt! Naive Großstadtflüchtlinge aus Hamburg-Eppendorf, es war fast rührend, wenn man heute daran dachte.

Mücken wollten Blut sehen, und die Bremsen und die Stechfliegen, die aus den Gräben kamen, am Anfang hatten sie die Stiche noch mit Teebaumöl behandelt, sie nahmen jetzt Autan, sie schlugen jetzt zurück. Keine Gefangenen.

Im ersten Sommer hatten sie gelacht, sie fanden alles witzig. So viel Kolumnenstoff, die Gummistiefelwelt, er hatte mühelos sein erstes Buch geschrieben. Über die Schnecken und Insekten, die Gewölle, die die wilden Katzen ihnen vor die Haustür würgten, über Wühlmäuse in den Beeten und Maulwurfshügel im frisch gesäten Rasen. Über die Bauern, die keinen Spaß verstanden und alles ausradierten, was sie als Schädling definierten. Über Kopfsteinpflasterer, die mit dem Moped kamen und Sülze mit den Fingern aßen.

Es war ein gutes Buch, bei aller Selbstkritik, das durfte er schon sagen, ironisch, geistreich, es verkaufte sich noch immer, vierte Auflage, das sollten ihm die Ex-Kollegen erst mal nachmachen.

Er sah Eva draußen an den Nesseln reißen. Im Winter kämpfte sie mit Depressionen, im Sommer mit dem Unkraut.

Die Möwen saßen schreiend in den Bäumen vor dem Haus, die Frösche seiner Nachbarn erreichten Spitzenwerte von 80 Dezibel, er hatte es gemessen. Es dröhnten die Traktoren, die Rasenmäher, die Motorsägen, das ganze Alte Land schien ständig abgeholzt zu werden, ein Wunder, dass noch Bäume standen.

Hörsturz, plus Tinnitus. »Kürzertreten, mein Lieber«, sagte sein Hausarzt, »kein Stress, kein Lärm.« Er nahm jetzt Ohropax, wenn er sich konzentrieren musste, aber das Fiepen, rechts vor allem, wurde nicht weniger davon.

»Das hast du jetzt von deiner Scheißentschleunigung!«

Evas Reaktion war nicht ganz das gewesen, was man von seiner Ehefrau erwartete, wenn man mit einem hochfrequenten Tinnitus nach Hause kam.

Ihre Marmeladen-Manufaktur war hinüber, sie würden sie auch nicht mehr renovieren. Eva hatte Fruchtaufstriche, Chutneys und Gelees im Wert von tausend Euro an die Wand geschmissen, viel war nicht heil geblieben nach ihrem Frühlingsfest. Es hatte schon schlecht angefangen. Dicke Wolken, für Pfingsten viel zu kühl und Regenschauer, kein Ausflugswetter, und aus dem Dorf kam sowieso nie einer.

Im Grunde war das Maß schon vorher voll gewesen, nicht nur für Eva, auch für ihn.

Er hatte sein Projekt begraben.

Land & Lecker war gestorben, der Aufmacher zuerst,

Vom Wild zur Wurst, Vera Eckhoff hatte ihm ja nicht gesagt, dass Rehe bis September Schonzeit hatten. Erst als er anrief, im April, um mit ihr den Termin zu machen. Große Heiterkeit am Telefon, ach ja, und übrigens habe sie die Jagd jetzt aufgegeben. *Übrigens.*

Florian wollte von ihm sofort ein Ausfallhonorar für seine Fotos, angeblich hatte er den Auftrag schon fest eingeplant. Sollte er ihn doch verklagen. Am besten eine Sammelklage! Er konnte sich zusammentun mit den Gebrüdern Jarck.

Burkhard war fast vom Stuhl gefallen, als das Schreiben von ihrem Stader Anwalt kam. Seine Mandanten fühlten sich *unvorteilhaft dargestellt* in Burkhard Weißwerths Bildband *Elbmenschen – Knorrige Gesichter einer Landschaft,* die Fotos seien von den Brüdern Jarck *zu keiner Zeit autorisiert worden.*

Verletzung der Persönlichkeitsrechte, 10 000 Euro Entschädigung und Unterlassungsklage. Dumm wie Brot, die beiden, die konnten *Unterlassungsklage* doch nicht mal buchstabieren!

Aber mit dem Anwalt kommen, man fiel vom Glauben ab. Bauernschläue, wahrscheinlich war es das. Ihre Chancen, mit der Klage durchzukommen, standen ziemlich gut.

Burkhard Weißwerth war enttäuscht, vor allem menschlich, er war hier offen auf die Leute zugegangen, sie hatten es ihm nicht gedankt.

Er hatte wohl auch einiges verklärt, das war ihm klargeworden in den letzten Wochen. Man musste ehrlich sein, bei aller Sympathie zu den skurrilen Typen, die er getroffen hatte, der *brain drain* war hier draußen nicht zu leugnen.

Wer etwas in der Birne hatte, wer etwas konnte oder wollte, blieb nicht in diesem Kaff und starrte bis ans Lebensende auf die Elbe. Was hier nicht wegging, war der Bodensatz, die Resterampe. Kleine Fische, arme Schweine, schräge Vögel. Grenzdebile Hofpflasterer, Sozialphobiker wie diese Vera Eckhoff und schlichtgestrickte Bauern wie Dirk zum Felde.

Er hatte sich bei ihm entschuldigt für die Glenfiddich-Nummer, ein paar Tage später, grinsend, die *schöne Mischung* aus Whisky, Eis und Sprite, ein Scherz. »Nichts für ungut, Burkhard.« Wo da der Witz sein sollte, war ihm zwar schleierhaft, aber gut. Geschenkt.

Er hatte keine Lust mehr, über diese Menschen nachzudenken, Artikel oder Bücher über sie zu schreiben, sie waren auserzählt, er war es leid, er konnte mehr, er musste weiter, er war herausgewachsen aus der Gummistiefelwelt.

Er war auch mit dem Journalismus durch.

Burkhard Weißwerth war bereit für eine Wende, er würde sein Lebensboot in eine neue Richtung lenken, zurück zur Quelle. Eine Villa in Hamburg-Othmarschen, Adresslage, Blick auf den Jenischpark, seine hochbetagte Mutter hatte zum ersten Mal in ihrem langen und erfüllten Leben einen guten Sinn für Timing an den Tag gelegt. Die Haushälterin hatte sie Anfang Juni in ihrem Bett gefunden, wie schlafend, ein Tod, wie man sich einen wünschte von einer guten Fee.

Er konnte sich vermögend nennen, das Haus allein war

vier Millionen wert, der Rest war unbezahlbar. Hanseatisches Großbürgerleben, Überseeclub und Patriotische Gesellschaft, ein Liegeplatz am Mühlenberg, er würde wieder segeln, vielleicht auch wieder Polo spielen, er kehrte heim zu seinen Wurzeln nach all den Jahren. Er hatte rebelliert, sein Leben lang, *angry young man*, er hatte sich nie kaufen lassen, nie angepasst, den Einfluss seines Alten nie genutzt. Jetzt brauchte er sich nichts mehr zu beweisen.

Die Eppendorfer Clique würde kotzen. Sie wohnten ja ganz nett in ihren Wohnungen am Isemarkt, die Alsterlage war nicht schlecht, aber das echte, alte Geld saß in den Elbvororten, das wussten sie genau. Eine Villa in Hamburg-Othmarschen war einfach eine andere Liga.

Er freute sich auf ihre schmalen Lippen.

Eva riss da draußen noch immer an dem Unkraut, er fragte sich, was sie so wütend machte, jetzt war doch alles gut.

Irgendwas war da gelaufen mit diesem Pomologen, Burkhard war nicht blind. An sich kein Drama, sie ließen sich in dieser Hinsicht ihre Freiheit, erlaubten sich die kleinen Extratouren, man musste gönnen können, es hatte ihrer Ehe nie geschadet. Im Gegenteil.

Aber sie hatten klare Regeln, Abenteuer ja, Romanzen nein, er hatte sich bis jetzt daran gehalten. Kleine biochemische Geschichten, diskret verlaufen, ein schöner Abend oder zwei und dann adieu.

Er war sich da bei Eva gerade nicht so sicher.

26
Schlafen

Die Sommerstürme kamen im August, die Böen krallten sich ins Dach und rissen an den Mauern, sie wimmerten wie alte Männer, wie Karl in seinen schlimmsten Nächten.

Vera stand am Fenster und sah die Bäume, die sich in ihrem Garten krümmten wie Geschlagene. Sie schienen ihr verzweifelt zuzuwinken, als wollten sie hereingelassen werden.

In solchen Nächten konnte man nicht sitzen bleiben, erst recht nicht liegen, man musste stehen, breitbeinig wie ein Steuermann, und auf die Brecher und die Blitze warten, und hoffen, dass das Schiff nicht sinken würde, auch diesmal nicht.

Sie kamen gut voran. Die Fassade war kaum wiederzuerkennen mit neuen Fenstern und dem heilen Fachwerk. Es war noch nichts verputzt, sie machten erst die Seitenwände fertig. Im Frühjahr wollten sie ans Dach.

Vera hatte sich gewöhnt an die Gesellen mit den schwarzen Hüten, an ihre langen Haare, ihre Ringe in den Ohren und den Nasen und den Augenbrauen. Ein paar von ihnen hatten tätowierte Arme, wie Matrosen, und so bewegten sie sich auch. Immer mit der Ruhe.

Wenn das Tempo zu sehr nachließ, brachte Anne sie auf

Touren. Zwei Köpfe kleiner, aber wehe, so ein Tätowierter kam ihr dumm.

Das Haus hielt still unter den Hammerschlägen.

Am Anfang hatte Vera jeden Tag gewartet auf das Unglück. Mit Blut gerechnet und mit abgetrennten Fingern. Mit fallenden Männern, vom obersten Gerüstbrett abgestürzt. Mit kleinen Kindern, die in Sägen rannten, mit ihren nackten Füßen in die großen Nägel. Immer mit dem Schlimmsten, seit dem Tag, als Anne das erste kleine Fenster aus der Wand gebrochen hatte.

Aber der Sommer kam, und das Haus stand wie ein altes Pferd, das sich beschlagen ließ, das brav die Hufe hob und sich nicht wehrte, und Vera kam zum ersten Mal seit vielen Jahren der Gedanke, dass dieses Haus vielleicht nicht mehr sein könnte als ein Haus.

Kein Racheengel, der alte Frauen mit Wäscheleinen auf den Boden schickte, wenn man in seiner Diele einen alten Schrank verrückte. Der junge Männer mit den Knien und den Händen in die Scherben einer Bowleschüssel stieß, nur weil man eine alte Seitentür ersetzte.

Es war ein lächerlicher Kinderglaube, sie wusste es und schämte sich dafür bei Tag.

Und glaubte fest daran bei Nacht. Sobald es still und dunkel wurde und die Vergessenen durch ihre Diele schlurften, die alten Stimmen aus den Wänden mit ihr flüsterten, dann traute sie dem Haus noch immer alles zu.

Im nächsten Sommer, wenn das Reetdach fertig war, würden sie innen weitermachen, die Wände, die Böden und die Decken, vielleicht wäre dann endlich Ruhe, auch in den Nächten.

Sie hatten mit dem Haus auch Heinrich renoviert, so kam es Vera vor.

Er spielte Skat mit ihnen bis tief in die Nacht und stellte sich am nächsten Morgen nicht den Wecker, er brach auf einmal seine eigenen Gesetze. Vielleicht spürte Heinrich Lührs, dass er der Knecht gewesen war und nicht der Herr in seinem Leben, und dass die strengen Regeln nicht viel taugten.

Vera hatte nie das Richtige getan, und für sie schien trotzdem alles gut zu werden. Sie hatte einen kleinen Jungen, der morgens in der Küche saß und malte, und eine Nichte, die ihr ähnlich war und sich auf ihre Pferde traute. Sogar ihr Haus bekam sie jetzt noch schier, sie hatte nie etwas dafür getan.

Er war allein in seinem Haus, bewahrte seinen Hof für nichts und niemanden, und seine Enkel zertrampelten den Garten, bewarfen ihn mit Schokoladenküken.

Am Ostersonntag musste Heinrich Lührs beschlossen haben, ein anderer zu werden, *nich mehr de dumme Jung*.

Kein Ostereiersuchen mehr in seinem Garten, auch kein Besuch mehr zum Geburtstag und zu Weihnachten, er hatte Steffi das gesagt, es war ihm nicht mal schwergefallen. Nur Jochen sollte kommen, ganz allein, für drei, vier Tage im September, das reichte ihm.

Man konnte solche Dinge sagen. Man konnte beschließen, die Enkelkinder und die Schwiegertochter nicht mehr einzuladen, und es passierte gar nichts, das Leben ging genauso weiter.

Heinrich baute hinter Veras Schuppen einen großen Stall für Leons Zwergkaninchen, das jetzt nicht mehr alleine war, weil Theis zum Felde Tatsachen geschaffen hatte.

Er hatte Leon ein Kaninchen *ausgeliehen* und zu Willy in den Stall gesetzt, jetzt hatten sie sechs Kleine.

Heinrich pflückte jeden Morgen Löwenzahn, weil Leon es alleine noch nicht schaffte.

Und weil er gern auf einem umgedrehten Eimer saß, bei den Kaninchen, so wie früher, als er ein Junge war und Deutsche Riesen züchtete. Damals hatten die Kaninchen gar nicht groß genug sein können, heute wollten alle nur noch Zwerge. Heinrich Lührs verstand es nicht, aber er mochte auch die kleinen.

Vera sah ihn mit zwei Kaninchen auf dem Schoß auf seinem umgedrehten Eimer sitzen, Heinrich Lührs, den Besten.

Er hatte Anne in der Diele das Tanzen beigebracht. Die Karten aus der Hand gelegt und seine Ärmel aufgekrempelt, kopfschüttelnd ihre Füße inspiziert, die Socken mit den großen Löchern.

»Was könnt ihr jungen Frauen eigentlich? Keine Strümpfe stopfen und nicht tanzen!«

Carsten drehte am Küchenradio, bis er den Schlagersender fand.

»So, darf ich bitten.«

Er war ein guter Tänzer, immer schon gewesen.

Es musste auch nur reichen für das Fest im *Kirschen-*

hof, den Ball der Freiwilligen Feuerwehr, schriftliche Einladung von einem blonden Mann mit Grübchen. Anne wollte da tatsächlich hin. »Nichts Ernstes, Vera«, sagte sie und grinste. »Nur Spaß.«

Dirk und Britta gingen jedes Jahr, die Ortswehr trat geschlossen an, die Mitglieder erschienen in Ausgehuniform, es war im Dorf ein wichtiges Ereignis, noch größer als der Jägerball.

Die Leute würden dieses Jahr etwas zu gucken haben, eine Frau mit dunklen Locken in einem nicht zu langen Kleid.

Vera war in ihrem ganzen Leben nicht auf einem Ball gewesen. Wer hätte auch mit ihr getanzt? Die meisten Männer ihres Alters hatte sie in jungen Jahren irgendwann vermöbelt, hinter der Schule oder auf der Straße, weil sie ihr Dinge nachgerufen hatten.

Einmal hatte sie getanzt mit Heinrich, Schneewalzer in ihrer Diele. Karl hatte ihn dreimal, viermal, fünfmal spielen müssen, bis Vera sich die Schritte merken konnte.

Bevor es richtig klappte, kam Hinnis Vater und trank die Erdbeerbowle aus der Schüssel.

Vera Eckhoff konnte bis heute keinen Walzer.

Sah Heinrich Lührs mit Anne tanzen und wollte wieder jung sein, noch einmal richtig.

Anfang September wurden die Tage blank, der Himmel trug ein ernstes Blau, es schien ein Räuspern in der Luft zu liegen, als plante jemand seine Abschiedsrede. Die Äpfel wurden rot, die ersten Pflaumen fielen morgens in das feuchte Gras. Nur die Schwalben und die Hummeln taten so, als spürten sie den Herbst noch nicht.

Es war sehr still im Haus, alle Gesellen abgereist, und Anne hatte erst mal keine neuen angeheuert, weil Vera wieder ein paar Tage horchen musste an den Wänden.

Nur Carsten durfte kommen an den Wochenenden, wie immer, er störte niemanden. Er drehte seine Runden durch das Haus.

Gegen Abend holten Vera und Anne die Pferde von der Koppel, und sie ritten an die Elbe. Sie trafen Heino Gerdes auf seinem Klapprad, der nie die Augen hob, wenn er sie sah, er starrte vor sich auf die Straße, aber er legte zum Grüßen immer kurz den Finger an die Mütze.

Sie sahen Hedwig Levens mit ihrem dünnen Hund, die beide immer gingen, als wenn sie sich vor Schlägen fürchteten, als liefen sie davon vor einer Strafe.

Allmählich konnte Anne sich die Namen merken, Vera nannte sie ihr jedes Mal, auch die Namen aller Vögel, die sie sahen. Sie bestimmte die Tiere genauso wie die Menschen, erklärte Anne ihre Form und ihre Eigenschaften, sie machte dabei keinen Unterschied.

Als sie zum Sandstrand kamen, ließen sie die Pferde galoppieren.

Anne spielte Wunschkonzerte an den Wochenenden, wenn die Skatspieler in der Küche saßen, *Für Elise* immer wieder, aber Heinrich mochte auch Chopin, nur nicht die wilden Stücke. Carsten wollte Boogie hören, Vera hatte keine Wünsche, sie hörte alles gern, nur nicht das *Rondo alla turca*.

Als Anne von diesem Stück die ersten Takte spielte, sprang Vera auf, sie rannte in die Diele und knallte den Klavierdeckel zu. »DAS NICHT!«

Anne konnte gerade noch die Hände wegziehen. Ein paar Sekunden lang schien alles zu versteinern, Carsten und Heinrich saßen starr am Küchentisch, Annes Hände hingen in der Luft.

»Das nicht«, sagte Vera.

»Sonst noch irgendwelche Stücke, die verboten sind?«, fragte Anne, als sie sich berappelt hatte, »dann sag es gleich!«

»Nein«, sagte Vera, »nur dieses eine.«

In der Woche spielte Anne Schlaflieder für Leon, sie ließ die Tür zu seinem Zimmer offen und spielte, bis er eingeschlafen war.

Und spielte weiter, wenn sie sah, dass Vera noch mit ihren blauen Händen in der Küche saß, in irgendeiner Reisezeitschrift blätterte. Anne spielte, bis Vera sich in ihrem Stuhl nach hinten sinken ließ, die Lesebrille abnahm, die Hände in den Schoß legte und einschlief, so wie nur Vera Eckhoff schlafen konnte, im Sitzen, den Rücken immer gerade, nur die Augen fielen zu.

Man musste manchmal lange spielen, in manchen Nächten half nur noch Satie, schleppender Dreivierteltakt, *lent et douloureux*. Anne schlief schon fast beim Spielen ein.

Es dauerte, bis sie es endlich wagte, sie ins Bett zu schicken. »Vera, leg dich hin, ich halte hier die Stellung.«

Erst lachte Vera nur und schüttelte den Kopf, als hätte Anne einen Witz gemacht, sie musste es am nächsten Tag noch einmal sagen. Und dann am übernächsten, es musste Winter werden, bis Vera Eckhoff sich endlich traute, in ihr Bett zu gehen.

Zwei Türen blieben angelehnt in ihrem Haus, zwei Menschen schliefen, eine alte Frau, ein kleiner Junge. Ein Mensch blieb wach und hütete die Träume.

Das Haus stand still.

Danke!

Barbara Dobrick (Acht bis zwölf und nicht im Sommer!)
Alexandra Kuitkowski (Ich treff mich sowieso mit Anja.)
Sabine Langohr (Da bleiben wir jetzt erst mal cool.)
Claudia Vidoni (Was kann das Haus dafür?)

Bitte lesen Sie weiter >>

LESEPROBE

Der neue Roman von Dörte Hansen
»Mittagsstunde«

Die Wolken hängen schwer über der Geest, als Ingwer Feddersen, 47, in sein Heimatdorf zurückkehrt. Er hat hier noch etwas gutzumachen. Der Gasthof der Großeltern hat die besten Zeiten hinter sich, genau wie das ganze Dorf. Wann hat dieser Niedergang begonnen? Als die großen Höfe wuchsen und die kleinen starben? Als Ingwer zum Studium nach Kiel ging und alle zurückließ? Mit großer Wärme erzählt Dörte Hansen vom Verschwinden einer bäuerlichen Welt, von Verlust, Abschied und von einem Neubeginn.

1
Ich schau den weißen Wolken nach

Der erste Sommer ohne Störche war ein Zeichen, und als im Herbst die Stichlinge mit weißen Bäuchen in der Mergelkuhle trieben, war auch das ein Zeichen. »De Welt geiht ünner«, sagte Marret Feddersen und sah die Zeichen überall.

Die alten Ulmen starben einen Sommer später, am Westerende, wo sie seit hundert Jahren Ast in Ast gestanden hatten. Ihre Blätter wurden plötzlich gelb, die Kronen kahl, im Juni schon. Sie standen noch ein Jahr wie abgedankte Könige. Dann kam Karl Martensen mit seinen Leuten, und ihre Motorsägen kreischten lange, bis sie die Ulmenstämme auf dem Wagen hatten. Hartes Holz, das ewig trocknen musste, bis man es hobeln oder fräsen konnte. Marret kam, sie holte sich ein Stück der grauen Borke ab und eine Handvoll Ulmenfrüchte, dann ging sie wieder durch das Dorf, von Tür zu Tür, wie sie es immer tat, wenn sie ein Zeichen sah: »De Welt geiht ünner.«

Die Welt ging unter, als auf der neuen Straße der jüngste Sohn von Hamkes überfahren wurde, kaum dass die weißen Striche in der Mitte trocken waren. Und als die Jäger bei der Treibjagd im November den ganzen Tag über die leeren Felder zogen und nicht *einen* Hasen fanden, den sie hätten schießen können, ging sie wieder unter. Und dann noch einmal ein paar Sommer später, als Paule Bahnsens Ältester mit einem Dominator 76, dem größten Mähdrescher, der je im Dorf gesehen worden war, ein Rehkitz überfuhr. Es hatte sich im hohen Korn versteckt, weil junge Rehe nicht vor Feinden fliehen. Sie machen sich ganz klein und bleiben liegen, bis die Gefahr vorüber ist. Oder das Schneidwerk eines Dominator 76 sie erwischt, 3,60 Meter breit und nagelneu. Knochen, Blut und Fell im Messerbalken. Ein junger Bauer, der nie wieder dreschen will.

Man konnte Marret Feddersen von Weitem hören, wenn sie in ihren weißen Klapperlatschen angelaufen kam. Sie trug die alten Dinger immer. Schiefgetretene Holzsandalen, auch bei Schnee und Eis. Wozu noch Schuhe kaufen.

Die Leute seufzten, wenn sie das Klappern auf der Straße hörten. *Dor kummt de Ünnergang al wedder.* Man hatte Bohnen einzuwecken, den Motorblock des Schleppers auszubauen, man stand gerade am Sortierband mit den Frühkartoffeln oder hängte die gewaschenen Gardinen auf – und dann kam Marret angeklappert. Es passte manchmal schlecht.

Sie brauchte nicht zu klopfen, natürlich kam sie durch die Hintertür, denn an die Haustür gingen nur die Fremden und Hausierer. Wenn niemand da war, setzte sie sich an den Küchentisch, malte summend ein paar Blumen oder Tiere auf Notizblöcke und Einkaufszettel, kritzelte mit Kugelschreibern Schafe, Schweine, Kühe auf die Rückseite des Bauernblatts und Rosenranken an den Rand der Tageszeitung. Manchmal trank sie ein Glas Wasser oder nahm sich einen Apfel. Wenn dann noch immer keiner kam, versuchte sie es in der nächsten Küche. Sie ging auch in die Ställe, in die Werkstätten, stand in den Klapperlatschen plötzlich an der Hobelbank, am Amboss, in der Bäckerei am Ofen. Sie erschreckte Kalli Jensen einmal fast zu Tode an der Melkmaschine, der Kompressor war so laut, er hatte sie nicht kommen hören und sackte halb zu Boden, als ihm Marret plötzlich auf die Schulter tippte. Er japste, lehnte sich schwer atmend an die Stallwand und wollte dann kein Wort mehr hören von irgendwelchen Untergängen.

Die toten Fische, Bäume, Kinder, Rehe, der Sommer ohne Störche und die Felder ohne Hasen, sie waren Vorzeichen der großen Katastrophe, die Marret schriftlich hatte, schwarz auf weiß in ihrem *Blatt.* DIE ZEIT LÄUFT AB! Ein altes Heft im DIN-A5-Format, mit Tesafilm an vielen Stellen schon geklebt. Sie hatte es auf einem Tisch gefunden im Gasthof Feddersen, wo sie den Boden wischte jeden Abend, es musste jemand dort vergessen haben. Das Titelbild sah aus, als hätte sich ein Jahrmarktsmaler an der Apokalypse versucht: berstende Häuser vor loderndem Himmel und Menschen, die mit aufgerissenen Mündern um ihr Leben rannten. Der Untergang in Airbrushtechnik. ERWACHET! Die Wahrheit stand in diesem Heft, sie trug es immer bei sich, wenn sie ihre Runde machte.

Sie kam gewissenhaft und zuverlässig wie die Post oder der Mappenmann, der jeden Donnerstag von Tür zu Tür gingund die Lesezirkelhefte tauschte.

Man war gewöhnt an *Marret Ünnergang* wie an die Kinder zu Silvester, die jedes Jahr als Rummelpott verkleidet an die Türen kamen, auf Trommeln oder Töpfe schlugen und laut ihr Lied über ein Schiff aus Holland sangen. *Dor kummt een Schipp ut Holland, dat het so'n scheeve Wind.* Kein Mensch verstand das Lied. Warum das Schiff aus Holland kam und was ein schiefer Wind war, wusste niemand. Es spielte keine Rolle. Man hörte zu, man nickte, lachte, gab den Sängern Süßigkeiten und versuchte unter den Perücken und den Masken die Nachbarskinder zu erraten. Bekam ein frohes neues Jahr gewünscht und ließ sie weiterziehen. Marrets Untergangsgeschichten waren wie der Wind aus Holland – schief und seltsam, mehr auch nicht. Man nickte, hörte zu und ließ sie weiterziehen.

Selbst Pastor Ahlers nahm es hin, dass das Orakel in den weißen Klapperlatschen von Zeit zu Zeit durch die Gemeinde zog. Er fand es nicht ganz glücklich, dass Marret ihre Prophezeiungen auch noch mit einer Werbeschrift der Zeugen Jehovas untermauern musste, aber nach vielen Jahren Dienst in der nordfriesischen Provinz war Ahlers Schlimmeres gewohnt. Auf solche Kleinigkeiten kam es gar nicht an, die Leute glaubten sowieso nichts. Er hatte es weiß Gott versucht, die Seelen zu erquicken und sie aus dunklen Tälern zu befreien, aber der Hirtenjob war hart hier draußen. Seine Sorte Schaf schien gegen jeden Glauben imprägniert zu sein. Wind- und wetterdichtes Fell, nichts Frommes drang da durch. Alles Göttliche lief ab an ihrem Fell wie Wasser am Gefieder einer Gans. Sie glaubten ihm kein Wort. Aber an Marrets Untergänge glaubten sie genauso wenig. Verrückte und Pastoren, einfach klappern lassen.

Nur Carsten Leidig, der in der alten Mühle hauste, hatte Angst vor Marret Ünnergang. Er fluchte schon und fuchtelte mit seinem Rübenmesser, wenn er sie nur von Weitem sah, als wäre das, was Marret hatte, ansteckend. Oder das, was ihr fehlte.Sie war wohl immer noch normaler als der kahle Fremde, der jedes Jahr im März oder April die Dorfstraße entlanggehumpelt kam, in einem kurzen, himmelblauen Rock. Er hatte nur ein Bein, das andere war aus Holz. Er schliff die Messer und die Scheren, man konnte Bürsten bei ihm kaufen, Schnürsenkel und Schuhcreme, und die Kinder durften nicht so gucken, wenn er kam. Aber Weggucken war ganz unmöglich, wenn ein Mann im Rock mit weißen Feinstrumpfhosen an die Türen klopfte und unbedingt gesehen werden wollte.

Der kahle Scherenschleifer ging nicht in die Küchen, er musste an der Haustür stehenbleiben. Es lag nicht an den Feinstrumpfhosen und dem himmelblauen Rock, es lag daran, dass er ein Fremder war. Man nickte, kaufte eine Nagelbürsteund ließ ihn nicht hinein.

Marret mit den Klapperlatschen und dem zerfledderten ERWACHET!-Heft gehörte zu den Leuten aus dem Dorf, den Nachbarn und Bekannten, den Zustellern und Lieferanten, die durch die Hintertüren in die Häuser kamen und auf den Küchenbänken sitzen durften. Man legte Zigaretten auf den Tisch, holte Weinbrand oder Bier und stellte, wenn Marret kam, ein bisschen Saft und Schokolade hin. Manchmal sang sie nach den Zeichen und der Wahrheit noch ein Lied. Stand auf und breitete die Arme aus und sang wie Connie Francis oder Heidi Brühl, weil sie die Schlagerlieder noch mehr liebte als die Untergänge.

In den Liedern, die sie sang, wollten die Menschen siebzehn sein. Mit siebzehn träumte man, dann kam das Glück, dann wurde alles gut. *Ich schau den weißen Wolken nach und fange an zu träumen.*

Dass manchmal auch das Unglück kam, das war ein anderes Lied: Mit siebzehn träumte man, dann kam ein Kind, dann wurde man verrückt. Vielleicht war man auch erst verrückt, dann kam das Kind, die Reihenfolge war in Marrets Fall nicht klar.

Der Vater ihres Kindes konnte keiner aus dem Dorf gewesen sein, so viel stand fest. Denn Marret Feddersen, so klein sie war, hatte die Brinkebüller Bauernjungen gar nicht angesehen, wenn sie auf den Festen mit ihr tanzten. Auch an den Tischler- und den Bäckersöhnen immer stur vorbeigeschaut, von ihnen weg, den Blick schräg über ihre Köpfe, in die Ferne, in die Höhe.

Zu schräg für Sönke Feddersen, der hinter seinem Tresen fast die Gläser in der Hand zerdrückte, wenn er die Tochter so mit ihrer hohen Nase tanzen sah. Auch das Verwehte und das Flackernde an ihr, das Singen immer und dann plötzlich Schreierei und dann drei Tage lang kein Wort, es machte Sönke Feddersen verrückt. Mal ging es eine Weile gut, dann hörte sie, wenn jemand mit ihr sprach, und gab auch Antwort wie ein ganz normaler Mensch. Dann wieder dieses Flackern.

Wurde siebzehn, wurde schwanger, sagte niemandem, von wem. Und ließ sich auch nicht heiraten von Hauke Godbersen, der sie genommen hätte, mit ihrer hohen Nase und dem Rest.

Marret Feddersen war nicht zu retten, schon damals nicht.

Mit ihrem Unbekannten musste es gewesen sein wie in den Liedern, die sie sang. *Schöner fremder Mann* … Einer von drei jungen Ingenieuren, einquartiert im Gasthof Feddersen im Sommer 1965, als Landvermesser für die Flurbereinigung … *du bist lieb zu mir.*

Er hinterließ die Brinkebüller Feldmark aufgeräumt und übersichtlich, baum- und heckenlos, die breiten Wirtschaftswege wie mit dem Lineal gezogen, die Felder riesengroß, die Wälle und die Streuobstwiesen weggehobelt.

Die Welt von Marret Feddersen verließ er wie sein Fremdenzimmer: Verwüstet und zerwühlt, alles ruiniert von seinen schweren Stiefeln.

Sie war *verdreiht*, sie konnte Fledermäuse hören und auf gepflügten Feldern Feuersteine finden, aber wenn Ella Feddersen für achtzig Mann Rouladen kochen musste, war ihre Tochter keine Hilfe. Es reichte nicht mal zum Kartoffelschälen, sie summte vor sich hin und schnitzte Muster in die Schalen, bis Ella ihr das Messer wegnahm und sie an den Schultern aus der Küche schob.

Sie sah die großen Falten nicht, die sie in Leinendecken oder Bettbezüge bügelte. Ging vorbei an leeren Gläsern auf den Tischen, an vollen Aschenbechern und verstaubten Fensterbänken. An den Betrunkenen, die noch am Tresen lehnten, wenn sie zum Melken ging am Morgen. Auch an den Schnarchenden und Lallenden, die nach den großen Festen in der Eckbank hingen wie ausgesetzte Meuterer.

Weil Marret sie nicht sah und Sönke selbst am Tisch hing, zog Ella sie allein an ihren Schlipsen hoch und führte sie am kurzen Zügel durch den Saal zum Flur. Lehnte sie kurz an die Garderobe, drückte ihnen die Prinz-Heinrich-Mützen auf und schob sie Richtung Tür mit einer Drehung, als wollte sie ein schweres Fass über den Boden rollen oder Gasflaschen aus Stahl. Sie packte sie, wie Krankenpfleger oder Viehhändler es machten mit ihren widerspenstigen Klienten. Geübter Griff, nicht allzu grob, nur fest genug, um klarzumachen, dass es ernstgemeint war.

Aber Marret fand die letzten Glockenblumen oder Klatschmohnblüten, die auf den kunstgedüngten Feldern noch zu blühen wagten, pflückte sie und presste sie im Shell-Atlas, dem einen großen Buch, das die Familie Feddersen besaß.

Sie fütterte die Tiere, zog Küken, Ferkel, Kälber groß. Und wenn sie ausgewachsen waren, schwer genug zum Schlachten und Verkaufen, sah sie sie nicht mehr.

Sie fütterte den Jungen auch, sie wusch und kämmte ihn und rieb ihm jeden Abend seine Brust mit Wick-Erkältungssalbe ein, dem aufgesackten Kind, das wie ein Husten war, nicht wieder loszuwerden. Ein chronischer Infekt, der mit Erkältungssalbe nicht mehr wegzureiben war. Menthol auf seine Brust, weil er ihr Leiden war. Es wurde besser, als er größer wurde und mit Sönke Feddersen hinter dem Tresen stehen konnte. Manchmal sah sie ihn dann gar nicht mehr.

Sie bohnerte die Böden vor den Festen, das Parkett im großen Saal, und wenn es blank war, tanzte sie zu ihren Schlagerliedern. Augen zu und weitersingen, siebzehn sein und bleiben, ein Mädchen in Schwarz-Weiß wie auf dem alten Foto, das im Gasthof an der Wand hinter dem Tresen hing: Marret mit der Tanzkapelle im großen Brinkebüller Saal. *Die Barracudas*, ernste Jungs mit schmalen Schlipsen, Gitarre, Bass und Schlagzeug, und in der Mitte ein toupiertes Mädchen mit dem Mikrofon. Spitze weiße Schuhe und im Haar ein schwarzes

Tuch mit Punkten, ihr Lächeln viel zu groß für einen Gasthof in Nordfriesland. Marret Feddersen, die singen konnte. Stern von Brinkebüll.

Sie ging durchs Dorf in ihren Klapperlatschen, als in den Jahren nach der Flurbereinigung die ersten Starfighter der Bundeswehr in Richtung Nordsee über Brinkebüll geflogen kamen. Es klang wie eine Explosion, wenn der Pilot die Schallmauer durchbrach, ein Donnern, das vom Himmel kam, es konnte nur ein Zeichen sein. *Na, Marret, geiht de Welt mol wedder ünner?*

Nach diesen ersten Düsenjägern kamen viele, manchmal täglich, sie starteten vom alten Fliegerhorst, der seine zweite Blüte jetzt im Kalten Krieg erlebte, er lag knapp zwanzig Kilometer weit vom Dorf entfernt. Ihr Donnern wurde so alltäglich wie die Motorsägen von Karl Martensen oder das Schleifen aus der Landmaschinenwerkstatt. Sie gehörten bald zum Dorf wie das Gebell der Hunde auf den Höfen, das Rattern der Traktoren auf den Feldern, das Brüllen junger Rinder, die zur Viehwaage getrieben wurden, wie die Tanzmusik im Gasthof Feddersen an jedem Wochenende.

Die Flieger hinterließen Spuren, weiße Streifen, Parallelen, Kreuze. Der Himmel über Brinkebüll war voller Zeichen, aber außer Marret sah sie niemand.

2
Old man, look at my life

Im November stand das Wasser auf den Feldern, und der Himmel legte Steine auf das Land, Schleifsteine und Schieferplatten, Beton, Granit, Zement, Kies, Schotter. Dicke Stapel schweres Grau, als müsste dieses Land noch flacher werden.

Wolken wie Mühlsteine auf durchgeweichten Feldern, auf Häusern, Ställen, Scheunen, Carports, auf geduckten Feldsteinkirchen, die diesem Himmel auch nicht ganz zu trauen schienen. Auf einem dünnen Pferd, das mit gesenktem Kopf am Gatter seiner nassen Koppel stand, die Hinterhand geknickt. Ein Kiesel noch, dann würde es wahrscheinlich fallen. Es stand sehr still, den Kopf nach Osten, weg vom Westwind, der in den kahlen Bäumen randalierte wie ein durchgedrehter Feldherr, an Zweigen riss und Eichenstämme rempelte, ein alter Wind, der viel gesehen hatte, Findlinge geschliffen. Jetzt peitschte er den Regen und ließ die Fahnen stramm an ihren Masten stehen, drei Tage ohne Pause, wenn ihm danach war.

Man machte es am besten wie das dünne Pferd, man duckte sich und blieb ganz still, den Rücken in den Wind, den Kopf gesenkt, norddeutsche Schonhaltung. Dem großen Mahlwerk möglichst wenig Angriffsfläche bieten, man gewöhnte sich das an, wenn man hier aufgewachsen war. So sehr, dass man im Auto noch die Schultern hochgezogen hielt, wenn man durch diese Landschaft fuhr. Er merkte es und ließ sie sinken, stellte den Scheibenwischer auf die höchste Stufe.

Er fuhr die Strecke jetzt so oft. Windböen, die ihm ins Lenkrad griffen, das große Heulen an der Seitenscheibe, ein toter Fuchs am Straßenrand. *Don't let it bring you down*, er sang das Lied seit über dreißig Jahren mit. Neil Young im Auto, immer schon. Wenn jemand mitfuhr, ließ er die CD im Handschuhfach verschwinden, er hatte keine Lust mehr auf die Kommentare, er lebte seine Liebe zu Neil Young seit vielen Jahren heimlich aus. Andere fälschten Geld im Keller oder teilten Tisch und Bett mit einer Latexpuppe. Er fühlte sich seit dreieinhalb Jahrzehnten von einem Kerl getröstet, der Karohemden trug und mit wimmernder Stimme von goldenen Herzen und alten Männern sang.

Und wenn er im November über die menschenleeren Straßen der schleswigschen Geest fahren musste, dann war ihm das Gewimmer dieses Mannes eine große Stütze.

Man hatte hier als Mensch nicht viel zu melden. Man konnte gern rechts ranfahren, aussteigen, gegen den Wind anbrüllen und Flüche in den Regen schreien, es brachte nichts. Es ging hier gar nicht um das bisschen Mensch.

Das hier war Altmoränenland, es hatte ewig unter Gletschereis gelegen, es war geschliffen und verschrammt, das bisschen Wind und Regen machte ihm nichts aus.

Er war nicht blind, er sah das alles: Die zerrupften Krähen, die in den Furchen eines nassen Stoppelfeldes wateten, die Silagehügel unter weißen Plastikhäuten, beschwert mit alten Reifen, verpackte Ballen Heu auf den verwaisten Feldern, die großen Tanks der Biogasanlagen, ihre grünen Kuppeln wie die Wahrzeichen des Maiszeitalters. Bauernhäuser, die irgendwann mit weißem Klinkerstein verkleidet worden waren, jetzt standen sie an ihren vollverzinkten Gartenzäunen wie unglückliche Bräute, die keiner haben wollte. Die Felder, auf denen außer Mais nur noch Solaranlagen oder Windturbinen wuchsen. Die Wartehäuschen an den Haltestellen, Fahrpläne hinter Plexiglas für Busse, die dann doch nie kamen. Die hohen Straßenlampen mit dem bleichen Licht, die in den starken Böen schwankten.

Keine Schönheit weit und breit. Nur nacktes Land, es sah verwüstet und geschunden aus. Ein Land, das man mit einer frommen Lüge trösten wollte, die Hand auf diese Erde legen: Wird schon wieder. Wird alles wieder gut. Es vertrösten auf die guten Tage, wenn der Himmel steinfrei war, windstille Tage, manchmal gab es das. Singvögel, Feldlerchen, Schwalben, blühende Kastanien und Silberpappeln, Kiefern, die in der Sonne dufteten. Tage mit Farben: Raps und Löwenzahn,

Sommergras, Heidekraut, schwarzbunte Rinder, Sonnenauf- und -untergänge. Bei klarer Sicht ein bisschen Glanz vom Wattenmeer.

Er hing an diesem rohen, abgewetzten Land, wie man an einem abgeliebten Stofftier hing, dem schon ein Auge fehlte, das am Bauch kein Fell mehr hatte.

Auch das ein Fall fürs Handschuhfach, Klappe zu und keine Kommentare, besten Dank.

Er war, was das anging, kuriert, seit Ragnhild ihn das erste Mal hierher begleitet hatte, die Füße auf dem Armaturenbrett, die Tabakkrümel ihrer Selbstgedrehten auf dem Sitz, Lakritzstangentüte und Handcremetube im Schoß, die Taschentücher überall verteilt. Das alles war ihm damals ganz egal gewesen, aber ihr Feixen aus dem Autofenster nicht, ihr »O Gott« bei jedem Blumenkübel aus Waschbeton und jeder Plastikhaustür aus dem Baumarkt. Besonders nicht ihr »Ach du Scheiße«, als sie beim Brinkebüller Ortsschild waren, und dann noch einmal, grinsend, auf dem Parkplatz vor dem Gasthof Feddersen. Er, schafstreu und schwer getroffen, hatte ihr das lange nicht verziehen. Vor allem nicht sich selbst verzeihen können, dass sie ihn so gesehen hatte. Den Jungen aus dem Dorf, am Bauch kein Fell, so tölpelhaft verletzt.

Don't let it bring you down, it's only castles burning.

Er sah sich manchmal selbst im Bauerngang über den Kieler Campus stiefeln, mit langen, tiefen Schritten, als hätte er die Schubkarre noch immer vor dem Bauch. Oder die Sackkarre mit Bierfässern und Brausekisten, die in den Kühlraum mussten. Den Bohnerbesen für das Parkett im großen Saal. Er sah sich in den hohen Fensterscheiben der philosophischen Fakultät, ein Landmann auf dem Weg zur Arbeit, kein Anzug konnte das verbergen und kein weißes Hemd. An manchen

Tagen roch es in der Seminarbibliothek nach Bohnerwachs. Der Boden war aus Eichenholz, ein breites Fischgrätmuster, bernsteinfarben, wie im Brinkebüller Saal.

Man konnte dort am Vormittag nicht arbeiten, weil sich die Erstsemester dann mit ihren Bücherlisten durch die Gänge wühlten wie Frischlinge durchs Unterholz. Aber am frühen Morgen oder gegen Abend waren die Lesesäle still wie Geisterschiffe. Er trieb dort manchmal ohne Ziel und Richtung durch die Zeiten zwischen Urkunden und Sammelbänden, die seit Jahrzehnten niemand in die Hand genommen hatte.

Die Bücher, die er brauchte, standen meist im Keller, wo es noch Zettelkästen gab und Neonröhren, die ein nervöses Licht verströmten. Oft machte er sie gar nicht an, weil ihm die kleinen Leselampen lieber waren, die auf den Tischen in den Ecken standen.

An manchen Tagen las er sich in alten Dokumenten fest, saß lange dort wie etwas Heimliches, das unter Steinen lebte, nur hin und wieder von Studenten aufgestöbert, die ahnungslos das grelle Deckenlicht einschalteten und dann vor ihm erschraken.

Wie gestern diese junge Frau, Strickjacke und Schal, eine von denen, die es schafften, in einer überheizten Bibliothek zu frieren.

Sie hatte das Licht gleich wieder ausgeschaltet, hastig ihre Bücher aufgehoben, die ihr vom Arm gefallen waren, dann war sie weggelaufen Richtung Lesesaal. Er war kurz in Versuchung aufzuspringen und ihr stöhnend hinterherzuhumpeln, Quasimodo Feddersen, das Phantom der Ur- und Frühgeschichte. Der Mann, dem man im Dunkeln nicht begegnen möchte, der regungslos in schummerigen Ecken kauerte, im knitterigen Hemd, und manchmal hing es ihm dann auch noch hinten aus der Hose. Der große Bleiche aus dem Keller, wahrscheinlich sah er selbst an manchen Tagen aus wie etwas Freigelegtes, Ausgegrabenes.

Sehr gute Chancen als Erschrecker bei der Geisterbahn, falls es mit der Vertragsverlängerung nicht klappen sollte.

Er wäre nicht der Erste, der in diesem Fachbereich zum Schrat geworden war. Man musste sehen, dass man als Prähistoriker die Kurve kriegte, man durfte nicht zu lang in irgendwelchen Kellern, Gruften oder Höhlen sitzen, sonst fing man früher oder später an, nach Atlantis zu graben, man fantasierte über Moorleichenlegenden oder marschierte in römischer Legionärsausrüstung über die Alpen, alles schon dagewesen. Kollege Dahlmann verbrachte die Semesterferien als Klingenschmied in einem *Bronzezeit Erlebnispark*. Sechs Wochen lang im Fell am Amboss stehen – dann lieber Geisterbahn.

Die Frau, die vor ihm weggelaufen war, hieß Sünje Gregersen. Sie war in seinem Seminar, eine von den Stillen, nur ihr Name war ihm aufgefallen. Mehr musste er auch gar nicht wissen. Er konnte solche Namen lesen wie Familienbücher oder Lebensläufe. Sünje Gregersen, so hieß nur jemand, der aus Nordwesten kam. Kreis Nordfriesland, Abitur in Niebüll oder Husum, vielleicht in Westerland, vielleicht in Wyk auf Föhr, aber er tippte mal auf Festland, Kraut- und Rübenkindheit auf der Geest. Es klang für ihn nach einem Bauernhof auf einem Boden, der nichts taugte. Nach Kiefern, Flugsand. Ziemlich flach, aber nicht platt.

Ein Name wie ein Schlüsselloch. Er guckte durch und konnte alles sehen: die Schülerin mit Monatskarte, frühmorgens an der Haltestelle in irgendeinem kleinen Dorf mit »-büll« am Ende. Er sah den norddeutschen Schrägregen und die Kapuze, die sie mit beiden Händen am Gesicht festhielt, damit der Wind sie nicht herunterzerren konnte.

Er konnte den Schulbus sehen mit den beschlagenen Scheiben, der wieder ewig brauchen würde für die zwanzig, dreißig Kilometer bis nach Niebüll oder Husum, der behäbig wie ein Kartoffelroder über die Geestdörfer fuhr, um all die anderen Kapuzenkinder auch aufzulesen. Kleine Saatkartoffeln, aus dem sandigen Boden gerüttelt und ins Gymnasium gesteckt, damit aus ihnen mal was würde. Er konnte sehen, wie Sünje Gregersen im Halbschlaf vor der Schule stand, bevor der Hausmeister um kurz vor sieben endlich mit dem Schlüssel kam.

Und sah, wie sie am Nachmittag um zwei aus dem Kartoffelroder stieg und durch ihr Dorf ging, das um diese Zeit im Koma lag, nicht ansprechbar. Das schulbusbleiche Kind, das durch die Hintertür ins Haus schlich und dann auf Strümpfen in die Küche. Er konnte sehen, wie es aß, mit einem Buch neben dem Teller, dann vorsichtig die Treppe hochstieg, dabei nicht mit der Tasche ans Geländer schlug und auch nicht an der Wand entlangschleifte. Wie es in sein Zimmer huschte und dort blieb, bis seine Eltern unten vom Sofa aufgestanden waren.

Niemand konnte leiser essen und Treppen geräuschloser hinaufschleichen als Kinder, die in Nordfriesland aufgewachsen waren. Wenn es etwas gab, was den Menschen hier oben heilig war, dann war es ihre Mittagsstunde.